Das Dorf in der Marsch

Rainer Dissars-Nygaard, Jahrgang 1949, studierte Betriebswirtschaft und war als Unternehmensberater tätig. Er lebt als freier Autor auf der Insel Nordstrand. Im Emons Verlag erschienen unter dem Pseudonym Hannes Nygaard die Hinterm Deich Krimis »Tod in der Marsch«, »Vom Himmel hoch«, »Mordlicht«, »Tod an der Förde«, »Todeshaus am Deich«, »Küstenfilz«, »Todesküste«, »Tod am Kanal«, »Der Inselkönig«, »Der Tote vom Kliff«, »Sturmtief«, »Schwelbrand«, »Tod im Koog«, »Schwere Wetter«, »Nebelfront«, »Fahrt zur Hölle«, die Niedersachsen Krimis »Mord an der Leine«, »Niedersachsen Mafia« und »Das Finale« sowie der Kurzkrimiband »Eine Prise Angst« und die beiden »Tatort«-Krimis »Erntedank« und »Borowski und die einsamen Herzen«. www.hannes-nygaard.de

HANNES NYGAARD

Das Dorf in der Marsch

HINTERM DEICH KRIMI

emons:

Bibliografische Information der Deutschen Bibliothek
Die Deutsche Bibliothek verzeichnet diese Publikation
in der Deutschen Nationalbibliografie; detaillierte bibliografische
Daten sind im Internet über http://dnb.d-nb.de abrufbar.

Cäcilienstraße 48, 50667 Köln
info@emons-verlag.de

Umschlagmotiv: photocase.de/Mella
Umschlaggestaltung: Nina Schäfer, nach einem Konzept von Leonardo
Magrelli und Nina Schäfer
Gestaltung Innenteil: César Satz & Grafik GmbH, Köln
Druck und Bindung: Books on Demand GmbH, Norderstedt
Printed in Germany
Erstausgabe 2013
ISBN 978-3-95451-175-4
Hinterm Deich Krimi

Dieser Roman wurde vermittelt durch die Agentur EDITIO DIALOG,
Dr. Michael Wenzel, Lille, Frankreich (www.editio-dialog.com).

Zwei Dinge sind unendlich: Das Universum und die menschliche Dummheit, aber bei dem Universum bin ich mir noch nicht ganz sicher.

Albert Einstein

EINS

Der stetig aus Nordwest blasende Wind war heute eher eine Brise. Er streifte von der Nordsee über das Wattenmeer, kroch unsichtbar an der Außenseite des Seedeichs bis zu dessen Krone empor und ließ sich auf der steileren Binnenseite wieder hinabfallen, um sanft die saftig grüne Marsch zu streicheln. Heute hing nahezu ein Hauch Poesie über dem Land. Die Knicks und wenigen Baumgruppen hatten das sommerlich frische Grün gegen ein dunkleres getauscht. Beim näheren Betrachten waren an den Rändern der Blätter die ersten herbstlichen Laubfärbungen zu erkennen. Es würde nicht mehr lange dauern, bis der gewöhnlich eher frische Wind die bunten Blätter von den Bäumen fegen würde und der Herbst Einzug hielt. Davon war heute aber noch nichts zu merken.

Die vereinzelten Zirruswolken am tiefblauen Himmel wirkten, als hätte sie jemand mit hauchfeinem Pinselstrich ans Firmament hingetüncht. Sie zogen nur mit mäßiger Geschwindigkeit landeinwärts.

Reimer Reimers atmete tief die reine Seeluft ein. Dies war seine Welt, nicht nur an einem schönen Septembertag wie heute, auch sonst, wenn die langen und hellen Sommertage vergingen, der oft stürmische Herbst die Regentschaft übernahm oder der nasskalte Winter es unbehaglich werden ließ. Hier war er geboren und aufgewachsen. Er konnte sich nicht vorstellen, an einem anderen Ort zu leben als in der Weite Eiderstedts, direkt hinterm Deich, nur durch die mäßig befahrene Landesstraße von der See getrennt.

Ob Yannick das schon verstand?, fragte er sich und streichelte liebevoll über den Kopf des Vierjährigen, dessen Wangen vor Anstrengung glühten, als er mit seinen kurzen Beinen mächtig in die Pedale trat, um den Trettrecker mit der Schaufel vorweg in Bewegung zu halten.

»Papa?«, fragte Yannick kurzatmig. »Darf ich nachher mit auf die Wiese?«

»Wenn du artig bist«, sagte Reimers lachend.

Natürlich würde er seinem Sohn diesen Wunsch nicht abschlagen. Seit er von klein auf mit seinem Vater auf dem Traktor unterwegs war, interessierte sich Yannick für alles, was mit dem Leben auf einem Bauernhof zusammenhing. Für Reimers gab es keinen Zweifel daran, dass Yannick einmal den Hof übernehmen würde, wie er es von seinem leider viel zu früh verstorbenen Vater getan hatte. Seit Generationen bewirtschafteten die Reimers das Land in diesem Teil der grünen Halbinsel.

Es hatte seine Berechtigung, dass die achtzehn Kirchen der Halbinsel als bedeutende Kulturdenkmäler galten, stammten sie doch fast alle aus dem zwölften Jahrhundert. Ob die Menschen die Gotteshäuser damals als Dank dafür errichtet hatten, dass Gott ihnen eine so wunderbare Region zur Heimat geschenkt hatte?, hatte Reimers früher einmal überlegt, als er oben auf dem Deich saß und seinen Blick über die Weite des Landes hatte streifen lassen. Zur anderen Seite des Küstenschutzbauwerks erstreckte sich der Heverstrom, der Husum mit der See verband und sich als Tiefwasserarm durch das Weltnaturerbe Wattenmeer schlängelte.

»Wann kommt Mama aus der Schule?«, fragte Yannick.

»Das dauert noch zwei Stunden.«

»Ich will auch in die Schule.«

»Da musst du noch zwei Jahre warten«, sagte Reimers.

Karen, seine Lebenspartnerin und Yannicks Mutter, unterrichtete als Lehrerin die Schüler in der Tetenbüller Grundschule, die mit ihrer geringen Schülerzahl eine Außenstelle der Gardinger Theodor-Mommsen-Schule war.

In diesem abgelegenen Teil Deutschlands war die Welt noch überschaubar, lebten die Menschen nicht in der Anonymität und der räumlichen Enge der Metropolen. Hier waren es oft Kilometer bis zum nächsten Nachbarn. Trotzdem kannte man sich, wusste voneinander. In den Straßenschluchten der Großstadt konnte es vorkommen, dass man den Nachbarn, der Wand an Wand mit einem lebte, nie zu Gesicht bekam.

»Wo ist Oma?«, fragte Reimers.

»In der Küche. Macht was zu essen.«

»Was denn?«

»Weiß nicht. Wann fahren wir zu den Bullen?«

»Gleich«, sagte Reimers. »Kannst schon mal deinen Trecker an die Seite stellen.«

»Musst du noch in den Stall?«, wollte Yannick wissen.

»Da war ich schon. Ich will nur noch schnell zum Fermenter gucken«, erklärte Reimers.

»Musst du etwas nachladen?«, fragte der Junge. Er sprang von seinem Spielzeugtrecker und ließ das Gefährt dort stehen, wo er es verlassen hatte. »Ich will auch«, rief er und lief über den Hof zum Traktor mit der Schaufel.

Reimers lachte, bevor er zum Fermenter stiefelte, um einen Blick durch das Schauglas in das Innere zu werfen. Anschließend würde er mit dem Radlader weitere Silage aus der mit einer dunklen Plane abgedeckten Miete holen und in den Feststoffeintrag füllen, der wie ein großer Trichter aussah und über den der Fermenter gefüttert wurde.

Er stieg die Metalltreppe bis zur kleinen Plattform hoch, spritzte mit dem daneben hängenden Wasserschlauch Schmutzpartikel von der Scheibe und schwenkte den Schlauch über den Hofplatz. Dabei hielt er seinen Daumen vor die Öffnung, sodass sich der Wasserstrahl als kleiner Sprühregen verteilte.

»Iiih«, schrie Yannick und versuchte, der Feuchtigkeit zu entfliehen.

Reimers stellte das Wasser wieder ab, hängte den Schlauch ein und sah durch das runde Glasfenster, das einem Bullauge ähnelte, in den Behälter. Es war wie immer. Er wollte sich schon abwenden, als er stutzte. Man nahm im Unterbewusstsein etwas wahr, das man kannte. Erst danach registrierte man, dass es nicht an diesen Platz gehörte. Noch einmal sah Reimers durch das Glas. Dann musste er gegen die aufkommende Übelkeit ankämpfen.

Mit beiden Händen hielt er sich an den Griffen neben dem Bullauge fest. Es gelang ihm nicht, den Blick abzuwenden. Schließlich rieb er sich mit einer Hand über die Augen und sah erneut in den Fermenter hinein. Er hoffte, er wäre beim ersten Mal einer Sinnestäuschung erlegen.

Nein! Wieder tauchte das furchteinflößende Bild vor ihm auf. Nur durch die Glasscheibe getrennt lag ein menschlicher Finger vor ihm, an dem noch der Ehering steckte.

»Papa, mach schon. Wir wollen Silage holen«, drängelte Yannick von unten.

»Gleich«, murmelte Reimers kaum hörbar.

Mit beiden Händen umklammerte er die Geländer der Leiter und hangelte sich hinab. Zwischendurch rutschte er ab, fing sich jedoch wieder. Als er unten angekommen war, setzte er sich auf die zweite Stufe, angelte sein Handy aus der Brusttasche der Latzhose hervor und wählte mit zittrigen Fingern die Eins-eins-null.

***

Es war still im Raum. Nur ein gelegentliches Rascheln war zu vernehmen, wenn der Erste Hauptkommissar Christoph Johannes eine Seite in der Akte umblätterte, die vor ihm auf dem Schreibtisch lag. Ohne hinzusehen tastete sich seine Hand zur Teetasse, nahm sie mit spitzen Fingern auf und führte sie zum Mund. Er trank einen Schluck des von ihm geliebten Darjeelings und setzte das Trinkgefäß wieder ab.

Vor zehn Minuten war er aus der Dienstbesprechung der leitenden Beamten der Husumer Polizeidirektion zurückgekehrt. Seit neun Jahren leitete er die Kriminalpolizeistelle in der nordfriesischen Kreisstadt kommissarisch. Eigentlich war es eine Position, die mit einem Beamten des höheren Dienstes zu besetzen war.

Die Besprechung war Routine gewesen. Der Flensburger Polizeidirektor war an die Westküste gekommen. Seit der Versetzung des Vorgängers Jochen Nathusius, der zum stellvertretenden Leiter des Landeskriminalamts nach Kiel befördert worden war, wurde die kleinste Polizeidirektion des Landes in Personalunion vom Flensburger Polizeidirektor mit verantwortet. Es war eine Frage der Zeit, bis Husum vermutlich in die Flensburger Direktion aufgehen würde.

Christoph nutzte die Ruhe im Raum, den er sich aus alter

Tradition mit einem Kollegen teilte, obwohl die Beamten seiner Dienststelle fast ausnahmslos in Einzelbüros untergebracht waren. Er schreckte hoch, als er auf dem Flur ein dröhnendes Lachen hörte. Es klang, als hätte jemand den Donner eines Gewitters in einem leeren Blecheimer eingefangen. Dann flog mit einem lauten Krachen die Tür auf, und der Griff schlug gegen die Wand. Das Loch im Putz verriet, dass es eine schon oft ausgeführte Übung war. Oberkommissar Große Jäger stieß die Tür mit der Fußspitze an, dass sie wieder ins Schloss fiel, und ließ sich krachend in seinen Bürostuhl fallen. Er lehnte sich zurück, so weit die Wippautomatik es zuließ, bis der Stuhl ächzte. Immer noch lachte er und rieb sich mit den Knöcheln die Tränen aus den Augen.

»Du glaubst es nicht«, begann er und drehte sich zu Christoph um. »Das gibt Doofe auf der Welt, da staunt selbst ein alter Krieger wie ich.« Dann brach er erneut in Lachen aus.

Entgegen seinen sonstigen Gewohnheiten hatte er nicht die Schublade herausgezogen und seine Füße darin geparkt.

Christoph ließ dem Oberkommissar Zeit und betrachtete seinen Kollegen. Die dunklen Haare – natürlich ungewaschen – wurden von Jahr zu Jahr von immer mehr grauen Streifen durchzogen. Auf Wangen und Kinn sprossen die Bartstoppeln. Hatte Große Jäger wirklich nur dieses eine Holzfällerhemd? Oder wechselte er es regelmäßig, und in seinem Kleiderschrank lag ein ganzes Dutzend des gleichen Modells? Die Fingernägel wiesen Trauerränder auf, der Schmerbauch hing über dem Gürtel der schmuddeligen Jeans, und die Lederweste mit dem Einschussloch war inzwischen sein Markenzeichen geworden.

»Hast du dir die Idee, dieses Design in Serie zu fertigen, eigentlich patentieren lassen?«, hatte Christoph Große Jäger gefragt.

»Viele Leute laufen mit einer Wolfstatze auf dem Rücken oder Oberarm herum.« Große Jäger hatte den Finger durch das Einschussloch gesteckt. »Das hier! Das hat Stil! Und ist individuell.«

Es dauerte eine Weile, bis der Oberkommissar sich beruhigt

hatte. »Also«, prustete er, »ich habe eben ein Verhör durchgeführt. Das glaubst du nicht.«

»Und das hat so viel Heiterkeit bei dir ausgelöst?«

Sie wurden durch das Telefon unterbrochen. Christoph nahm den Hörer ab.

»Hensson«, meldete sich eine sympathische weibliche Stimme. Vor Christophs geistigem Auge tauchte das Bild der jungen blonden Beamtin der Schutzpolizei auf, die noch nicht lange in Husum Dienst tat. »Die Leitstelle in Harrislee hat einen Anruf erhalten, dass ein Landwirt in Everschopkoog bei sich einen Finger gefunden hat. Daran steckt noch ein Ehering.«

»Ein – was?«, fragte Christoph ungläubig. »Ein Unfall?«

»Das ist alles sehr nebulös. Die Kollegen von der Präsenzstreife Eiderstedt sind schon unterwegs. Ich habe mit denen gesprochen. Die meinten, wir sollten die Kripo verständigen.«

Die drei Polizeidienststellen Eiderstedts in Tönning, Garding und St. Peter-Ording bildeten gemischte Besatzungen – die Präsenzstreife –, die auf der gesamten grünen Halbinsel Akuteinsätze abdeckten.

»Danke. Das ist richtig gewesen«, sagte Christoph. »Wir kümmern uns darum. Wo war das?«

»In Everschopkoog 7. Der Landwirt heißt Reimers.«

»Gibt es dort keine Straßennamen?«

»Alle Häuser des Dorfes liegen wie aufgereiht an der Landesstraße 310. Es gibt nur diese eine Straße.«

Danach informierte er Große Jäger.

»Ein Finger?« Der Oberkommissar kratzte sich am Haaransatz. »Wenn es ein Unfall war, würde sich das Opfer gemeldet haben. Niemand verliert einen Finger und sagt ›Pech gehabt. Pflaster drauf. Fertig.‹ Wo wurde der Finger gefunden?«

Christoph erklärte es ihm.

»Ich wollte wissen, wo der Finger lag?«

»Das weiß ich auch nicht«, erwiderte Christoph.

»Dann sollten wir es uns ansehen«, beschloss der Oberkommissar. Er fragte nicht, ob Christoph ihn begleiten würde. Das war für Große Jäger eine Selbstverständlichkeit.

Wenig später saßen sie in Christophs Volvo.

»Ist der neu?«, fragte der Oberkommissar und rümpfte die Nase, als hätte er Witterung aufgenommen.

»Der andere war jetzt sechs Jahre alt«, erklärte Christoph.

Große Jäger schüttelte die Hand, als hätte er sich verbrannt. »Oh weia. Wir kennen uns jetzt neun Jahre. Wann tauschst du mich aus?«

Christoph lachte. »Für jemanden wie dich gibt es einfach kein Nachfolgemodell.«

Sie mussten an der Ecke der Poggenburgstraße eine Ampelphase warten, bevor sie nach links abbogen, die Eisenbahn unterquerten und gleich darauf wieder abbogen, um kurz darauf Husum zu verlassen. Als sie die abzweigende Straße »Riecke Reech«, was mit »Reiche Reihe« übersetzt werden konnte, passierten, erinnerte Große Jäger Christoph an die Todesfälle im Seniorenheim am Ende der Straße. Das Haus war als »Todeshaus am Deich« in die Geschichte eingegangen.

»Warum fährst du ohne Blaulicht?«, beschwerte sich Große Jäger unterwegs.

»Weil keine Gefahr im Verzug ist. Deshalb nehme ich keine Sonderrechte in Anspruch.«

Zur Rechten drehten sich die Windenergieanlagen im Finkhaushalligkoog nur mäßig.

»Heute gibt es nicht viel zu verdienen«, kommentierte der Oberkommissar die Anlage. »Das soll mächtig viel Mäuse bringen. Darum sind alle Gemeinden so heiß darauf, sich solche Anlagen hinzustellen. Und weil die Bayern das auch gemerkt haben, planen die jetzt, auch Windparks zu bauen und unseren Strom nicht abzunehmen. Und dann?«

Sie hatten das Ende der Straße erreicht und fuhren nun auf dem Deich durch die kleine Ortschaft Simonsberg. Etwas weiter entfernt tauchte in der Marsch der Rote Haubarg auf, der mächtigste Vertreter dieser angeblich größten Bauernhäuser der Welt, die typisch für Eiderstedt waren. In einer scharfen S-Kurve zweigte die Landesstraße ab, die zunächst durch Uelvesbüll führte und dann an der Binnenseite des Deichs entlang verlief. Hier zeigte sich, dass das Land seit Langem die Infrastruktur vernachlässigte, zumindest in diesem Teil. Die schmale Straße war ein einziger Flickenteppich. »Eine Patchwork-Allee«, hatte Große Jäger es einmal genannt, auch wenn die Bäume fehlten.

Nach fünf weiteren Kilometern, die nur aus dem Deich zur Rechten und der weiten Marsch zur Linken bestanden, verkündete ein grünes Ortsschild, dass sie ihr Ziel Everschopkoog erreicht hatten.

Christoph wunderte sich, dass Große Jäger heute so gesprächig war.

»Ein Koog ist durch Deichbau und Entwässerung dem Meer abgerungenes Land«, dozierte Große Jäger. »Die Holländer sagen Polder dazu. Meistens ist der Koog hinterm Deich tiefer gelegen als das Wasser vor dem Deich. Es gehört Gottvertrauen dazu, hinterm Deich zu leben.«

»Und warum heißt der Ort Everschopkoog?«, fragte Christoph.

»Weil Everschop der Name einer Harde ist. Und dieser Begriff lässt sich am besten mit ›Verwaltungsbezirk‹ übersetzen, also so etwas wie ein Landkreis. Na ja. Nicht ganz«, relativierte Große Jäger. »Detlev von Liliencron war eine Zeit lang Hardesvogt, so eine Art Landrat, auf Pellworm. Während dieser Zeit hat er die Story von Rungholt geschrieben.«

Christoph unterließ es, zu antworten, setzte den Blinker und bog auf das Areal eines Bauernhofs ab. Dort stand bereits ein blau-silberner Ford Focus der Tönninger Polizei. Christoph parkte direkt daneben.

Auf dem Hof standen zwei uniformierte Beamte und ein jüngerer Mann in Arbeitskleidung. Als sie auf die Gruppe zugingen, tippte sich der Ältere der Polizisten lässig an den Mützenschirm.

»Moin. Das ist Herr Reimers, der Hofbesitzer. Er hat bei der Kontrolle in seiner Biogasanlage eine merkwürdige Entdeckung gemacht.« Dann berichtete der Polizeihauptmeister, was er von Reimers erfahren hatte. »Wir hielten es für besser, euch zu informieren.«

»Danke, Horst.« Große Jäger klopfte dem Beamten leicht auf die Schulter. »Gut gemacht. Dann zeig uns mal das gute Stück.«

»Da oben.« Reimers wies auf ein Podest am Ende einer Leiter. »Im Schaufenster.«

Christoph und Große Jäger erklommen die Metalltreppe und sahen durch das Glas.

»Das gibt es doch nicht«, war die erste Reaktion des Oberkommissars, nachdem er den Fund betrachtet hatte. »Wie kommt der Finger da hinein?«

»Den wird keiner freiwillig abgeliefert haben«, erwiderte Christoph.

»Ob da noch mehr herumschwimmt?«, überlegte Große Jäger laut und zeigte auf den Behälter.

Christoph zuckte mit der Schulter.

»Das wäre unschön.« Er zog die Stirn kraus und musterte den großen grünen Behälter mit der Halbkugel als oberen Abschluss, während Große Jäger nah an das Glas heranrückte und mehr zu sich selbst sagte: »Da sind rundum Schrauben, die das Schauglas halten. Wenn man die lösen würde, käme man an den Finger heran.«

»Das sollte die Spurensicherung übernehmen«, schlug Christoph vor.

»Traust du mir keine handwerklichen Fähigkeiten zu?«, fragte der Oberkommissar gespielt entrüstet.

»Ich traue dir *alles* zu.«

»So war das auch nicht gemeint.«

Sie hangelten sich wieder die Leiter hinab.

»Zunächst einmal würde ich Sie bitten, die Anlage abzuschalten«, wandte sich Christoph an den Landwirt.

»Ja. Natürlich«, versicherte Reimers und verschwand durch eine Stahltür in ein kleines Häuschen, an dessen Außenseite Armaturen angebracht waren und in der Wand ein großer Lüfter rauschte und zahlreiche Rohre hinein- und wieder herausführten.

»Wisst ihr etwas über diesen Reimers?«, fragte Große Jäger die beiden Tönninger Beamten.

»Hör mal«, sagte der Polizeihauptmeister entrüstet. »Wir kennen nicht jeden auf Eiderstedt. Zu den der Polizei bekannten Pappenheimern gehört er jedenfalls nicht. Mir ist nicht bekannt, dass er schon einmal mit uns zu tun hatte. Weißt du etwas?« Er sah den zweiten Streifenbeamten an.

»Nö«, bestätigte dieser. »Everschopkoog ist ein ruhiges Nest. Hier ist nicht viel los.« Er lächelte dabei. »Das gilt in jeder Hinsicht.«

»Ist ausgeschaltet«, erklärte der Landwirt, als er zurückkehrte.

»Kann man das Fenster öffnen?«, fragte Große Jäger.

»Sicher. Soll ich Werkzeug holen? Man dreht die Schrauben ab. Das Glas sitzt in einer Gummidichtung.«

»Wir überlassen das den Kollegen von der Spurensicherung«, erklärte Christoph. »Wir können aber noch einmal nach oben gehen und nachsehen, ob jemand an den Schrauben manipuliert hat.«

»Oder der Finger auf andere Weise an diese Stelle gekommen ist«, fügte Große Jäger an und zeigte sich mit dieser Bemerkung von seiner unsensiblen Seite.

Prompt erfasste Reimers ein leichtes Frösteln. Nur zögernd folgte er Christoph die Leiter empor.

»Nichts berühren«, ermahnte ihn Christoph, als sie das Glas erreicht hatten.

Reimers näherte sich bis auf zwei Zentimeter der Befestigung.

»Das sieht nicht so aus, als hätte jemand daran herumgeschraubt.«

Dieser Meinung war auch Christoph, der anschließend die Schrauben eingehend musterte. Sie wiesen keine neuen Kratzspuren auf. Der leichte Anflug von Schmutz deutete darauf hin, dass hier seit Langem niemand mehr etwas verändert hatte.

»Soll das heißen …?« Reimers vollendete den Gedanken nicht.

»Das ist sehr wahrscheinlich«, erklärte Christoph und legte seine Hand leicht auf Reimers' Schulterblatt. »Kommen Sie. Den Rest überlassen wir den Experten.«

Große Jäger hatte sich ein wenig abseits hingestellt und telefonierte. Als er sein Gespräch beendet hatte, kehrte er zu ihnen zurück.

»Ich habe die Spurensicherung aus Flensburg angefordert«,

sagte er. »Klaus Jürgensen war hocherfreut, als er hörte, dass wir etwas für ihn haben.«

»Hast du ihm Einzelheiten berichtet?«, fragte Christoph.

Große Jäger grinste. »Bin ich verrückt? Wenn der hört, dass wir einen Finger in einer Biogasanlage gefunden haben, weigert er sich, an die Westküste zu kommen.« Er legte eine kleine Pause ein. »Welche Möglichkeiten gibt es für den Finger, in den Behälter zu kommen?«

»Herr Reimers erläutert uns bestimmt die Funktion der Anlage«, baute Christoph dem immer noch blassen Landwirt eine Brücke.

»Ja doch. Klar«, stammelte Reimers und zeigte auf das Wohnhaus. »Wollen wir uns hineinsetzen?«

Er stapfte in seinen Gummistiefeln über den Hof. Die beiden Beamten folgten ihm.

»Werden wir noch gebraucht?«, rief ihnen der Polizeihauptmeister von der Streife hinterher.

»Ja«, erwiderte Große Jäger.

Christoph wunderte sich nicht, dass die Hintertür unverschlossen war. Das traf man oft in diesem Teil der grünen Halbinsel an.

Reimers führte sie in eine modern eingerichtete Küche und zeigte auf einen Tisch mit acht Plätzen.

»Sind Sie eine so große Familie?«, fragte Christoph, während der Landwirt an einem Schrank hantierte und mit drei bunten Bechern zu ihnen trat.

»Warum?«

Christoph zeigte auf die Sitzgelegenheiten.

»Ach so. Nee.« Reimers schüttelte den Kopf und wies seinerseits auf den mitten im Raum stehenden Küchenblock. »Wir sind zu viert. Meine Mutter, meine Freundin Karen und Yannick, unser Sohn. Meine Partnerin ist Lehrerin an der Grundschule in Tetenbüll. Yannick ist vier. Ich habe ihn mit der Oma weggeschickt. Sie sind zu Heinrich und Else Matuschka, gleich nebenan.«

»Ihre Partnerin heißt mit Nachnamen?«, fragte Christoph routinemäßig.

»Karen Brunke.«

»Und Ihre Mutter?«

»Mariechen. Aber warum interessiert Sie das?«

Reimers war zu einer Arbeitsfläche an der Querwand gegangen und hatte eine moderne Kaffeemaschine in Betrieb gesetzt. Es entstand ein Höllenlärm, als der Apparat den Kaffee frisch mahlte. Kurz darauf zischte es, bis das aromatische Getränk in den Becher lief. Dieser Vorgang wiederholte sich noch zweimal. Mit den drei Gefäßen kehrte Reimers zurück und nahm ebenfalls Platz.

»Das ist reine Routine«, beantwortete Christoph die Frage.

»Was ist reine Routine?«, fragte Reimers geistesabwesend. »Ach ja. Die Namen meiner Mutter und meiner Freundin.«

Sie tranken einen Schluck Kaffee. Christoph nippte vorsichtig an seinem Becher. Er hatte erwartet, dass das Getränk brühheiß war.

»Sie wollten uns etwas über den Ablauf erzählen«, erinnerte er Reimers.

Der Landwirt drehte gedankenverloren seinen Becher in der Hand.

»Ich verstehe das nicht«, murmelte er dabei. »Und wenn das ein Gummifinger ist? Ich meine, ein *Fake*? Wenn sich jemand einen schlechten Scherz erlaubt hat?«

»Danach sieht es leider nicht aus«, enttäuschte ihn Große Jäger. »Wie bekommt man die Sachen in den Behälter hinein?«

»Wissen Sie überhaupt, wie Biogas entsteht? Haben Sie schon einmal Silage gegessen?«

»Bitte?«, fragten Christoph und Große Jäger übereinstimmend.

Reimers lächelte. »Sicher haben Sie das. Sie nennen es nur anders. Sauerkraut. Das ist das gleiche Prinzip. Der Weißkohl wird durch Milchsäure vergoren. Das, was wir dort draußen in diesem Behälter machen, ist im Prinzip nichts anderes. Wir nehmen nur keinen Kohl.«

»Ich kenne einen Helmut Kohl, den hätte man rechtzeitig silieren sollen«, murmelte Große Jäger leise und erntete dafür einen strafenden Blick von Christoph. Zum Glück hatte Reimers es nicht mitbekommen.

»Der runde Behälter, in den wir durch das Schauglas gesehen haben, nimmt die Silage auf.«

»Das ist der Mais, der jetzt überall angebaut wird«, warf Christoph ein.

»Das ist richtig. Da ist Mais drin. Aber nicht nur. Ich nehme auch Grassilage und GPS.«

»Dschi-Pi-Es?«, fragte Große Jäger.

»Nein. G-P-S«, benutzte Reimers die deutschen Buchstaben. Das hat nichts mit dem Global-Positioning-System zu tun, das Sie in Ihrem Auto haben. In diesem Fall bedeutet es Ganzpflanzensilage. Weizen und Gerste werden gehäckselt und mit der Gras- und Maissilage gemischt. Das Ganze wird hinten auf dem Hof gelagert. Ich verdichte es noch, indem ich mit dem Trecker darüberfahre. Wenn da Luft herankommt, bilden sich Essig- und Buttersäure. Deshalb ist die Miete, das sind laienhaft ausgedrückt diese ›Haufen‹, auch mit schwarzer Folie abgedeckt.«

»Sie meinen jene, auf denen alte Autoreifen liegen?«

»Genau die. Und das wird zusammen mit Gülle in den Fermenter gefüllt. Das ist das runde Bauwerk mit der Kuppel obendrauf. Darin gärt die Silage. Es bilden sich Methangase, die oben in der Kuppel gefangen werden. Und diese werden für die Energiegewinnung genutzt. Etwa vierzig Prozent dienen der Stromerzeugung, der Rest ist Thermik, also Wärme«, erklärte Reimers.

»Sie können die Anlage aber auch mit anderen Stoffen füllen?«, fragte Große Jäger.

»Da gibt es viele Möglichkeiten. Sie können fast alle organischen Stoffe verwerten, zum Beispiel Speisereste. Aber Mais und Grassilage sind nun einmal am energiehaltigsten. Und das Schöne daran ist, dass die vergorenen Pflanzenreste hinterher als hochwertiger Dünger, wir nennen es Wirtschaftsdünger, wieder in der Landwirtschaft eingesetzt werden können.«

»Das Prinzip entspricht dann …«, begann Christoph.

Reimers fiel ihm ins Wort. »Die Biogasanlage arbeitet wie der Pansen des Rindes. Da passiert im Grund genommen nichts anderes. Die Silage wird dort vergoren, und es bildet sich unter anderem auch Methan.«

»Kritiker behaupten, die massive Rinderhaltung rund um den Globus würde zur Zerstörung der Ozonschicht beitragen.«

»Blödsinn«, tat Reimers den Einwand ab. »Wollen Sie die Rinder als Fleischproduzenten ausrotten? Wovon soll die Menschheit sich ernähren?«

»Es ginge doch auch vegetarisch. Ein Rind verbraucht ein Vielfaches an Grünfutter von dem, was ein Mensch benötigt«, sagte Christoph.

»Klar. Bestimmt.« Reimers reagierte sichtlich erbost. »Gehen Sie doch hinaus und futtern Sie die Silage. Ich wünsche Ihnen guten Appetit.«

Christoph zog es vor, die Diskussion nicht fortzusetzen. An anderer Stelle wurde heftig darüber gestritten, ob mit dem Anbau von für die Energiegewinnung genutzten Pflanzen Flächen verschwanden, die früher der menschlichen Ernährung gedient hatten, indem dort Getreide erzeugt worden war.

Große Jäger räusperte sich. »Sie haben also die Silage unter der schwarzen Plane aufbereitet. Und dann?«

»Dann kommt die Silage in den Fermenter.«

»Wie machen Sie das?«, fragte Große Jäger.

Reimers sah ihn an. »Ich sitze hier am Tisch, falte die Hände und sage einen Zauberspruch auf.« Dem Landwirt war anzumerken, dass er sich über Christophs Einwand geärgert hatte.

»Und wenn es mit dem Zauberspruch nicht klappt, weil die Fee in Urlaub ist?«, fand Große Jäger die richtigen Worte.

Reimers entspannte sich. Ein leichtes Lächeln huschte über sein Gesicht.

»Das ist blöde«, erklärte er. »Dann muss der Bauer ran.« Er nahm einen Schluck Kaffee. »Ich füttere den Fermenter mit der Silage, die ich zuvor unter der Plane aufbereitet habe. Am Hoftraktor habe ich eine Schaufel. Die befülle ich und bringe das zum Fermenter.«

»Und wo kommt es dort hinein?«, fragte Große Jäger.

»Kommen Sie mit«, forderte der Bauer die Beamten auf, verließ das Haus und ging über den Hof. Reimers zeigte auf einen oben offenen roten Behälter, der entfernt an einen Trichter erinnerte.

»Von dort rutscht es in den Fermenter?«

»Dort unten am Feststoffeintrag, so nennen wir das rote Ding, sehen Sie einen Kasten. In diesem Kanal sitzt eine Schnecke. Diese Querschnecke transportiert die Silage bis zu der Stelle, an der der Kanal senkrecht verläuft. Von dort wird das Gut mit einer Steilschnecke aufwärts transportiert, bis es von oben in den Fermenter gefüllt wird.«

»Einfach so – klatschbumm?«, fragte Große Jäger und folgte dem von außen unscheinbaren kastenförmigen Transportkanal.

Reimers schüttelte den Kopf. »Im Fermenter übernimmt die sogenannte Stopfschnecke das eingefüllte Gut und rührt es – laienhaft ausgedrückt – in die fermentierte Menge. Damit ist ein Vermischungseffekt gegeben.«

»Das heißt, von dem Augenblick an, wo die Silage in den Trichter …«

»Feststoffeintrag«, korrigierte Reimers.

»Von mir aus. Überall sitzen scharfkantige Geräte im Gesamtsystem.«

»Das ist noch gar nichts«, erklärte der Landwirt. »Unten am Feststoffeintrag kreisen scharfe Messer, die alles erbarmungslos zermalmen. Es ist schon vorgekommen, dass mir beim Einfüllen ein Reifen, mit dem ich die Plane abdecke, hineingeraten ist. Der ist weg. Da finden Sie nichts, absolut nichts von wieder.«

Christoph und Große Jäger wechselten einen raschen Blick. Wenn statt des Reifens ein Mensch … Das war unvorstellbar. Zum Glück hatte Reimers diesen Gedanken nicht mitbekommen.

»Wie lange dauert es, wenn man oben einen Reifen hineinwirft, bis der im Fermenter gelandet ist?«, setzte Große Jäger die Befragung fort.

»Das kann ich einstellen. Da.« Reimers zeigte auf ein Schaltpult, das seitlich am Feststoffeintrag angebracht und durch ein kleines Dach vor dem Regen geschützt war. »Normalerweise habe ich es so geschaltet, dass es einen Tag dauert.«

»Geht es auch schneller?«

»Ja. Wenn ich die Geschwindigkeit der Schnecken hochdrehe, funktioniert das auch innerhalb einer Stunde.«

»Das ist eine Menge Technik, die Sie hier zu verwalten haben«, sagte Große Jäger fast beiläufig. »Das sieht nicht so aus, als könne da jeder mit umgehen.«

»Das ist zutreffend«, erklärte Reimers.

»Aber ein anderer Landwirt, der auch eine Biogasanlage hat, wüsste mit der Funktionalität Ihrer Anlage zu arbeiten.«

»Das bekäme er sicher schnell heraus.«

Reimers' Handy piepte. Er warf einen kurzen Blick darauf. »Eine Nachricht von meinem Rechner, der den Melkroboter im Kuhstall überwacht. Ich muss da mal schnell hin«, sagte er und verschwand.

»Das ist auch nicht mehr die schöne heile Welt, die wir aus den Bilderbüchern kennen«, sagte Große Jäger. »Da läuft heute keiner mehr mit der Mistforke herum, stapelt die Strohballen von Hand auf dem Heuboden und lässt sich dabei von der Magd behilflich sein. Siehst du irgendwo Hühner auf dem Misthaufen?«

Christoph zeigte auf den Fermenter. »Der Misthaufen hier ist in dieser Anlage. Da würde es den Hühnern schlecht bekommen.«

»Erst recht Menschen, wenn sie da hineingerieten«, sagte Große Jäger. »Wir können kaum davon ausgehen, dass jemand beim Beladen, Reparieren oder irgendeinem anderen Hantieren verunglückt ist und dabei seinen Finger verloren hat. Davon hätte Reimers gehört. Vorsichtshalber werde ich aber Hilke bitten, die umliegenden Krankenhäuser zu befragen, ob dort ein entsprechender Notfall behandelt wurde. Das sind keine alltäglichen Geschichten. Was käme in Frage?« Große Jäger kratzte sich den Bart. Deutlich war das schabende Geräusch zu vernehmen. »Tönning. Husum. Das Westküstenklinikum in Heide. Vorsichtshalber soll Hilke auch in Schleswig und Rendsburg anfragen, obwohl ich das nicht glaube.«

»Wir sollten auch die Rettungswachen in Garding und Tönning fragen«, regte Christoph an.

Große Jäger hob seine Hände in die Höhe und ließ nacheinander die Finger hochschnellen. Dabei bewegte er tonlos die Lippen. Als alle zehn Finger emporgestreckt waren, beugte er sie wieder und begann von Neuem. Das Spiel wiederholte er mehrfach.

»Ganz schön lange schon«, sagte er und grinste.

»Du willst mir damit sagen, dass du schon ein paar Tage bei der Polizei bist und keine Ratschläge benötigst.«

»Du solltest mit deiner Auffassungsgabe auch zur Polizei gehen«, erwiderte der Oberkommissar und beeilte sich, außer Reichweite zu gelangen.

Christoph besah sich noch einmal die Biogasanlage. Wie kam der menschliche Finger in den Fermenter? Offenbar gab es nur den einen Zugang über den Einfülltrichter. Wem gehörte der Finger? War es ein Streit unter rivalisierenden Banden? Kaum, dachte er. So etwas war in Nordfriesland unwahrscheinlich. Und die Rockerszene, in der so etwas denkbar wäre, konzentrierte sich auf andere Landesteile – Neumünster, Kiel, Flensburg. In Nordfriesland traten andere Biker auf.

Bekannt war das österliche Bikertreffen in Husum, zu dem sich tausend friedliche Motorradfreaks zu einem Gottesdienst trafen. Und anschließend fuhr der Pastor mit. Mafiöse Strukturen waren hier auch unbekannt. Frauke Dobermann, die in Hannover die Organisierte Kriminalität bekämpfte, hätte den Finger möglicherweise als »Bestrafung« innerhalb einer Bande interpretiert. Aber hier – in Nordfriesland? Schon gar nicht auf Eiderstedt. Nein. Der Finger blieb ein Rätsel.

Große Jäger kehrte zurück.

»Tante Hilke war begeistert«, erklärte er. »Sie schlug vor, dass ich mit ihr tauschen solle. Sie würde auch gern mit einem so charmanten Kollegen wie dir unterwegs sein.« Er strich sich versonnen über den Schmerbauch. »Verstehe ich nicht. An mir ist doch viel mehr dran.«

Die rotblonde Kommissarin Hilke Hauck war nach Mommsens Wechsel nach Ratzeburg zu einer wertvollen Hilfe geworden. Auch wenn sie gelegentlich klagte, dass man ihr »nur« die Innendiensttätigkeiten übertrug, war die Hausfrau und Mutter nicht unglücklich über diese Situation. Sie sprach nie darüber, aber den Angriff auf sie auf dem Friedrichstädter Marktplatz hatte sie bis heute nicht überwunden.

ZWEI

Langsam kam ein weißer Mercedes Vito Kastenwagen auf den Hof gerollt.

»Hast du im Lotto gewonnen? Wo ist euer alter VW LT? Wie macht man das? Wen muss man in der Behördenleitung bestechen, um an so schicke Fahrzeuge heranzukommen?«

Der kleine Mann mit den extrem kurzen Haaren, durch die Kopfhaut sichtbar war, steuerte auf Christoph zu und wies dabei mit dem Finger auf den Oberkommissar.

»Wie hältst du das mit so einer westfälischen Sabbeltasche nur aus? Wie kann man den zum Schweigen bringen?«

Christoph lachte und streckte Hauptkommissar Jürgensen die Hand entgegen. Der Leiter der Spurensicherung von der Flensburger Bezirkskriminalinspektion erwiderte den Händedruck.

Große Jäger hatte sich von hinten herangeschlichen und fuhr über Jürgensens Kopfhaut. »Kein Wunder, dass du ständig niest. Bei so wenig Haaren muss man sich ja erkälten.«

»Jeder, der mir über den Kopf streichelt, bezahlt einen Euro«, knurrte Jürgensen.

»Deshalb hast du so wenig Haare. Und davon hast du den neuen Wagen bezahlt?«

»Die sind mir ausgegangen, weil ich mir jedes Mal meine Lockenpracht gerauft habe, wenn ich wieder zu euch an die Westküste kommen musste.«

»Klaus«, säuselte Große Jäger. »Heute überfordern wir dich nicht. Wir haben nur ein bisschen Mensch. Sozusagen als Anbiederung möchte ich dir den Finger reichen.«

Jürgensen sah auf Große Jägers Hände mit den Trauerrändern unter den Nägeln. »Lieber nicht.«

»Nicht meinen. Wir haben einen anderen für dich.« Der Oberkommissar zeigte auf den Fermenter. »Da.«

Christoph klärte Jürgensen mit wenigen Worten über den bisherigen Ermittlungsstand auf.

»Toll«, sagte Jürgensen. Es klang nicht begeistert. Dann begleitete er Christoph die Leiter hoch zum Schauglas. Nachdenklich betrachtete der Hauptkommissar den Fund.

»Wir werden zunächst eine Spurensicherung an der Verschraubung und der Umgebung vornehmen, bevor wir das Teil bergen«, beschloss er und instruierte seine Mitarbeiter. Ein Spurensicherer hatte mit Foto- und Filmaufnahmen vom Hof, der Anlage und den Details der Biogasanlage begonnen.

Christoph scharrte mit dem Fuß.

»Jetzt musst du nur noch gackern«, lästerte Große Jäger.

»Ist dir bewusst, dass bei der großen Marcellusflut, bei der auch das sagenhafte Rungholt untergegangen sein soll, das Meer hier durchgebrochen ist und eine Verbindung zwischen dem Heverstrom im Norden und der Eider geschaffen hat? Man nannte diese Verbindung ›Nordereider‹.«

»Damit war St. Peter-Ording auf einer Insel«, stellte Große Jäger fest. »Hatte also den Status, den Westerland heute auf Sylt hat.«

»Sicher hätte der damalige Kurdirektor das ausgenutzt«, erwiderte Christoph. »Aber da die Eisenbahn 1362 noch nicht erfunden war, blieben die Touristen aus. Diese dem Festland vorgelagerten Bereiche nannte man ›Utlande‹. Utholm und Everschop waren Inselharden, bis man in den folgenden Jahrhunderten durch Landgewinnung die ›Dreilande‹, so nennt man es bis heute, wieder verband. So entstand Eiderstedt in der heutigen Form.«

»Wenn du ein so kluges Köpfchen bist«, sagte Große Jäger, »dann verrate mir einmal, wie der Finger in die Biogasanlage kommt.«

Darauf hatte Christoph keine Antwort.

Sein Telefon meldete sich.

»Hallo, Hilke«, begrüßte er die Kollegin in Husum.

»Ich habe mich umgehört«, berichtete die Kommissarin. »In keinem der Krankenhäuser oder beim Rettungsdienst wurde in der letzten Zeit ein Fall behandelt, bei dem es um abgetrennte Gliedmaßen ging. Daran, so die übereinstimmende Aussage, hätte man sich erinnert. Eine solche Konstellation ist schließlich nicht alltäglich. Ich werde jetzt die Ärzte auf Eiderstedt befragen.«

Christoph warf einen Blick zum Fermenter hoch. Jürgensen, der mit einem seiner Mitarbeiter dort tätig war, bemerkte es.

»Wir beginnen gleich, die Schrauben zu lösen«, rief er herunter.

Inzwischen war Reimer Reimers zurückgekehrt. In seiner Begleitung waren eine ältere Frau sowie ein kleiner blonder Junge, um den ein Hund herumwuselte, den zu beschreiben schwerfiel. Er hatte ein weiß-schwarz geflecktes Fell, reichte etwa bis zur Kniehöhe und besaß spitze Ohren. Besonders auffällig war der schwarze Fleck, der eine Kopfhälfte und die halbe Schnauze bedeckte. Das verlieh dem Tier ein fast fröhliches Aussehen.

Große Jäger beugte sich nieder und kraulte den Hund hinter den Ohren.

»Du bist gar nicht scheu«, sagte er. »Wie heißt du denn?«

»Herr Lustig«, antwortete der Junge und reichte Große Jäger unaufgefordert die Hand.

»Und du?«, fragte der Oberkommissar.

»Yannick.«

»Unser Sohn«, erklärte Reimers und zeigte auf die Frau an seiner Seite. »Meine Mutter. Wir haben auch Ferienwohnungen auf dem Hof und bieten ›Urlaub auf dem Bauernhof‹ an. Besonders Familien mit Kindern zählen zu unseren Gästen, aber auch ältere Menschen, die die Ruhe zu schätzen wissen. Und wenn in Husum Messe ist, kommen auch Besucher zu uns, die nach einem anstrengenden Messetag in unserer gesunden Luft regenerieren möchten. Nachts können Sie hier die Stille hören.« Er lächelte. »Das glauben Sie nicht?«

Christoph nickte und zeigte in Richtung Deich.

»Doch. Ich wohne drüben auf der anderen Seite, auf Nordstrand. Ich weiß, was es heißt, *die Stille hören zu können*. Man kann es nicht beschreiben, man muss es erlebt haben.«

Große Jäger richtete sich wieder auf. Das missfiel dem Hund. Herr Lustig stupste ihn an das Knie und wollte den Oberkommissar damit auffordern, das Kraulen fortzusetzen.

»Du bist nicht von der Polizei«, stellte Yannick fest.
»Doch.«
»Nee. Du hast gar keine Uniform. Und keine Pistole.«
»Ich bin von der Kriminalpolizei. Und hier«, er zog seine Weste zurück und gab den Blick auf das Schulterhalfter frei, »ist meine Pistole.«
Yannick hielt sich die Hand vor den Mund. »Darf ich die mal haben?«, fragte er schüchtern.
»Das kommt nicht in Frage«, mischte sich sein Vater ein. »Du gehst jetzt am besten mit der Oma ins Haus.«
»Warum denn? Ich will sehen, was die machen.«
Frau Reimers nahm ihren Enkel an die Hand. »Komm, Yannick, wir machen Pfannkuchen.«
Doch der Junge sträubte sich. Erst mit »Nudeln und Tomatensoße« ließ er sich überreden. Das schien auch Herrn Lustigs Lieblingsgericht zu sein. Mit einem munteren Bellen lief der Hund voraus Richtung Wohnhaus.
»Wir sind so weit«, rief Hauptkommissar Jürgensen von der Plattform.
Die drei Männer machten sich auf den Weg. »Sie bleiben besser hier«, hielt Große Jäger den Landwirt davon ab, den Polizisten auf die Leiter zu folgen.
Der zweite Spurensicherer schoss noch schnell ein paar Fotos, bevor Jürgensen ein wenig zur Seite ging und den Blick freigab.
Ein unangenehmer Gestank drang aus dem Bullauge ins Freie. Große Jäger wies auf Jürgensens Mundschutz.
»Feigling!«
Der Hauptkommissar tippte sich an die Schläfe. »Irrtum, Intelligenz. Der kluge Mann baut vor. Darum haben wir in Flensburg auch eine Universität und ihr in Husum nicht.«
»Nicht erforderlich«, erwiderte Große Jäger. »Wir an der Westküste sind von Natur aus intelligent.«
Jürgensen angelte vorsichtig den Finger mit dem Ring heraus und besah ihn sich. Dann zog er eine Lupe hervor und betrachtete die offene Wunde. Große Jäger stieß Christoph an.
»Das hat er bei Sherlock Holmes gelernt. Jetzt fehlt nur noch die passende Mütze und der Umhang.«

»Die genaue Analyse bleibt dem Rechtsmediziner vorbehalten«, sagte der Flensburger und ging nicht auf die Frotzelei ein. »Ich würde aber als erste Vermutung behaupten, der Finger wurde nicht gesondert abgetrennt, also zum Beispiel mit einem Messer oder einem Skalpell, sondern wie bei einem Unfall abgerissen. Dafür sprechen das ungleichmäßige Muster und die ausgefransten Hautfetzen.« Während er den Finger weiter untersuchte, setzte er seine Erklärung fort.

»Alles spricht für deine Vermutung«, stimmte Christoph zu. »Da auch grobe Gewalttäter, die – aus welchem Grund auch immer – ihre Opfer verstümmeln, um beispielsweise bei einer Entführung Druck auszuüben, nicht so brutal vorgehen, sieht es zunächst wie ein Unfall aus.«

»Aber …«, warf Große Jäger ein.

Christoph kam ihm zuvor. »Das können wir jedoch ausschließen. Davon hätten wir Kenntnis erhalten.«

Große Jäger und Jürgensen nickten gleichzeitig. Alle drei sahen auf das Bullauge.

»Gut«, seufzte Jürgensen. »Ich spreche mit der Staatsanwaltschaft.« Er zeigte auf den Oberkommissar. »Und du erklärst es dem Bauern.«

Große Jäger grinste und streckte seinerseits den Zeigefinger in Christophs Richtung.

»Er.«

»Wir werden ein Foto vom Finger einschließlich Ring machen, sodass die Wunde nicht zu sehen ist«, erklärte Jürgensen. »Das schickt ihr uns nach Husum.«

»Das könnt ihr gleich haben«, sagte der Flensburger. »Wir sind ja nicht von vorgestern. Ich schicke es dir aufs Handy.«

Erneut wies Große Jäger mit dem Zeigefinger auf Christoph.

»Zu ihm. Ich habe nur ein dreißig Jahre altes Klapphandy.«

»Das hast du wohl zur Konfirmation bekommen.«

»Bei uns heißt es ›Kommunion‹. Und die begehen wir im Allgemeinen in jüngeren Jahren als ihr nordischen Heidenchristen.« Ein drittes Mal zeigte Große Jäger auf Christoph. »Er hat ein Smartphone.«

Jürgensen schüttelte den Kopf. »Ist dein Finger noch zu anderem zu gebrauchen, als ständig auf Christoph zu zeigen?«

»Klar«, erklärte Große Jäger lachend. »Ich bohre damit in der Nase. Aber nur am Schreibtisch oder bei Verhören, wenn es länger als zwei Stunden dauert. Und natürlich jedes Mal, bevor ich dem Scheiß-Starke begegnet bin und ihm die Hand reichen musste«, ergänzte er leise.

Christoph verließ die Plattform am Fermenter und suchte auf dem Areal Reimer Reimers. Er fand den Hofbesitzer beim Bullenstall.

»Haben Sie etwas herausbekommen?«, fragte Reimers.

»Wir stehen erst am Anfang der Ermittlungen«, wich Christoph aus. »Es gibt ein kleines Problem.«

»Klein? Was denn?«

»Wir müssen den Behälter leeren.«

Reimers starrte ihn entsetzt an.

»Sie wollen – was?« Er schüttelte heftig den Kopf. »Das geht nicht. Wissen Sie, wie viel Kubikmeter der Fermenter beinhaltet?«

»Ich bedaure, wenn wir Ihnen Unannehmlichkeiten bereiten müssen. Aber wir werden mit der Staatsanwaltschaft sprechen.«

»Die können doch nicht Teile meines Betriebes lahmlegen«, protestierte Reimers. »Wissen Sie, was das kostet? Wer bezahlt mir den Ausfall?«

»Das wird die Staatsanwaltschaft mit Ihnen klären.«

Reimers schüttelte immer wieder den Kopf.

»Ich Rindvieh, ich Dussel. Hätte ich nichts gesagt, hätte das kein Schwein gemerkt.«

»Sie haben richtig gehandelt. Wir gehen davon aus, dass kein Unfall vorliegt.«

»Kein … Was soll das denn sonst sein? Ein übler Scherz?«

»Ich fürchte – nein! Niemand trennt einem Menschen einen Finger ab.«

Erst jetzt schien Reimers Christophs Andeutungen zu verstehen.

»Sie meinen doch nicht …?« Er brach mitten im Satz ab und schüttelte sich. »Das kann doch nicht sein. Aber wieso denn?

Das geht doch nicht.« Die Fassungslosigkeit war ihm deutlich anzusehen. »Wir sind doch hier in Everschopkoog. Da kommt so etwas nicht vor. Doch nicht hier auf Eiderstedt. Bei uns in der Marsch. Hier leben doch nur friedliebende Menschen. Wir kennen uns doch alle. Nichts bleibt verborgen. Da kommt niemand auf die Idee, solchen Unfug zu betreiben. Nein! Das ist ein Ulk. Das ist gar kein richtiger Finger, sondern ein Scherzartikel. Sie wollen mich veräppeln.«

Christoph ließ dem Landwirt ein wenig Zeit.

»Bedauerlicherweise nicht.« Er zeigte auf den Fermenter. »Was passiert mit dem Inhalt des Fermenters?«

»Sie meinen mit dem Gärsubstrat?«

Reimers zeigte auf eine Leitung, die oben aus dem Fermenter herauskam und auf einer Art Stelzen zu einem runden Betonbehälter führte, der wie ein überdimensionaler Betonring aussah.

»Das ist das Endlager. Dorthin gelangt das vergorene Substrat. Der Wirtschaftsdünger. Das wird wieder aufs Feld gebracht. So schließt sich der Kreislauf.«

Christoph musterte den Behälter.

»Wie viel fasst der?«

»Etwa siebenhundert Kubikmeter.«

»Wie kann man den Fermenter entleeren?«

»Den kann man abpumpen. Das dauert ungefähr einen halben Tag.«

Christoph sah sich um. Damit war eine Reihe von Fragen verbunden. Wohin sollte man den Inhalt pumpen? Wie konnte man das Substrat kontrollieren? War ein Filtern möglich? Oder musste jeder Liter von einem Menschen akribisch untersucht werden? Welche Chance bestand, dass die Spurensicherung fündig würde? Er warf einen Blick auf Hauptkommissar Jürgensen, der immer noch auf der Plattform oben am Fermenter tätig war. Sein Mitarbeiter und Große Jäger verfolgten interessiert Jürgensens Vorgehen.

Christoph wurde durch sein Handy abgelenkt. Erneut meldete sich Hilke Hauck.

»Ich habe mich mit den Arztpraxen in Verbindung gesetzt.

Nirgendwo ist ein Behandlungsfall aufgetreten, der unserem entsprach. Übrigens: Frau Krempl aus Garding lässt besonders herzliche Grüße an Wilderich ausrichten? Was hat das zu bedeuten?«

»Das sollte er dir selbst erzählen«, antwortete Christoph ausweichend.

Immer mehr verdichtete sich der Verdacht, dass hier etwas Ungewöhnliches geschehen war.

»Christoph«, hörte er Große Jäger rufen. »Klaus hat dir das Bild geschickt. Sieh mal nach, ob es geklappt hat.«

Christoph rief auf seinem Smartphone die Eingangsfunktion auf. Noch war nichts eingetroffen. Er musste eine Weile warten, bis das Foto zu sehen war. Jürgensens Mitarbeiter hatte es so geschickt bearbeitet, dass man nur den Finger und den Ring sah. Christoph hielt das Gerät Reimers hin.

»Erkennen Sie darauf etwas?«

Der Landwirt wandte den Kopf ab.

»Ich will das nicht sehen.«

»Es ist harmlos«, versicherte Christoph.

Nur zögerlich drehte Reimers den Kopf, warf einen kurzen Blick auf das Display und sagte: »Nee.«

Christoph hielt ihm das Smartphone direkt vor die Augen. »Sie haben gar nicht hingesehen.«

Der Landwirt musterte Christoph. Dann senkte er den Kopf und betrachtete das Bild. Christoph bemerkte, wie der Adamsapfel dabei auf und ab hüpfte. Der Mann war extrem angespannt. Dann sah er Christoph in die Augen, blickte an ihm vorbei, um plötzlich Christophs Hand zu packen.

»Zeigen Sie es noch mal.« Jetzt besah sich Reimers den Finger länger. »Nein. Kenn ich nicht«, schloss er die Begutachtung ab.

Sie wurden durch Frau Reimers abgelenkt, die aus dem Haus zurückgekehrt war.

»Mama, komm mal«, forderte Reimers seine Mutter auf, bevor Christoph reagieren konnte. »Kennst du den?«

Vorsichtig näherte sich die Frau, rückte ihre Brille zurecht und sah Christoph fragend an. Erst als der ihr das Smartphone entgegenstreckte, beugte sie sich über das Gerät.

»Das hier?« Sie ließ sich Zeit. »Was ist das?«

Reimers wollte antworten, aber Christoph bedeutete ihm, zu schweigen.

»Haben Sie den Ring schon einmal gesehen?«, fragte er.

Erneut schob sie mit der Fingerspitze die Brille ein Stück die Nase hinauf.

»Ich bin mir nicht sicher«, sagte sie leise. »Aber so einen ähnlichen Ring hat Gesine.«

»Gesine?«, fragte Christoph.

»Gesine Witte, die Frau vom Elektriker.« Reimers streckte den Arm aus. »Die wohnen ein Stück die Straße runter. Steht draußen dran. Witte – Elektro.«

»Das ist unser Bürgermeister«, ergänzte Frau Reimers. Dann schüttelte sie den Kopf. »Nee. Das kann nicht sein. Aber eine Ähnlichkeit ist vorhanden.«

Erneut meldete sich Große Jäger von der Plattform und bat Christoph, zu ihnen zu kommen. Für vier Personen war es eng auf dem kleinen Absatz. Jürgensen drehte sich so, dass er mit dem Rücken zu dem unten wartenden Reimers und dessen Mutter stand. Dann öffnete der Hauptkommissar die Handfläche und zeigte Christoph den Ring.

»Wilderich hat keine Ruhe gegeben«, erklärte er. »Er wollte wissen, ob eine Gravur im Ring zu finden ist.«

»Der sieht aus wie ein Ehering«, verteidigte der Oberkommissar seine Bitte.

»Seid ihr fündig geworden?«, fragte Christoph.

Jürgensen nickte. »Dort finden sich die Buchstaben ›G.W.‹. Ziemlich verschnörkelt und kaum noch zu erkennen. Der Ring ist auch schon älter. Er zeigt deutliche Gebrauchsspuren.«

»Das ist kein Schmuck, sondern ein Ehering«, stellte Große Jäger fest. »Dann wundert es mich nicht. In einer langen Ehe nutzt sich nicht nur der Ring ab.«

»Du hast in diesem Punkt ja hinreichend Erfahrung«, lästerte Christoph.

»Statistisch sind wir beide zusammen die Norm«, erwiderte Große Jäger. »Du bist zum zweiten Mal verheiratet, ich hatte bisher Glück.«

»Könnt ihr Schlickrutscher nicht einmal die Klappe halten?«, beklagte sich Jürgensen. »Ich muss mich konzentrieren.« Mit der Lupe betrachtete er das Innere des Ringes. Dann nannte er ein Datum. »12. März.« Es folgte das Jahr.

»Dann war das Opfer neunzehn Jahre verheiratet«, rechnete Christoph laut vor. »Wenn unsere bisherigen Annahmen zutreffen.« Er berichtete von Frau Reimers' Vermutung.

»Hm«, knurrte Große Jäger. »Gesine Witte. Die soll so einen ähnlichen Ring tragen? Das würde zum ›G.W.‹ passen. Das stimmt überein. Aber wenn ich mir den Finger ansehe«, dabei beugte er sich über die durchsichtige Tüte, in der die Spurensicherer den Fund verwahrt hatten, »dann muss Gesine Witte eine sehr rustikale Frau gewesen sein.«

»Das ist kein Frauenfinger«, stellte Christoph fest. »Außerdem tragen Ehepaare im Ringinneren den Namen oder die Initialen des Partners.«

»Das würde bedeuten ...«, überlegte Große Jäger laut.

»... der Finger gehört möglicherweise Herrn Witte«, ergänzte Christoph.

»Wir sind hier oben fertig«, sagte Jürgensen und warf einen Blick in das Innere des Fermenters. »Vorerst jedenfalls. Wir werden jetzt das Geländer zu dieser Plattform und den roten Behälter da drüben ...«

»Den Feststoffeintrag«, unterbrach ihn Große Jäger.

»Wir werden den Einfüllstutzen, diese Art Trichter«, setzte Jürgensen seine Erläuterung fort, »als Nächstes unter die Lupe nehmen.«

Nacheinander kletterten die vier Beamten von der Plattform hinab.

»Und? Gibt es Neuigkeiten?«, empfing sie Reimer Reimers, dessen Mutter wieder verschwunden war.

»Keine«, antwortete Christoph. »Ihre Mutter erwähnte vorhin eine Nachbarin, die einen ähnlichen Ring tragen würde.«

»Das ist ein Irrtum«, erklärte der Landwirt.

»Ihre Mutter nannte den Namen Gesine Witte, die Frau des Elektrikers. Wie heißt der mit Vornamen?«

»Michel. Eigentlich Michael, aber hier sagen alle nur Michel.«

»Das ist Ihr Bürgermeister in Everschopkoog?«

Reimers nickte. »Wir sind eine kleine Gemeinde. Unter einhundert Einwohner. Da gilt Paragraf 54 der Schleswig-Holsteinischen Gemeindeordnung.«

»Die besagt, dass es keinen gewählten Gemeinderat gibt, sondern alle wahlberechtigten Einwohner zu einer Gemeindeversammlung zusammenkommen«, zeigte sich Christoph informiert.

»Das ist Urdemokratie wie in der Schweiz«, kommentierte Große Jäger.

Christoph ging nicht darauf ein. »Michel Witte ist der Bürgermeister. Gibt es einen Stellvertreter?«

»Ja. Sicher. Aber warum fragen Sie?« Reimers schien misstrauisch zu werden.

»Mich interessieren solche Besonderheiten«, wich Christoph aus. »Wer ist stellvertretender Bürgermeister?«

»Na – ich. Aber ich verstehe …«

»Herr Reimers, haben Sie eine Zweitwohnung auf der anderen Seite Eiderstedts?«, fragte Große Jäger unvermittelt.

»Ich? Wie kommen Sie darauf?« Die Ablenkung schien gelungen zu sein.

»An der B 5 zwischen Husum und Tönning gibt es eine Abfahrt mit dem Namen ›Reimersbude‹.«

»Nein. Wieso?«

Der Landwirt hatte Große Jägers Scherz nicht verstanden. Zu sehr beschäftigte ihn der Fund des abgetrennten Fingers. Dabei waren die Bewohner dieses Ortes durchaus von heiterer Natur. Auf einer eigenen Homepage stellten sie Reimersbude mit den nur acht Häusern im Kernbereich vor und verwiesen auf die gute Erreichbarkeit. Die Abfahrt von der Bundesstraße, der nahe Bahnhof, die Möglichkeit, mit dem Schiff oder Boot von Tönning aus Reimersbude anzusteuern … Nur die Genehmigung für den eigenen Flugplatz sei noch nicht erteilt, ließen die Reimersbuder auf ihrer Homepage wissen.

Klaus Jürgensen versprach, sich mit der Staatsanwaltschaft in Verbindung zu setzen, um die Genehmigung für die aufwendige weitere Spurensuche im Fermenter einzuholen. Christoph klopfte dem Hauptkommissar auf die Schulter und wünschte ihm und seinem Team viel Erfolg.

»Wir befragen die anderen Dorfbewohner«, erklärte Christoph und ging, gefolgt von Große Jäger, zu seinem Volvo.

DREI

Große Jäger rekelte sich im Sitz zurecht. »Jetzt fahren wir zu Frau Witte, zeigen ihr den Finger und fragen sie, ob sie weiß, wo der Rest von ihrem Mann steckt.«

Christoph wusste, dass Große Jäger für manche Überraschung gut war. Andererseits war er bei aller Knorrigkeit immer dann besonders einfühlsam, wenn es darauf ankam.

Ihr Weg führte sie ein Stück Richtung Husum zurück. Obwohl es nur wenige hundert Meter waren, genoss Christoph die kurze Fahrt. Rechts dehnte sich die weite Marsch. Auf den sattgrünen Wiesen weideten die Schwarzbunten. Die weit verbreitete Milchviehrasse, die eigentlich »Holstein Rind« hieß, war eine der weltweit bedeutsamsten Milchviehrassen. Die Schwarzbunten waren einfach ein Synonym für diesen Landstrich.

Christoph hatte gelesen, dass eine einzelne Kuh etwa achttausend Kilogramm Milch im Jahr produzierte, Spitzenkühe sogar bis zum Doppelten.

Zur Linken waren Schafe zu sehen, die friedlich den Deich abgrasten und für den Küstenschutz von immenser Bedeutung waren. Sie hielten nicht nur die Grasnarbe kurz und dicht, sondern waren auch wirkungsvoll im Einsatz gegen Wühlmäuse, die das schützende Bauwerk sonst leichter unterhöhlen könnten.

Das Grundstück der Familie Witte lag direkt an der Straße. Das ältere Einfamilienhaus war von einem Garten umgeben, auf dessen Vorderseite bunte Herbstblumen ein wahres Feuerwerk an Farben ablieferten. Die Herbstastern blühten in Karminrot, Lavendel und Rosa, daneben strahlten die Dahlien fast schon etwas Erhabenes aus. Der Garten war mit Liebe angelegt. Dafür sprachen auch die Herbstanemonen und die rosafarbenen Büschel des Heidekrauts.

Große Jäger stieß Christoph an.

»Weiße Chrysanthemen. Die Blumen des Todes.«

»Nicht so grob«, erwiderte Christoph.

»Ist es nicht die Blume, die man bei Kondolenzbesuchen mitbringt?«

»Daran hat wohl niemand gedacht. Sieh dir lieber die Hagebutten an.« Der Garten war von einer dicht gewachsenen Hecke stacheliger Rosen eingefriedet, an der jetzt leuchtend rote Hagebutten hingen.

Vor dem Haus stand ein älterer Golf.

»Die Frau ist zu Hause«, sagte Große Jäger und wies auf das Kennzeichen. »NF-GW.«

»Und ihr Mann auch?« Christoph kleidete seine Feststellung in eine Frage, als er auf einen weißen VW-Caddy zeigte, an dessen Seite die Aufschrift »Elektro – Witte – Everschopkoog« prangte. Darunter stand »Michael Witte – Meisterbetrieb«. Das Fahrzeug stand vor einer umgebauten Garage, an der statt des Tores eine Tür eingelassen war. Daneben war ein Schild »Werkstatt« angeschraubt.

»Das scheint ein kleiner Familienbetrieb zu sein«, vermutete Christoph.

Sie klingelten an der Haustür mit dem angelaufenen Messingschild »Witte«. Nichts rührte sich. Auch der zweite Versuch blieb erfolglos.

»Merkwürdig«, sagte Große Jäger. »Hier ist niemand zu Fuß unterwegs. Dafür ist alles zu weitläufig.«

Christoph warf dem Oberkommissar einen spöttischen Blick zu.

»Mancher geht trotzdem zu Fuß zum Nachbarn. Oder benutzt das Fahrrad.«

»Wozu hat der Mensch sein ganzes geistiges Potenzial genutzt, um Hilfsmittel für eine bessere Mobilität zu entwickeln? Wie willst du den Menschen in der Dritten Welt klarmachen, dass deutsche Autos technisch das Beste schlechthin sind, wenn die Einheimischen zu Fuß gehen?«

Christoph lächelte. »Das ist ein merkwürdiges Marketing. Mich würde interessieren, ob unser Wirtschaftsminister bei Staatsbesuchen auch so argumentiert.«

Sie umrundeten das Haus und fanden auf der Rückseite eine kleine, gemütlich angelegte Terrasse. Zum Westen hin war sie durch eine kombinierte Holz-Glaswand windgeschützt. An der Hauswand stand eine Bank mit einer Stoffauflage. Der Gartentisch und die drei Stühle passten dazu. Große Jäger zeigte auf einen Topf mit geschälten Kartoffeln, daneben lag ein Messer. Ein wenig abseits lagen auf einem Küchentuch noch ein paar ungeschälte Exemplare. Der Oberkommissar fasste mit dem Handrücken an den Rand der halb gefüllten Kaffeetasse.

»Lauwarm«, erklärte er.

Die Küchentür war angelehnt. Christoph klopfte gegen das Holz.

»Hallo«, rief er. »Frau Witte?«

Alles blieb ruhig. Niemand antwortete. Er versuchte es ein zweites Mal. Erfolglos. Vorsichtig stieß er die Tür auf und sah in den engen Flur, der mit Garten- und Hausgeräten vollgestellt war. Besen, Schrubber, Staubsauger, Harke – all das lehnte an der Wand. Ein Schuhregal war überladen. Drum herum standen weitere Paare – Herren- und Damenschuhe, Gummistiefel, Laufschuhe, Holzclogs.

Hinter einer nur angelehnten Tür drang ein leises Wimmern hervor. Christoph klopfte gegen das Holz. Keine Reaktion. Vorsichtig öffnete er die Tür ein wenig und sah eine Frau, die in der Küche an einem kleinen Tisch saß und die Ellenbogen auf die Platte gestützt hatte. Ihr Gesicht hatte sie in den Handflächen verborgen. Jetzt war das Schluchzen deutlich zu vernehmen. Neben ihr auf dem Tisch lag das Mobilteil eines Telefons.

»Frau Witte?«, fragte Christoph leise. Sie rührte sich nicht. Er trat an sie heran und legte ihr behutsam die Hand auf die Schulter. »Frau Witte«, wiederholte er. »Wir haben geklopft, aber keine Antwort erhalten. Entschuldigen Sie unser Eintreten.«

Die Frau erschrak nicht. Das zeigte Christoph, dass sie die beiden Polizisten und das Klingeln und Klopfen gehört haben musste.

»Wir sind von der Husumer Polizei und haben ein paar Fragen an Sie«, sagte Christoph.

Bei diesen Worten ging ein Beben durch den Körper der

hageren Frau. Ein Schüttelfrost erfasste sie. Sie vergrub den Kopf mit den kurzen Haaren noch tiefer in die Handflächen.

»Können wir Ihnen helfen?«, fragte Christoph.

Die Frau weinte weiter, ohne ihr Gesicht zu zeigen. Zwischen den Handballen troff es heraus und benetzte die Tischplatte. Es war nicht ersichtlich, ob es sich um Tränen oder Speichel handelte.

Große Jäger wechselte mit Christoph einen Blick und drängte sich vor. Er stellte sich hinter die Frau und berührte sanft ihre beiden Schultern. Nach einer Weile fuhr er vorsichtig mit der flachen Hand über ihren Kopf.

Sie ließ es geschehen.

Es schien eine Ewigkeit vergangen zu sein, bis sie ihren Kopf hob. Die Augen waren rot verquollen. Über die Wangen zogen sich die Rinnsale der Tränen entlang.

»Ist es wahr?«, fragte sie mit kaum wahrnehmbarer Stimme.

Die beiden Beamten sahen sich erstaunt an.

»Was soll wahr sein?«, fragte Christoph.

»Das mit Michel – meinem Mann.« Man musste genau hinhören, um sie zu verstehen.

»Wovon sprechen Sie?«

»Dass er …« Sie brach ab. Ein weiterer Weinkrampf schüttelte sie. »Dass er zerstückelt ist«, kam es schließlich aus ihr stoßweise heraus.

»Wer hat Ihnen das gesagt?«

Sie zeigte auf das Telefon. »Mariechen hat angerufen. Sie hat gesagt, in Reimers Fermenter hätte man Michel gefunden. Total zerstück…« Erneut brach sie ab.

Große Jäger konnte gerade noch zupacken, bevor sie vom Stuhl rutschte.

»Ich rufe den Rettungsdienst«, entschied Christoph. Dann schüttelte er den Kopf. Es war unglaublich, was sich manche Menschen herausnahmen. Ohne Sinn und Verstand wurden Gerüchte in Umlauf gebracht. Welche Reaktionen das bei den Betroffenen auslöste, wurde dabei nicht bedacht.

»Das ist vielleicht gar nicht so schlimm«, schluchzte Gesine Witte. »Hat Mariechen gesagt. War vielleicht ein Unfall.« Aus tränenverschleierten Augen sah sie Christoph an. Dann streckte sie ihm ihre Hand entgegen. Es war eine schmale Hand. Christoph ergriff sie und hielt sie fest.

»Wir wissen noch gar nichts«, sagte er.

Oft gerieten Menschen in einer solchen Situation in die Versuchung, Trost spenden zu wollen, und wiegelten ab. Das war verkehrt, wusste Christoph. Es nährte unter Umständen falsche Hoffnungen. Der Zusammenbruch würde hinterher noch schlimmer ausfallen. Derzeit war alles noch rätselhaft. Ein einzelner Finger konnte vieles bedeuten. Es war nicht einmal sichergestellt, dass es sich um Michel Witte handelte. Allerdings – Christoph blieb dabei – schien ein Unfall unwahrscheinlich. Er rief sich Reimers' Erklärungen in Erinnerung. Der Feststoffeintrag, die rotierenden Messer, die Transportschnecken. Diesen Gedanken mochte er nicht fortsetzen.

»Der Firmenwagen Ihres Mannes steht vor der Tür«, sagte Christoph. »Wissen Sie, wo er sich aufhält?«

Frau Witte straffte sich.

»Ja doch. Klar.« Sie wischte sich mit dem Hemdsärmel über das Gesicht. »Warum habe ich nicht gleich daran gedacht? Michel kann das gar nicht sein. Er ist gar nicht da.« Man spürte, wie die Erleichterung sie überkam.

»Wo ist Ihr Mann?«

»Der ist weggefahren. Nach Kiel. Der ist gar nicht in Everschopkoog.« Sie griff zum Telefon und unternahm den Versuch, eine Telefonnummer einzugeben. »Ich ruf ihn gleich an.« Ein hoffnungsvolles Lächeln zeichnete sich auf ihrem blassen Gesicht ab. »Warum habe ich nicht daran gedacht?«

Ihre Hände zitterten. Es gelang ihr erst nach mehreren Versuchen, die richtige Kurzwahl einzugeben. Dann hielt sie sich das Telefon ans Ohr. Es war totenstill im Raum. Bange Sekunden vergingen, bis aus dem Telefon unverständliche Laute drangen. Sie nahm den Hörer vom Ohr und starrte ihn an, als könne sie dadurch etwas erkennen.

»Die Mobilbox«, sagte sie tonlos. »Klar. Ist doch logisch. Michel hat ein Gespräch in Kiel. Da hat er sein Telefon ausgeschaltet.«

»Mit wem ist Ihr Mann verabredet?«

»Der ist gestern in die Landeshauptstadt gefahren. Ins Ministerium. Er hat dort einen Termin. Es geht um die Windeignungsflächen.«

»Kennen Sie den Namen seines Gesprächspartners?«

Sie schüttelte bedächtig den Kopf.

»Darum habe ich mich nie gekümmert. Politik ist Michels Sache. Zuerst wollte er gar nicht, aber dann haben die anderen ihn bedrängt. Bürgermeister in einer so kleinen Gemeinde. Das ist ein harter Job. Es gibt ja keinen Gemeinderat. Sie sind Einzelkämpfer. Und? Was ist der Dank? Alle meckern und hacken auf Michel herum. Aber machen ... nee. Das will keiner. Dazu hat keiner Lust. Nur der Wychzek, der hätte es wohl gemacht. Aber den wollten die anderen nicht. So hat sich Michel zur Verfügung gestellt.«

»Wer ist Wychzek?«, fragte Christoph.

»Ein Fremder.«

»Der kann doch ohnehin nicht Bürgermeister werden.«

»Doch«, erwiderte Gesine Witte. »Fremde – das sind Leute, die hierhergezogen sind. Keine von hier.«

»Also ein Zugereister, aber kein Fremder«, stellte Christoph richtig.

»Ein Fremder«, beharrte die Frau.

»Sind Sie hier geboren?«, fragte Christoph.

»Nee. Ich komm aus Westerhever. Aber das ist was anderes. Ich habe einen Einheimischen aus dem Koog geheiratet.«

Christoph kannte die Eigenheiten der Marschbewohner. Entgegen aller Vorurteile waren die Menschen aufgeschlossen und freundlich und zeigten Gästen gegenüber eine zurückhaltende Liebenswürdigkeit. Aber in seiner Wahlheimat Nordstrand kursierte das nicht ernst zu nehmende Gerücht, dass Zugezogene erst nach fünfundsiebzig Jahren »dazugehörten«. Sicher war es in Everschopkoog nicht anders.

»Wollte Ihr Mann gestern Abend noch aus Kiel zurück nach Hause kommen?«

»Das war nicht ganz sicher. Manchmal, wenn es spät geworden ist, ist er auch in Kiel geblieben und hat dort übernachtet.«

»Kennen Sie den Namen des Hotels?«

»Nicht wirklich. Michel hat sich um alles gekümmert. Er hat von dort aus angerufen.«

»Wissen Sie die Telefonnummer?«

»Ja«, erklärte sie und nannte eine Mobilfunknummer.

Christoph seufzte innerlich. Frau Witte hatte ihn missverstanden. Sicher – im Zeitalter des Mobilfunks mit Flatrate rief niemand mehr von einem Hotelanschluss aus an.

»Hatte Ihr Mann Feinde? Gab es Drohungen gegen ihn oder die Familie?«

»Bitte?« Es klang entsetzt. »Wie kommen Sie darauf?«

»Die Polizei interessiert sich auch für Nebensächlichkeiten«, mischte sich Große Jäger ein.

Sie wurden vom Rettungswagen unterbrochen, der auf den Hof fuhr. Große Jäger ging den Rettungsassistenten entgegen und sprach mit Ihnen. Er erklärte ihnen die Situation, wusste Christoph, auch wenn man die Worte nicht verstand.

»Moin«, grüßte die Frau mit dem sportlichen Kurzhaarschnitt vom Rettungsdienst Nordfriesland, als sie gemeinsam mit ihrem Kollegen und dem Oberkommissar den Raum betrat.

»Moin, Frau Nommensen«, erwiderte Christoph den Gruß der Rettungsassistentin, die mittlerweile seit Jahrzehnten diesen verantwortungsvollen Dienst versah.

»Ich habe Waltraud ins Bild gesetzt«, erklärte Große Jäger und wandte sich an Gesine Witte. »Bei den Kollegen vom Rettungsdienst sind Sie in besten Händen.«

Die Frau nickte nur geistesabwesend. Dann griff sie wieder zum Telefon.

»Ich muss doch Michel anrufen«, sagte sie.

»Das können Sie gleich machen«, sagte die Rettungsassistentin beschwichtigend zu Gesine Witte. Zu den beiden Polizisten gewandt, fügte sie an: »Wir übernehmen. Wir werden sie nach Tönning ins Klinikum bringen.«

Es hatte keinen Sinn, der Frau weitere Fragen zu stellen. Erneut schien ihr die Situation bewusst zu werden, die sie kurzfristig verdrängt hatte. Ein Beben fuhr durch den schmächtigen Körper. Dann brach der nächste Weinkrampf aus.

»Wir gehen«, erklärte Christoph und verließ mit Große Jäger das Haus.

Als sie um die Ecke bogen, fuhr ein gelber Renault Kangoo auf das Grundstück. An der Seitenwand prangte das schwarze Posthorn. Ein drahtiger Mann, Christoph schätzte ihn auf über fünfzig, stieg aus und hielt mehrere Briefe zwischen Daumen und Zeigefinger. Zögernd blieb er neben seinem Fahrzeug stehen. Christoph ging auf ihn zu.

»Sie haben gehört, was sich hier zugetragen hat?«, fragte er.

Der Briefträger presste die Lippen zusammen. »Das spricht sich schnell herum.«

»Sind Sie für diesen Ort zuständig?«

»Seit über zwanzig Jahren bin ich in diesem Zustellbezirk tätig.«

»Dann wissen Sie, wer in Everschopkoog lebt?«

»Das ist zutreffend.«

»Sie kennen auch Michael Witte?«

Der Zusteller nickte bedächtig. »Sicher. Michel wird er genannt. Alle sagen Michel zu ihm. Ein feiner Kerl. Zurückhaltend. Fleißig. In der Marsch trifft man sich immer wieder. Wohnen ja nicht viele Leute hier. Wenn ich meine Tour gefahren bin, habe ich oft seinen weißen Caddy gesehen, mit dem er auf Montage war. Ah, Michel ist bei Gerda und Heini, hab ich mir dann gedacht. Elektriker müsste man sein. Der arbeitet in der warmen Stube, während ich bei Wind und Regen draußen unterwegs bin.« Er schüttelte leicht den Kopf. »Nee, war nicht so gemeint. Ich mach meinen Job gerne.«

»Hat Witte Feinde?«, fragte Christoph.

Der Briefträger überlegte einen Moment. »Hinterm Deich sind die Menschen seit Jahrhunderten aufeinander angewiesen. Natürlich gibt es wie überall Animositäten. Neid, Nachbarschaftsstreit … All das ist auch hier vorhanden. Aber so richtig Ärger?« Er überlegte eine Weile und wiegte dabei den Kopf. »Nicht dass ich wüsste. Nur der Biesterfeldt, der zwei Häuser weiter wohnt, stiftet öfter Unruhe. Das ist ein komischer Knabe.«

»Dann sehen wir uns den Herrn an«, schlug Große Jäger vor und stiegt in den Volvo.

»Eh«, protestierte Christoph. »Zwei Häuser.«

»Ja und? Du weißt selbst, dass auf Eiderstedt vieles weitläufig ist. Zwei Häuser, das sind gut zweihundert Meter. Und zurück müssen wir auch noch.«

Mit einem Lächeln stieg Christoph ein und startete den Motor. Es gab Dinge, da lohnte die Diskussion mit Große Jäger nicht.

VIER

Sie fuhren die Landesstraße am Deich westwärts. Hinter dem Anwesen Wittes lag eine ausgedehnte Grünfläche, dann folgte ein älteres Haus, erneut säumte eine Wiese den Straßenrand, bis sie einen etwas größeren Hof fanden. Christoph ließ den entgegenkommenden Transporter eines Tiefkühl-Heimservices passieren und bog auf das Grundstück ab.

Hier wirkte im Unterschied zum Reimers-Hof alles unaufgeräumt. Die Betonplatten, mit denen der Hofplatz ausgelegt war, wiesen Risse auf, aus denen das Unkraut spross. An anderen Stellen war der Untergrund zersplittert. Am Rande stand ein schmutziger Traktor, dessen Motorhaube geöffnet war. Grassilage und Kuhdung waren festgefahren, ohne dass jemand den Versuch unternommen hatte, ihn zumindest grob zu reinigen. Ein verrostetes Fahrrad war achtlos in den Weg geworfen worden.

Auch das Wohnhaus hatte schon bessere Tage gesehen. Natürlich litt es unter dem Wechselspiel von Wind und Regen. Aber an den verwitterten Fensterrahmen, die seit Langem keine Farbe mehr gesehen hatten, zeigte sich die mangelnde Pflege ebenso wie an dem verwilderten Bauerngarten, in dem die früher sicher hübsch angelegten Blumenbeete einen verzweifelten Überlebenskampf mit den wuchernden Wildkräutern ausfochten.

»Wenn jetzt einer fröhlich um die Ecke biegt, kann der höchstens jovial, aber nicht aufgeräumt sein«, sagte Große Jäger. »Das würde nicht zum Ambiente passen.«

In diesem Augenblick bog ein kleiner Mann um die Ecke. Er trug eine ölverschmierte Latzhose, unter der ein Wollpullover sichtbar wurde. Unter der Schirmmütze lugten kurz geschorene eisgraue Haare hervor.

Er sah den Volvo, machte ein paar Schritte auf den Wagen zu und fragte mit einer schnarrenden Stimme: »Haben Sie sich verfahren?« Dabei schwenkte er den Schraubenschlüssel, den er in der Hand hielt, Richtung Straße. »Da geht's raus.«

Große Jäger stieg aus. »Nix verfahren. Da wo wir sind, ist es immer richtig. Sind Sie Herr Biesterfeldt?«

»Wer will das wissen?«

»Ich.«

Der Oberkommissar hatte den Landwirt sprachlos werden lassen. Biesterfeldt öffnete den Mund und suchte nach einer passenden Entgegnung. Große Jäger ging auf ihn zu, griff in die Gesäßtasche seiner Jeans und holte seinen Dienstausweis hervor, dem anzusehen war, dass der Oberkommissar häufig sein stattliches Gewicht darauf hin- und herwälzte.

»Große Jäger. Kripo Husum.« Er zeigte auf Christoph, der ebenfalls ausgestiegen war. »Mein Kollege. Hauptkommissar Johannes.«

»Ist mir gleich, ob Johannes, Matthäus, Markus, oder Lukas«, zeigte sich Biesterfeldt bibelfest, als er die Namen der vier Evangelisten aufzählte.

»Im Unterschied zu denen verkünden wir aber keine Heilsbotschaften«, konterte Große Jäger. »Wir bringen in diesem Fall eher schlechte Nachrichten. Einer Ihrer Nachbarn ist betroffen.«

»Soll vorkommen.« Biesterfeldt zeigte sich davon nicht berührt.

»Es geht um einen möglichen Todesfall. Das ist zumindest nicht auszuschließen.«

Jetzt wurde er doch hellhörig. »Mord?«

»Vorerst ist Fremdverschulden nicht auszuschließen.«

Der Landwirt beugte sich vor. »Wen haben sie umgebracht?«

»Das wissen wir noch nicht. Manches deutet auf Michael Witte hin.«

»Der Michel? Donnerwetter. Endlich ist mal Leben in diesem Nest.«

»Es ist menschenverachtend, in dieser Weise über den möglichen Tod eines Menschen zu sprechen«, maßregelte ihn Große Jäger.

»Tränen bekomme ich nur, wenn mich im Frühjahr die Pollenallergie erfasst. Weiß man schon, warum der Witte um die Ecke gebracht wurde?«

»Das wollen wir von Ihnen wissen. Deshalb sind wir hier.«

»Von mir?« Der Oberkommissar hatte Biesterfeldt verunsichert. »Aber wieso denn von mir?« Für einen Moment zuckten die Mundwinkel nervös. »Ihr seid doch verrückt«, schimpfte er dann. »Das soll doch nicht heißen, dass ich den Witte …« Verärgert winkte ab. »Das ist doch hirnrissig. Die meisten hier in Everschopkoog haben einen Sockenschuss. Aber da läuft doch kein Killer rum. Wenn es hier Ärger gibt, dann haut man sich was auf die Birne. Aber umbringen … Nee. Bestimmt nicht.«

»Das klingt so, als würde es zwischen einzelnen Bewohnern öfter handfeste Auseinandersetzungen geben«, mischte sich Christoph ein.

»So war das nicht gemeint«, wiegelte Biesterfeldt ab. »Aber gerade der Witte hat zugelangt.«

»Der hat sich geprügelt?«

»Das war einseitig. Michel Witte hat dem Franzosen eins auf die Zwölf gegeben, weil der seiner Frau an die Wäsche wollte.«

»Wer ist der Franzose?«, fragte Christoph nach.

»Bin ich ein Denunzant?«, wich Biesterfeldt aus.

»Denunziant«, korrigierte ihn Große Jäger, doch der Landwirt reagierte nicht darauf.

»Wir möchten nur den Namen wissen.«

»Und was dort vorgefallen ist«, ergänzte der Oberkommissar Christophs Anmerkung.

»Ihr seid doch Schlaumeier. So viele Ausländer wohnen hier nicht.«

»Ausländer. Damit meinen Sie den Franzosen?«, fragte Große Jäger.

»Hört ihr mir nicht zu?«

»Wovon leben die Leute hier?«, wechselte Christoph das Thema.

Biesterfeldt winkte ärgerlich ab. »Manche arbeiten hart, andere sind Schmarotzer.«

»Was verstehen Sie darunter?«

»Die legen sich auf die faule Haut und kassieren Sozialhilfe. Oder Rente«, schob er hinterher.

»In beiden Fällen sind es doch keine Schmarotzer. Rentner

haben ihr Leben lang gearbeitet. Da ist es gerecht, wenn sie ihren Lebensabend aus der Rentenkasse finanziert bekommen.«

»Trotzdem«, behauptete Biesterfeldt, ohne es näher zu begründen.

»Sie machen es im Alter wie die Eskimos?«, mischte sich Große Jäger ein.

Als Biesterfeldt ihn fragend ansah, erklärte der Oberkommissar: »Wenn die nicht mehr zum Lebensunterhalt beitragen konnten, haben die Alten sich auf eine Eisscholle gesetzt und forttreiben lassen.«

Biesterfeldt stach mit dem Finger in Große Jägers Richtung. »Das ist eine gute Idee. Sollte man hier auch machen.«

»Dann bereiten Sie sich auf den Winter vor. Wenn der Heverstrom vorm Deich zufriert, setzen wir Sie auf eine Scholle und lassen Sie in die Nordsee treiben.«

Biesterfeldt musterte den Oberkommissar erstaunt. »Wieso denn ich?«

»Weil Sie ein alter Knochen sind.«

»Aber – ich bin doch nicht alt. Außerdem habe ich viel Geld in die Landwirtschaftliche Alterskasse eingezahlt.«

»Und die Arbeitnehmer in die Rentenversicherung.«

Hoffentlich fällt jetzt nicht das Stichwort »Beamtenpension«, dachte Christoph.

Aber Biesterfeldt blieb starrköpfig bei seinem »Das ist etwas anderes«. Begründen wollte er es nicht. Es war müßig, diese Diskussion weiterzuführen.

»Gibt es außer Landwirtschaft noch andere Erwerbszweige in Everschopkoog?«, fragte Christoph.

»Die Bauern ernähren die ganze Sippe«, schimpfte Biesterfeldt.

»Handwerker? Andere Gewerbetreibende? Kaufleute? Gastronomie?«

»Gastronomie? Quatsch. Wir sind hier nur ein kleiner Haufen. Wer saufen will, tut das zu Hause. Oder geht nach Tetenbüll in den Kirchspielkrug. In Warmhörn gibt's die Alte Schule. Ist aber nix zum Saufen. Und dann haben wir die Straße Richtung

Westen runter am Siel die Spieskommer. Da kommen hauptsächlich Fremde hin.«

»Fremde?«, hakte Christoph nach.

»Na ja. Keine Everschopkooger.«

»Sie scheinen anderen Menschen gegenüber nicht sehr offen zu sein.«

»Wenn jeder bleibt, wo er hingehört, gibt es keinen Streit.«

»So?« Große Jäger zog die Nase hoch. »Wo kaufen Sie ein?«

»Wo wohl? Husum. Manchmal auch in Witzwort. Den Alltagskram gibt es in Garding.«

»Das ist eine ganze Ecke entfernt. Sind alle Einwohner des Dorfes so mobil, dass sie die zehn Kilometer …?«

»Dreizehn«, korrigierte ihn Biesterfeldt.

»Von mir aus. Dass sie die dreizehn Kilometer zurücklegen können?«, ergänzte Christoph seine Frage.

»Ist das mein Problem? Ich habe denen nicht gesagt, dass sie hierherziehen sollen.«

»Wie war das nun?«, erinnerte Christoph den Landwirt an die ursprüngliche Frage. »Gibt es hier nur Landwirte und Rentner?«

»Der Witte, ich mein … die Leiche.«

»Sie sprechen vom mutmaßlichen Mordopfer«, unterbrach ihn Christoph.

»Sag ich doch. Also … Der war Elektriker.« Biesterfeldt grinste breit. »Der hatte ’nen Kurzen in der Hose.« Der Mann ließ ein dröhnendes Lachen über seinen Witz folgen. »Lustig, was?«

Christoph schüttelte nur den Kopf.

Große Jäger hob die Hand an das Kinn und ließ sie nach unten fallen.

»Dieser fade Spruch ist so alt wie Rübezahl.«

Biesterfeldt sah die beiden Polizisten an.

»Humorlose Beamte«, knurrte er. »Das passt zu Klecksel.«

»Ein Maler und Lackierer?«, riet Christoph.

»Ein Schmierer. Der klatscht Farbe auf eine Leinwand und behauptet, das wäre Kunst. Das macht er mit einer Spritzpistole. Oder er kippt das Zeug so auf den Untergrund und schüttelt die Leinwand, bis die Farbe verläuft. Das nennt er dann Kunst.«

Biesterfeldt vollführte eine Wischbewegung vor der Stirn. »Die Leute sind nicht mehr ganz dicht. Ich meine die, die dafür Geld ausgeben. Na ja. Wie soll er sonst die Bilder beschmieren.« Er kicherte. »Seinen Pinsel braucht er für andere Zwecke.«

Christoph räusperte sich.

»Herr Biesterfeldt! Können wir seriös miteinander sprechen?«

»Hören Sie mir nicht zu? Der Klecksel jagt doch hinter jedem Weiberrock her. Und nur weil der angeblich Künstler ist, lassen die Frauen das zu. Die juchzen noch, wenn er ihnen an die Brust geht.«

»Sie meinen, der Kunstmaler ... Wie heißt er und wo wohnt er?«, fragte Christoph.

»Hat so'n Schickimicki-Namen. Irgendetwas Französisches.«

»Das also ist der Franzose, dessen Namen Sie uns vorhin vorenthalten wollten«, fiel Christoph ihm ins Wort.

»Am Ende vom Dorf. Letztes Haus, war mal ein kleiner Hof. Der lag eine Weile brach, weil die Kinder, nachdem die alten Berndsens aufgegeben hatten, lieber was anderes machen wollten als arbeiten, ich meine, so richtig auf dem Hof. Nachdem die alte Berndsen abgenippelt war, ihren Bernd hatte sie schon vorher umgebracht, haben die beiden Kinder den Hof verkloppt. Jetzt hockt da der Schmierfink seit ein paar Jahren. Und das Land, das dazugehörte, haben die Kinder verpachtet.«

»An Sie?«

»An mich?« Biesterfeldt tippte sich gegen die Stirn. »Sie haben wirklich keine Ahnung. Die Pachtpreise sind ins Unermessliche gestiegen. Da kann einer wie ich nicht mithalten.« Er schüttelte energisch den Kopf. »Hier in der Gegend mischt einer aus Marschenbüll alles auf.«

»Wer?«, fragten Christoph und Große Jäger gleichzeitig.

»Ein Emporkömmling. Ist nach dem Krieg aus dem Osten gekommen und hat sich mit Wiedergutmachung vollgesogen. Damit und mit krummen Geschäften hat er Geld gescheffelt. Seit ein paar Jahren sitzt der Arsch auch noch als Abgeordneter im Landtag. Ich möchte gern wissen, welche Idioten den gewählt haben. Wenn es nach mir ginge, hätte nicht jeder Penner das Wahlrecht.«

»Sie meinen Hermann von Dirschau?«, riet Christoph.
Biesterfeldt nickte. »Genau. Dieses Arschloch.«

Das war vor neun Jahren Christophs erster Fall in Husum gewesen. Von Dirschaus Sohn Ralf hatte Anne Dahl und ihre Tochter Lisa mit einem Golfschläger erschlagen, weil sie seine sexuelle Nötigung zurückgewiesen hatte. Hermann von Dirschau und sein Sohn hatten im Dorf die Stimmung gegen Frieder Brehm angefacht, einen verurteilten Sexualstraftäter, sodass der Mob schließlich gegen Brehm und dessen Familie losgezogen war. Brehm fühlte sich dadurch so in die Enge getrieben, dass er am Heiligabend Ralf von Dirschau vor der Kirche niedergestochen hatte. Dafür verbüßte der Mann jetzt eine Haftstraße in Flensburg.

Dieses Verbrechen hatte viele Menschen aus ihrem gewohnten Leben gerissen. Der Ehemann und Vater der beiden Mordopfer litt nicht nur unter dem Verlust seiner Familie, sondern galt zunächst auch als Tatverdächtiger. Seit ein paar Jahren konnte er sein Leben wieder neu gestalten, er war der Arbeitslosigkeit entflohen und hatte eine sichere Beschäftigung als Busfahrer auf der Strecke von Husum nach Oldenswort gefunden. Inzwischen hatte er auch eine Familie gegründet. Was aus der Familie des Messerstechers geworden war, wusste Christoph nicht. Die Frau war mit den Kindern bald nach der Tat aus Eiderstedt fortgezogen.

Und auch für Christoph selbst hatte dieser erste Mord, der unter seiner Verantwortung geklärt wurde, tiefgreifende persönliche Veränderungen gebracht. Seine damalige Frau Dagmar konnte nicht verstehen, dass er am Heiligabend nicht nach Kiel zurückkehren konnte. Die beruflich bedingte Trennung führte zur Entfremdung und schließlich zur Scheidung. Heute konnte er sich nicht mehr vorstellen, Nordfriesland wieder zu verlassen. Er war hinterm Deich heimisch geworden, hatte sich hier beruflich und mit seiner zweiten Frau Anna auch privat eingelebt. Und, dabei warf er einen verstohlenen Blick auf den Oberkommissar, er würde den knorrigen Wilderich Große Jäger sicher vermissen.

»Können Sie auch reden, ohne in jedem zweiten Satz einen

Fäkalausdruck zu verwenden?«, fragte Große Jäger. »Schließlich sind Sie kein pubertärer Jugendlicher mehr, dem man das nachsehen würde.«

»Ich rede so, wie es mir passt.«

»Hat von Dirschau auch mit anderen Dorfbewohnern Streit gehabt?«, mischte sich Christoph ein.

»Den mag keiner auf Eiderstedt. Der Drecksack hat überall seine Pfoten drin. Dem müsste man die Ei…«

»Bist du hier das Dorfekel?«, unterbrach ihn Große Jäger. »Gibt es dafür Honorar?«

»Arschloch«, erwiderte Biesterfeldt.

Der Oberkommissar lachte und zeigte dabei seine nikotingelben Zähne. »Du mich auch.«

»Ihr könnt mich kreuzweise«, schimpfte Biesterfeldt und drehte sich um. Im Weggehen hob er seine Hand und zeigte über die Schulter den ausgestreckten Mittelfinger.

»Der hieß früher sicher nur Feld«, sagte Große Jäger lachend. »Erst nachdem er so verbiestert wurde, hat er seinen jetzigen Namen erhalten. Früher gab es in den kleinen Orten häufig den Dorfdeppen. Heute scheint es der Kotzbrocken zu sein, der seinen Nachbarn das idyllische Leben hinterm Deich vergällt.«

»Von wegen Kotzbrocken. Da fragen Sie mal den Wychzek.« Biesterfeldt hatte es sich anders überlegt und war noch einmal umgekehrt.

»Sie meinen den Fremden?«, fragte Christoph, der sich an Gesine Wittes Einteilung der Bewohner erinnerte.

»Was will der hier?«, schimpfte Biesterfeldt.

»Hat er Ihnen etwas getan?«

»Was? Wie? Mir getan?« Der Mann war irritiert. Dann zog der vernehmlich die Nase hoch. »Das sollte jemand versuchen. Der überlebt das nicht.«

»So wie Michel Witte? Was hat der Ihnen zugefügt?«, mischte sich Große Jäger ein.

»Witte? Das ist doch ein harmloser Irrer.« Biesterfeldt stutzte. »Moment mal. Sie glauben doch nicht, dass ich den Michel … Mensch, ihr Dummbeutel. Das habe ich vorhin schon gesagt. Was ist überhaupt mit dem passiert?«

Große Jäger trat dicht an Biesterfeldt heran, zog den Bauch ein und ließ ihn dann vorschnellen. Die Aktion war überraschend, sodass der Mann einen Schritt zurücktaumelte.

»Bist du bescheuert?«, rief er.

Der Oberkommissar machte den nächsten Schritt auf Biesterfeldt zu.

»Pass mal auf, du Blödnase. Solche Furzlappen wie dich mag ich gar nicht leiden. Deine dummen Sprüche möchte ich gern archivieren. Ich werde dich jetzt so falten, dass du in einen Schuhkarton passt. Dann stelle ich dich in das Regal. Und vorne schreibe ich ›Blödmann‹ drauf.« Dabei zeigte Große Jäger mit seinen Händen das Format eines Schuhkartons an. »Ach, nicht Blödmann. So clever bist du nicht, dass du diesen Namen verdient hättest. Bist du musikalisch? Wie wäre es mit Arschgeige?«

Erneut wich Biesterfeldt zurück. Diesmal folgte ihm der Oberkommissar nicht.

»Darf der das?«, fragte er mit vibrierender Stimme und sah Christoph an.

»Ich weiß nicht, was Sie meinen«, erwiderte Christoph, zog demonstrativ sein Handy hervor, drehte sich um und entfernte sich ein paar Schritte. Es amüsierte ihn, dass hinter seinem Rücken das große Schweigen ausgebrochen war.

Christoph wählte das Innenministerium in Kiel an. Es dauerte ewig, bis er mit Frau Karlsson verbunden war.

»Herr Witte hatte gestern einen Termin bei uns«, erklärte die Frau.

»Haben Sie mit ihm gesprochen?«

»Er hat die Verabredung nicht wahrgenommen, ohne abzusagen.« Es klang schnippisch.

»Er hat sich nicht gemeldet?«

»Das sagte ich eben.«

»Haben Sie versucht, Herrn Witte zu erreichen, nachdem er nicht gekommen ist?«

»Das ist nicht meine Aufgabe. *Er* wollte etwas von mir.«

»Können Sie mir sagen, welches Thema Sie behandeln wollten?«

»Nein!«

»Herr Witte ist verschwunden. Deshalb ermitteln wir in dieser Angelegenheit.«

»Bei mir ist er nicht. Er hat sich hier auch nicht abgemeldet.«

»Es wäre für uns wichtig zu prüfen, ob sein Verschwinden möglicherweise mit dem geplanten Besuch in Kiel in Verbindung steht«, erklärte Christoph.

»Stellen Sie ein förmliches Amtshilfeersuchen über Ihre vorgesetzte Dienststelle«, blieb Frau Karlsson stur.

Große Jäger, der sich mit einer brennenden Zigarette zu Christoph gestellt hatte, erriet aus Christophs Bemühungen, dass sich der Gesprächspartner am anderen Ende der Leitung als hartnäckig erwies.

»Spinnen heute alle?«, fragte er und machte eine Wischbewegung mit der Hand vor der Stirn.

Es war zwecklos. Die Mitarbeiterin des Ministeriums verweigerte jede weitere Auskunft.

»Die hätte dir sicher auch nicht geantwortet, wenn du gefragt hättest, ob sie die Tante vom Dach ist.«

Christoph sah den Oberkommissar ratlos an.

»Karlsson vom Dach. Astrid Lindgren. Nie gehört?«

»Der ist männlich, der Karlsson.«

Große Jäger grinste.

»Soweit ich deinen Teil des Telefonats mitbekommen habe, hat sich Karlsson als sehr herb erwiesen.« Große Jäger zeigte hinter sich. »Der Biesterfeldt hat sich irgendwo in seinen Stall verkrochen.«

Christoph zog die Stirn kraus. »Als Nächstes sollten wir nach Wittes Auto Ausschau halten. Außerdem wäre es wichtig zu erfahren, ob er ein Hotelzimmer in Kiel reserviert hat und dort aufgetaucht ist oder es wieder storniert hat. Wir sollten auch eine Handyortung anbahnen.«

Große Jäger stöhnte. »Das übliche Programm. Niemand da draußen glaubt uns, mit welchen Dingen wir uns befassen müssen.«

Christoph unterließ es, zu antworten. Worte waren überflüssig. In ihrer Zusammenarbeit saß jeder Handgriff, jede Aktion verlief abgestimmt. Wir wären sicher ein gutes Team beim

Synchronschwimmen, dachte Christoph und schmunzelte, als sein Blick auf Große Jägers Schmerbauch fiel. Nun ja, setzte er seinen Gedanken fort. Vielleicht wären wir nicht die Besten, sicher aber die Unterhaltsamsten.

»Lass uns über den Deich sehen, während wir unsere Telefonate führen«, schlug der Oberkommissar vor und trottete vom Grundstück über die Straße. Er fand ein Tor, das den Zugang zum Seedeich ermöglichte, und stapfte zur Deichkrone empor. Christoph folgte ihm. Dabei achtete er darauf, den allgegenwärtigen Hinterlassenschaften der Deichschafe auszuweichen. Reimer Reimers würde es sicher »Naturdünger« nennen.

Von hier oben bot sich ein Blick über das Weltnaturerbe Wattenmeer. Ob den Menschen da unten, bei diesem Gedanken sah Christoph zu den Häusern, die sich hinter den Deich duckten, bewusst ist, dass sie in einer Gegend leben, die als Naturdenkmal dem Grand Canyon oder dem Great Barrier Riff vergleichbar ist? Nur dass es hier ruhiger ist und die Massen aus aller Welt nicht hier einfallen. Er selbst empfand es als Privileg, hier leben zu dürfen – dort drüben, auf der anderen Seite des Heverstroms, wo sich die Küstenlinie Nordstrands abzeichnete mit dem markanten Siloturm in Süderhafen, dem ein wenig Farbe sicher gutgetan hätte.

Vor ihm breitete sich das Wattenmeer aus. Ebbe. Die um diese Jahreszeit schon schräg stehende Sonne reflektierte das Licht in den kleinen Restflächen Wasser, die sich auf dem geriffelten Meeresboden gehalten hatten. Es sah aus, als wären dort Brillanten verstreut, mit denen die Oktobersonne spielte.

Christoph sog tief die würzige Seeluft ein. O welche Lust, in freier Luft den Atem leicht zu heben! O welche Lust! Nur hier, nur hier ist Leben. Er summte leise die Melodie aus dem »Gefangenenchor«.

»Eh«, rief ihn Große Jäger in die Gegenwart zurück. »Du bist hier nicht zur Kur. Deine Einlage an Popmusik kannst du zu anderer Zeit von dir geben.«

»Ignorant«, erwiderte Christoph. »Das war keine Popmusik, sondern Beethovens ›Fidelio‹.«

»Mit Beethoven hast du nichts gemeinsam«, entgegnete der

Oberkommissar. »Du bist nicht so musikalisch. Außerdem hörst du auf mich. Beethoven war taub.«

»Dem ist manches erspart geblieben«, sagte Christoph lachend.

Er hörte, dass Große Jäger mit der Husumer Dienststelle sprach und Hilke Hauck bat, Erkundigungen einzuziehen, welches Fahrzeug auf Michael Witte zugelassen war. Er selbst telefonierte mit der Staatsanwaltschaft und ließ sich mit Oberstaatsanwalt Dr. Breckwoldt verbinden. Er wollte dem Flensburger den Vorgang schildern, aber Dr. Breckwoldt unterbrach ihn.

»Herr Jürgensen hat mich bereits ins Bild gesetzt. Das Ganze gibt ein diffuses Bild ab. Ich kann Ihren Bedenken folgen, dass ein Unfall unwahrscheinlich klingt. Darüber wäre ein Krankenhaus informiert, der Rettungsdienst, Ärzte. Wie wollen Sie vorgehen?«

»Wir müssen die Suche nach Michael Witte ausdehnen und herausfinden, wo der Mann sich zuletzt aufgehalten hat. Wir kennen den Namen des Kieler Hotels nicht. Nach Auskunft seiner Frau soll er sich dort aber gelegentlich aufgehalten haben. Es entspricht der allgemeinen Lebenserfahrung, dass man in der Regel dasselbe Hotel aufsucht, wenn man öfter an einen bestimmten Ort reist. Deshalb möchte ich die Genehmigung, in die Kreditkartenabrechnung und auf das Konto sehen zu dürfen.«

»Können Sie nicht die Angehörige fragen?«, antwortete Dr. Breckwoldt.

»Das wäre der einfachste Weg. Aber die Frau hatte einen Nervenzusammenbruch. Und ich möchte nicht zu lange warten.«

»Ich werde es veranlassen«, erklärte der Oberstaatsanwalt.

Große Jäger hatte sein Telefonat ebenfalls beendet.

»Tante Hilke kümmert sich um das Auto«, sagte er. Dann zeigte er aufs Watt. »Statt solchen Dingen nachzugehen, sollten wir ernsthaft den Typen jagen, der zweimal am Tag den Stöpsel zieht und das Wasser aus der Nordsee ablaufen lässt.« Er legte den Zeigefinger gegen die Schläfe, als müsse er überlegen.

»Vielleicht hat Klaus Jürgensen doch recht und das Wasser hat sich vor Schreck zurückgezogen, als der erste Nordfriese über den Deich sah. Jetzt kommt es zweimal am Tag und guckt, ob die Einheimischen noch da sind.«

»Das war aber kein Nordfriese, der dort über die Deichkrone geblinzelt hat, sondern ein Münsterländer.«

Große Jäger ballte die Faust und hielt sie Christoph entgegen. »Sag nichts gegen uns. Wir haben schon Schlösser gebaut, als ihr noch mit Dschunken unterwegs wart.«

»Mit der Isolierung hat das aber nicht geklappt«, widersprach Christoph. »Das sind alles Wasserschlösser geworden.«

»Du beleidigst meine Landsleute«, rief der Oberkommissar und ging auf Christoph zu. Ehe der reagieren konnte, hatte ihn Große Jäger umarmt und versuchte, ihn hochzuheben. Christoph wehrte sich, sodass sie ins Straucheln kamen und umfielen. Erst nachdem sie ineinander verschlungen ein Stück den Deich heruntergerollt waren, blieben sie auf dem Rücken liegen.

Christoph konnte sich nicht erinnern, wann er das letzte Mal in so einer Weise ausgelassen war. Es tat gut, sich den Stress von der Seele zu rollen.

Sie klopften sich gegenseitig den Schmutz von der Kleidung. Jetzt sehe ich ein wenig wie Große Jäger aus, dachte Christoph, als er an sich herabsah. Sie überquerten die nur mäßig befahrene Landesstraße und kehrten zum Volvo zurück. Dort empfing sie Biesterfeldt.

»Muss das sein? Können Sie Ihre Karre nicht woanders abstellen?«

Große Jäger ging direkt auf den Landwirt zu, der vorsichtshalber zwei Schritte rückwärts machte. Der Oberkommissar ergriff mit beiden Händen Biesterfeldts Rechte und schüttelte sie heftig.

»Danke, Kumpel«, sagte er, »dass du in der Zwischenzeit, während wir auf Täterjagd waren, auf das Staatseigentum aufgepasst hast.« Dabei nickte er in Richtung des Volvos. »Das Land wird dir ewig dankbar sein.«

Biesterfeldt starrte ihn mit offenem Mund an.

»Ach … Noch etwas. Wo wohnt Klecksel?«, schob Große Jäger hinterher.

»Gaultier?« Biesterfeldt sprach den Namen deutsch aus. »Gaul« und »Tier«. »Der wohnt linksrum. Nee, rechts.«

»Ja, was denn nun? Links? Rechts? Oben? Unten?« Große Jäger schwenkte seine Arme in der Luft, als er in den Volvo stieg.

FÜNF

Christoph vertraute seinem Glück und bog links ab. Ein paar hundert Meter weiter fanden sie das Haus des Malers. Ein an der Straße stehendes Holzschild wies darauf hin. So wie anderenorts angezeigt wird, ob die »Ferienwohnung« belegt ist, war der Hinweis »Atelier geöffnet« zu sehen.

Auch hier waren Blumen gepflanzt. Ein Meer orangefarbener Tagetes rahmte das ein wenig windschief wirkende Reetdachhaus ein. Die Fenster hingen förmlich in den Angeln, die Rahmen waren notdürftig mit grüner Farbe übertüncht.

»Maler soll der sein?«, lästerte Große Jäger. »An den Fenstern erkennt man das aber nicht.«

Statt einer Türklingel fanden sie einen aus schmalen Lederstreifen geknüpften, mit Glasperlen verzierten Strick, der über einer Umlenkrolle durch eine Öffnung ins Hausinnere verschwand. Darunter war ein Keramikschild angebracht: »Atelier Gaultier«.

»Ob der Gaul in seinem Stall ist?«, fragte der Oberkommissar und zog an dem Strick. Im Inneren setzte sich eine, so schien es vom Klang her, Kirchenglocke in Bewegung. Kurz darauf wurde die Tür geöffnet, und ein hagerer Mann mit Glatze und Seehundbart öffnete die Tür.

»Ist doch offen, Kinder«, sagte er zur Begrüßung mit einer überraschend hohen Stimme. »Steht doch draußen dran.«

»Herr Gaultier?«, fragte Christoph und zückte seinen Dienstausweis. »Polizei Husum.«

»Wegen dem Witte?«

Gaultier musste nichts erklären. Er kam aus Hamburg. Nicht nur seine Sprachfärbung war unverkennbar.

Christoph nickte.

»Das ist ja unfassbar. So ein Ende hätte ich ihm nicht gewünscht.«

»Ein anderes?«, hakte Christoph sofort nach.

»Wir waren keine Busenfreunde, aber auf diese Art? Nein. Entsetzlich.«

Der Künstler fasste sich mit der rechten Hand an den Kopf. Dabei legte er die ganze Hand mit gespreizten Fingern auf die glänzende Oberfläche. Plötzlich schien er sich besonnen zu haben.

»Habt ihr Fragen? An mich? Hach. Ich kann doch nichts sagen. Ich bin nicht von hier, gehöre nicht dazu.«

»Sie kennen aber die Einheimischen?«, fragte Christoph.

»Die Eingeborenen aus dem Kral?« Er hatte die Stimme gesenkt, als befürchtete er, gehört zu werden. Dann trat er einen Schritt zurück und öffnete die Tür ganz. »Kommt doch rein. Bei mir ist noch nie einer draußen geblieben.«

Er führte sie durch die Diele, in der nach Christophs Auffassung merkwürdige Dinge standen, die er weder identifizieren noch zuordnen konnte. Er war froh, dass Große Jäger, dessen ebenfalls kritischen Blick er streifte, nicht nach dem Sinn des »Gerümpels« fragte.

Gaultier musste etwas bemerkt haben.

»Ist das nicht wunderbar?«, fragte er und zeigte auf eine auf zerknitterter Alufolie stehende leere Bierkiste, in der aus verrosteten Stahlstangen und starkem Draht das Geäst eines Baumes nachgebildet war. Über die Enden der »Äste« waren leere Flaschen gestülpt: Wein, Champagner, Cognac. Den Stamm hatte der Künstler mit Kopien von im Halbdunkel abgelichteten Fotos nackter Frauen und Männer ummantelt. An den Zweigen hingen grob mit einer Laubsäge ausgeschnittene Notenschlüssel.

»Ein großer Geist vermag, in einem solchen Werk das ganze Leben zu versinnbildlichen«, erklärte Gaultier. »Sie haben die drei Dinge, die uns bei richtiger Einstellung durch das irdische Jammertal führen. Der Rost an den Stäben steht ebenso wie die leeren Flaschen für das Vergängliche.«

»Ich vermisse eine Hanfpflanze, die leere Heroinspritze, das Papierröllchen zum Ziehen einer Kokain-*Line.*«

»Das müssen Sie doch am besten wissen, wie schrecklich konservativ man hier ist. Dafür hat niemand einen Sinn.«

Sie waren weitergegangen und standen jetzt im Atelier. Der Raum befand sich auf der Rückseite, und bodentiefe Fenster gaben den Blick in einen verwilderten Garten frei. Das Atelier war mit Linoleum ausgelegt. Überall waren Farbkleckse auf dem Boden. An den Wänden hingen Bilder oder standen dort. Manche waren halb fertig, anderen war für den Laien der Fertigstellungsgrad nicht anzusehen. Drei Staffeleien standen im Raum.

Große Jäger legte den Kopf schief und besah sich ein angefangenes Bild von links, dann von rechts. Er hielt sich zunächst das eine Auge zu, dann das andere. Schließlich kniff er die Augen zu einem schmalen Spalt zusammen.

»Ich kann nichts erkennen.«

»Dazu muss man nicht nur die Inspiration, sondern auch den Blick haben.« Gaultier klopfte sich gegen die Brust. Dann zeigte er auf das Bild. »Es ist ersichtlich, dass ich nicht umsonst an der Hochschule für bildende Künste in Hamburg studiert habe. Die verfügt über ein ausgezeichnetes Renommee. Viele möchten hin. Wenige schaffen es. Ich war da.«

»Kann man von der Kunst leben?«

»Mir wird es wie Gauguin ergehen. Dessen Bilder sind auch erst nach seinem Tod so unermesslich im Preis gestiegen.«

»Sehnen Sie sich nicht danach«, sagte Christoph. »Wir sind aus einem solch traurigen Anlass hier. Es geht um das ungewisse Schicksal eines Menschen.«

Gaultier nickt ernst. »Witte, der Elektriker.«

»Woher wissen Sie das?«

Der Maler zeigte auf einen achtlos abgelegten Stapel von Briefen und Werbung. »Der Postbote war hier. Die sind hier mit den Informationen schneller als jedes Telegramm.«

»Das sollte man nicht abwerten«, erklärte Christoph. »Ein guter Zusteller übt auch eine wichtige soziale Funktion aus. Er bekommt vieles mit. Hier bleibt niemand unbemerkt wochenlang in seiner Wohnung liegen, weil es keinem auffällt. Das sind schaurige Geschichten aus der Großstadt. Auch wenn man es nicht mag, aber die mangelnde Anonymität hat auch ihr Gutes.«

»Ich hatte mein Atelier in Pöseldorf. Das ist ein ganz anderes Leben dort. Aber hier?«, widersprach Gaultier.

»Sie hätten doch in dem noblen Stadtteil in Alsternähe bleiben können«, sagte Christoph.

»Es gibt hier einen unschätzbaren Vorteil gegenüber dem urbanen Leben in Hamburg. Das ist das Licht. Aber dafür haben Laien kein *Feeling*.« Sein Blick schweifte träumerisch in die Ferne. »Hamburg«, sagte er gedehnt, als würde er sich eine auserlesene Delikatesse auf der Zunge zergehen lassen. »Das ist Leben. Da gibt es eine Szene.«

»Sind Sie ein Bonvivant?«, fragte Große Jäger.

Gaultier lachte schrill auf und klopfte sich auf die Oberschenkel. »Herrlich. So etwas hat noch nie jemand zu mir gesagt.« Er legte den Kopf schief. »Wenn ich das recht überlege … Warum nicht? Verzagte Leute laufen genug in der Welt herum. Glauben Sie an das ewige Leben, daran, dass es nach dem Tod weitergeht? Ich nicht. Darum wäre es doch dumm, wenn man nicht im Diesseits das mitnehmen würde, was einem geboten wird.«

»Sie lassen nichts anbrennen.« Es war keine Frage. Christoph stellte es fest.

»Die Leute hier sind sehr … äh.« Gaultier suchte nach geeigneten Worten. »Bodenständig«, fiel ihm schließlich ein. »Für die sind wir, die hier nicht geboren und aufgewachsen sind, Fremde.«

Diese Formulierung hatten sie schon einmal gehört.

»Wenn man auf die Menschen zugeht, sind sie aufgeschlossen und offen«, antwortete Christoph. »Liegt es nicht auch an Ihnen?«

»Nein«, wies Gaultier diese Unterstellung von sich. »Die können mit Intellektuellen nicht umgehen. Die Leute sind ein wenig … Wie soll ich sagen? Tumb.«

»Sie sind sehr von sich überzeugt«, mischte sich Große Jäger ein.

Gaultier schwenkte den Arm, als würde er die Welt umfassen wollen. »Sie müssen eine besondere Begabung haben, um all das hier zu schaffen. Das übersteigt den Horizont der Leute hinterm Deich. Die sind einfachen Geistes.«

Große Jäger trat an die Bilder heran. Er näherte sich ihnen, machte einen halben Schritt zurück, wiegte den Kopf, stützte das Kinn zwischen Daumen und Zeigefinger ab und kehrte dann zu seinem Platz zurück.

»Ich reihe mich in die Menschen hinterm Deich ein, da ich offensichtlich auch von schlichtem Geist bin. Die Einheimischen achten sehr auf den Erhalt der wundervollen Natur auf Eiderstedt. Das hier könnte man als optische Umweltverschmutzung begreifen.«

Gaultier stieg die Zornesröte ins Gesicht. Er sah Christoph an.

»Muss ich mir so etwas anhören?«

»Mein Kollege hat eine andere Vorstellung von bildender Kunst«, versuchte Christoph, den aufgebrachten Maler zu beruhigen. »Als Intellektueller können Sie auch Toleranz gegenüber Andersdenkenden üben.«

Ganz beruhigt schien Gaultier nicht zu sein. Ihm war anzumerken, dass es ihm schwerfiel, sich erhaben über das Geplänkel zu zeigen.

»Sie haben Streit mit Michael Witte gehabt?«

»Wer sagt das? Tsss.« Gaultier bewegte heftig den Kopf.

»Wir sprachen vorhin über die Transparenz des dörflichen Lebens.«

»Ich würde es anders nennen. Hier zerreißt man sich wegen Nichtigkeiten das Maul.«

Der Maler knetete seine schlanken Hände.

»Um was ging es bei dieser Auseinandersetzung?«

»Um nichts.«

»Das ist kein Grund für einen Streit. Schließlich sind Sie beide keine Typen, die sich wegen Banalitäten prügeln.«

»Witte war jemand …«

»War?«, fuhr Große Jäger dazwischen.

Gaultier riss die Augen weit auf. »Das sagt man so.«

Der Oberkommissar machte einen Schritt auf den Maler zu. »Sie haben vorhin behauptet, ich sei blöd. Mag sein. Aber bis zum Abitur habe ich es geschafft. Und als ich zur Schule ging, galt *war* als Imperfekt, also Vergangenheit.«

»Ist das ein Verhör? Wird jedes Wort auf die Goldwaage gelegt?«

»Wir informieren uns«, sagte Christoph in betont ruhiger Tonlage. »Sie wollten von Michael Witte berichten.«

Der Maler schluckte. Er drückte das Kreuz durch und begann von Neuem: »Witte ist nicht so schnell im Denken. Er wirkt sehr emotional und hat sich nicht unter Kontrolle.«

Große Jäger ließ ein verächtlich klingendes Lachen hören. »Wir sprechen über einen Nordfriesen. Und Sie wollen ihm emotionalen Überschwang unterstellen. Hah!«

»Ich wollte … Sie verstehen mich nicht.« Gaultier war aus dem Konzept geraten. Er unterstrich jedes seiner Worte mit lebhaften Handbewegungen. »Wenn andere einen kühlen Kopf bewahren oder nicht jedes Gerücht glauben, prescht Witte erst einmal los.«

»Er ist auf Sie losgegangen.«

»Das war völlig überraschend. Ich hatte nicht damit gerechnet.«

»Warum haben Sie keine Anzeige erstattet?«

Der Maler zeigte sich überrascht. »Da hätten Sie viel zu tun, wenn Ihnen wegen jeder Lappalie eine Anzeige eingereicht wird.«

»Um was ging es dabei?«

»Um nichts«, wiegelte Gaultier wieder ab.

»Man munkelt, dass Witte heftig zugeschlagen hat.«

In Gedanken rieb sich Gaultier die Brust oberhalb des Herzens.

»Hat er Sie da erwischt?«, riet Christoph.

»Nur ein blauer Fleck.«

»Das war er seiner Frau schuldig?«

»Gesine?« Der Maler stutzte. »Wer hat Ihnen das erzählt?« Gaultier hatte nicht mitbekommen, dass er sich soeben verraten hatte.

»Sie hatten ein Verhältnis mit Frau Witte?«

»Pahh!« Gaultier prustete. »Was nennen Sie ›Verhältnis‹? Das ist ein spießiger bürgerlicher Ausdruck. Dein. Mein. Besitzansprüche. Kann man etwas wirklich besitzen? Gibt es gar Ansprüche an einen Menschen? Mich kotzt es regelmäßig an, wenn jemand *meine* Frau sagt.«

»Und deshalb nehmen Sie sich das Recht heraus, in eine Ehe einzudringen?« Christoph war ein wenig lauter geworden.

»Alles Humbug. Leeres Gerede. Ich mach mich doch nicht zum Gespött der Leute.« Er streckte Christoph den Arm entgegen. »Da sehen Sie, welche Absurditäten die Langeweile hier hinterm Deich gebiert.«

»Ein besonnener Mann wie Witte schlägt nicht grundlos zu«, erklärte Christoph. Gaultier entging, dass es in Christophs Worten klang, als würde er von Tatsachen sprechen, die auf Wissen beruhten.

»Der hätte keine Sorge haben müssen. Ich hätte ihm die Gesine nicht abgenommen. Sie können selbst nachsehen. An der ist kein Kratzer. Jedenfalls nicht von mir. Blicken Sie mal aus dem Fenster. Auf der einen Seite die Marsch. So weit das Auge reicht: Marsch. Und auf der anderen Seite: der Deich. Er begrenzt den Blick. Sie können nur einseitig in die Ferne sehen.«

»Sie müssen sich nur der Mühe unterziehen und den Deich erklimmen. Dann haben Sie wirklich den Überblick«, erwiderte Christoph.

Große Jäger hatte sich vor ein Bild gestellt. Sein Finger schwebte wenige Zentimeter über der Leinwand.

»Bilder sollen nach dem Verständnis der modernen Kunst nicht mehr gegenständlich sein, sondern zum Denken anregen. Während die alten Meister es noch verstanden, der Mona Lisa ein unvergleichliches Lächeln ins Gesicht zu zaubern, fließen heute Farbkompositionen zusammen und geben Raum für Interpretationen. Was will der Künstler mit diesem Werk sagen? In welcher Stimmungslage war er, als ihm seine Gefühle die Hand führten? Gefühle oder Gedanken? Ist das nicht ein Widerspruch? Nein!« Es klang entschieden. »In diesem Bild sehe ich Gefühle. Emotionen pur.«

Atemlose Stille herrschte im Raum. Die beiden anderen waren näher getreten. Sie lauschten den Ausführungen des Oberkommissars.

»In diesem Werk erkenne ich, wie aufgebracht Sie waren. Wenn man genau hinsieht, erkennt man die Windungen Ihrer Seele. Mein Gott. Was müssen Sie durchgemacht haben.«

Gaultier sah ihn überrascht an.

»Habe ich Sie vorhin unterschätzt? Sie haben einen richtigen Blick für die Kunst. Sie können in Bildern lesen. Ein Naturtalent.«

»Sie müssen Alpträume gehabt haben, Sie konnten nächtelang nicht schlafen.« Große Jäger vollführte eine Kreisbewegung mit dem Arm. »Rot wie das Feuer in der Hölle. Rot wie Blut. Und wenn man genau hinsieht, erkennt man viele kleine Fragmente. Das große Ganze hat sich aufgelöst.«

»Ich kann Ihnen nicht mehr folgen«, erklärte Gaultier plötzlich. Er hatte den Mund leicht geöffnet und sah ratlos aus.

Große Jäger drehte sich zum Maler um. »Ihr Werk ist wie eine Landkarte des Lebens. Es versinnbildlicht die Vergänglichkeit. Was eben noch ein blühendes Leben war, wird durch die Messer des rotierenden Schneidwerks atomisiert. Was treibt dieses zerstückelnde Messer an? Hass? Eitelkeit? Schmach? Oder andere Triebe?«

»Sie werden mir unheimlich«, gestand Gaultier zögerlich.

Große Jäger fixierte den Maler für eine Weile. Er starrte ihm in die Augen wie die Schlange auf das Kaninchen. Dann drehte sich der Oberkommissar um, verschränkte die Hände auf dem Rücken und stolzierte durch das Atelier.

»Hat das Bild zum Trocknen im Garten gestanden?« Große Jäger zeigte auf ein anderes Gemälde, das nur aus kräftigen Farben bestand.

»Nein. Wieso?«

»Das sieht aus, als wäre während des Trocknens im Freien ein kräftiger Eiderstedter Landregen niedergegangen und hätte alle Farben verwischt.«

»Sie Schelm, Sie. Blicken Sie einmal in Ihre Seele. Genauso sieht es dort aus. Nichts ist gerade, alles verschwommen. Die Dinge gehen ineinander über, vermischen sich. Klare Konturen kommen da nicht vor.«

»Hat es etwas mit der Chaostheorie zu tun?«, fragte Große Jäger und sah angestrengt auf das Bild. »Ein Mathematiker könnte das erklären.« Er sah Christoph an. »Wie heißt noch gleich dein Freund, der Mathematikprofessor von der Hochschule?«

»Professor Michaelis.«

»Kann der das erklären? Ich bin nur ein kleiner Oberkommissar aus der nordfriesischen Provinz und kann nicht bis drei zählen.«

»Man muss in sich gehen«, versuchte Gaultier zu erklären.

Große Jäger grinste. »Ich gehe lieber in andere.«

»In Garding?«, fragte Christoph.

»Gibt es dort eine Kunstszene? Von der habe ich noch nie gehört«, fuhr Gaultier dazwischen.

»Keine Kunstszene, aber eine sympathische Ärztin«, erwiderte Christoph.

»Und die sammelt Kunst?«

»Nur sehr ausgefallene Stücke«, schloss Christoph den kleinen Ausflug ab, ohne dass der Maler die Zusammenhänge verstand. »Mit welchem Galeristen arbeiten Sie zusammen?«

»Haben Sie noch nie meine Bilder gesehen? Nicht von meinen Ausstellungen gehört?«

»Bedauerlicherweise nicht.«

»Dann besuchen Sie die Galerie Stiefel in der Husumer Neustadt. Maximilian Stiefel. Ein sehr feinsinniger Mensch«, schob er leise hinterher.

»Wir müssen noch einen Blick in Ihren Ausweis werfen«, sagte Christoph.

»Sie wissen doch, wer ich bin. Ich wohne hier. Mein Name steht an der Tür.«

»Es ist eine Formalität«, blieb Christoph hartnäckig.

»Sie könnten ja auch Michelangelo, Gerhard Richter oder Konrad Kujau sein«, erklärte Große Jäger.

»Lächerlich. Das ist es, was die Leute nicht verstehen. Dieses staatliche Misstrauen gegenüber dem Bürger. Das hier ist mein Atelier. Meine Bilder. Und dann – so was.«

Große Jäger streckte ihm die Handfläche entgegen. »Ausweis!«

Gaultier murmelte etwas vor sich hin, als er den Raum verließ und nach ein paar Minuten mit seinem Ausweis zurückkehrte. Der Oberkommissar wollte das Dokument entgegennehmen, aber Gaultier ignorierte ihn und reichte es Christoph.

Der blickte Gaultier ins Gesicht, drehte das Dokument um, und verglich erneut das Bild mit dem Maler.

»Hier steht ein anderer Name«, sagte Christoph schließlich. »Das Bild weist eine gewisse Ähnlichkeit auf. Gibt es eine Erklärung dafür?«

Gaultier streckte die Hand aus. »Ist das von Belang?«

»Wir möchten schon gerne wissen, mit wem wir sprechen.«

Der Maler stöhnte auf. »Mit mir. Roger Gaultier ist mein Künstlername.«

Christoph drehte den Ausweis um. »Der ist hier aber nicht eingetragen.«

»Ich war auf der Amtsverwaltung in Garding. Das sind sture Leute. Eiderstedter eben. Die haben mir den Eintrag des Künstlernamens verweigert.«

Christoph gab dem Mann den Ausweis zurück. »Korrekt heißen Sie Roderich von Eckstein.« Christoph überschlug das Geburtsdatum. Von Eckstein war vierundsiebzig Jahre alt. »Herr von Eckstein …«

»Muss das publik werden?« Es klang fast flehentlich. »Unter diesem Namen verkaufen sich keine Bilder.«

»Das ist doch ein anständiger Name. Und sogar mit einem Adelsprädikat, einem ›von‹«, meldete sich Große Jäger zu Wort.

»Aber schlecht für das Marketing.«

»Das verstehe ich nicht. Van Gogh ist auch mit einem ›von‹ berühmt geworden.«

Von Eckstein alias Gaultier winkte ab und verzichtete auf weitere Einwände.

Der Abschied fiel frostig aus.

»Musst du die Leute stets so reizen?«, fragte Christoph leicht verärgert, als sie zum Auto zurückkehrten.

»Abgesehen davon, dass mir die Kunst des Gauls nicht liegt, haben wir dank der Provokation mehr erfahren, als er uns sonst verraten hätte. Und meine Erklärung vor dem Bild …«

»Das habe ich verstanden«, unterbrach Christoph den Oberkommissar. »Du hast da den gefundenen Finger hineininterpretiert.«

»Und den Rest, nach dem wir noch suchen.«

Christoph rief auf der Dienststelle an.

»Auf die Familie Witte sind drei Autos zugelassen«, berichtete Hilke Hauck. »Ein VW-Caddy …«

»Den haben wir gesehen«, warf Christoph zwischendurch ein. »Der steht auf dem Grundstück. Da befindet sich außerdem noch ein älterer Golf.«

»Dann gibt es noch ein drittes Fahrzeug.«

»Danach suchen wir.«

»Das ist ein silberfarbener VW-Passat Variant. Das Auto ist drei Jahre alt. Ein Diesel.«

Nach dem mussten sie jetzt suchen, formulierte Christoph eine der nächsten Aufgaben für sich. Wo war das Fahrzeug? Dort in der Nähe könnte man Michael Witte vermuten.

Auf der Mailbox befand sich eine Nachricht von Klaus Jürgensen. Der Spurensicherer hatte einen Mitarbeiter zu Wittes Haus geschickt, um dort eine Zahnbürste, einen Kamm oder andere persönliche Gegenstände sicherzustellen. Im Zweifelsfall würden diese beim DNA-Vergleich mit dem in der Biogasanlage gefundenen Finger nutzen.

Große Jäger verschränkte die Arme im Nacken und drückte das Kreuz durch. Christoph warf einen besorgten Blick auf den Beifahrersitz, der sich mit einem Ächzen über diese Behandlung beschwerte. Aber Volvo baute stabile Autos.

»Hier wohnen viele merkwürdige Leute«, stellte der Oberkommissar fest. »Wem darf man Glauben schenken?«

»Das herauszufinden ist unsere Aufgabe«, erwiderte Christoph.

»Sitzt ein kleiner Philosoph neben mir?«, lästerte Große Jäger und legte den Zeigefinger auf die Lippen. Beide lauschten gespannt dem Knurren, das in Große Jägers Schmerbauch einen gewaltigen Resonanzboden fand. »Du bist Erster Hauptkommissar. Und kommissarischer Dienststellenleiter. Also trägst du auch Verantwortung für das Wohlergehen deiner Ermittlungsknechte. Steht nicht irgendwo in den Dienstvorschriften, nach wie vielen Stunden ein Beamter eine Pause einlegen *muss*?«

»Ich kenne nur die Passage, dass Husumer Oberkommissare bis zum bitteren Ende durchhalten müssen. Stell dir vor, du wärst bei der Bundeswehr geblieben. Dann würdest du jetzt irgendwo in Afghanistan durch die karge Gebirgslandschaft streifen, statt dich im lieblichen Eiderstedt von Haus zu Haus fahren zu lassen.«

»Irrtum«, widersprach Große Jäger. »Wäre ich beim norddeutschen Trachtenverein geblieben, wäre ich jetzt mindestens Fünf-Sterne-General.«

»Wir kennen in Deutschland nur vier Sterne als höchsten Dienstgrad.«

Große Jäger streckte Christoph die Schulter entgegen. »Auf meine passen aber fünf Sterne. Abgesehen davon – wenn mich der Taliban gesehen hätte, wäre er ohnehin vor Furcht in seinen Erdhöhlen verschwunden.«

»Das mag sein«, stimmte Christoph zu und startete den Wagen.

»Wohin?« Es klang schläfrig.

»Wir wollen unsere Rallye durch das Dorf fortsetzen.«

SECHS

Das Haus des Ehepaars Matuschka lag in Nachbarschaft zum Hof von Reimer Reimers, wenn auch vielleicht in einhundert Metern Distanz. Die Beamten schienen schon erwartet zu werden. Sie hatten den Volvo noch gar nicht verlassen, als eine Frau in einem leger wirkenden, aber sicher aus einem guten Textilgeschäft stammenden Hosenanzug aus grober Seide die Tür öffnete. Christoph schätzte sie auf jenseits der sechzig, und die gepflegte sportliche Figur ließ sie immer noch attraktiv wirken.

»Sie kommen wegen Witte«, stellte sie fest, als die Beamten sich dem Eingang näherten.

Sie bat die Polizisten ins Haus und führte sie in den Wintergarten, der sich an der Rückseite des geschickt modernisierten älteren Hauses befand. Erst jetzt sah man, von der Straßenfront nicht erkennbar, dass im rechten Winkel ein modern wirkender großzügiger Flachbau angebaut worden war.

Der Wintergarten war lichtdurchflutet und von einer Leichtigkeit, dass man fast das Gefühl hatte, im Garten zu sitzen. Er gab den Blick auf die gepflegte Außenanlage frei. Die Gestaltung war durch einen Gartenarchitekten erfolgt. Auf den ersten Blick wirkte es, als wäre der Garten einschließlich des Teichs nicht Wirklichkeit, sondern ein gestelltes Foto aus einem Hochglanzmagazin für exquisites Wohnen.

Bevor ihnen Frau Matuschka einen Platz in den Rattansesseln anbieten konnte, ertönte hinter ihnen eine sonore Stimme.

»Guten Tag.«

Die Beamten drehten sich um und sahen einen kräftig gebauten Mann mit hoher Stirn, der im Unterschied zu seiner Frau zu einer leichten Fülle neigte. Er trug ein Sporthemd, das sich über seinen Bauch spannte, und eine Edeljeans.

»Polizei Husum«, versuchte Christoph zu erklären, aber Matuschka winkte ab.

»Geschenkt. Das weiß inzwischen jeder hier im Dorf.«

Sie nahmen Platz.

»Woher haben Sie die Information?«, fragte Christoph.

»Die alte Reimers war hier. Mit ihrem Enkel«, erzählte Matuschka. »Da waren Sie gerade drüben auf dem Hof eingetroffen.«

»Was hat Frau Reimers berichtet?«

»Mariechen war hier und …«

»Else! Das ist Frau Reimers. Es ist schlimm, wenn du von den Leuten stets nur den Vornamen nennst«, unterbrach Matuschka seine Frau barsch. »Wenn diese Unsitte hier auf dem Dorf auch üblich ist, müssen wir dem nicht unbedingt folgen.« Er drehte sich zu Christoph um. »Meine Frau wollte erzählen, dass die Mutter von Reimers mit dem Enkel …«

»Yannick«, unterbrach Große Jäger nun seinerseits den Mann.

Matuschka fuhr ärgerlich mit der Hand durch die Luft. »Mag sein. Ich weiß nicht, wie das Balg heißt. Das ist auch unbedeutend. Also! Frau Reimers tauchte hier auf. Sie war atemlos und konnte kaum sprechen. Meine Frau hat mich dazugebeten, obwohl ich mich sonst aus dem Weibergewäsch heraushalte. Die Reimers erzählte, dass es auf ihrem Hof von Polizei wimmele, weil man dort den Witte gefunden habe. Er sei zerhackt und zerkleinert in der Biogasanlage aufgetaucht. In diesem runden Behälter.« Er schnippte mit dem Finger. »Wie heißt das Dingens noch gleich?«

»Fermenter«, half Christoph.

»Kann sein. Da sei Witte gefunden worden. Zumindest Teile von ihm. Der Rest ist wohl schon aufgelöst.«

Christoph war überrascht, mit welch drastischen Worten Matuschka von dem Ereignis sprach. Der Mann beugte sich vor und stützte die Ellenbogen auf den Knien ab.

»Trifft es zu, ich meine, was die Reimers von sich gegeben hat?«

»Sie sollten nicht auf unqualifizierte Gerüchte hören.«

»Was war wirklich los?«, forderte Matuschka Christoph auf, zu berichten.

»Ich glaube nicht, dass wir in dieser Runde Einzelheiten diskutieren sollten.«

»Weshalb sind Sie dann hier?« Matuschka zog eine Augenbraue fragend in die Höhe.

Christoph lächelte. Auf Matuschka wirkte es wohl irritierend, weil es arrogant aussah.

»Sie sind kein Einheimischer?«

»Doch«, behauptete der Mann. »Ich wohne hier.«

»Zugereist«, stellte Christoph fest.

»Wenn Sie so wollen ... Aber was hat das zu besagen? Ohne frisches Blut wäre das Dorf ausgetrocknet. Die können doch froh und dankbar sein, dass Leute wie wir hierherziehen, die alten Katen renovieren und Kaufkraft hierherbringen.«

»Sie stammen woher?«

»Wir hatten eine Metzgereikette am Niederrhein. Die haben wir an einen Discounter verkauft. Dann sind wir hierhergezogen, da wir oft in St. Peter-Ording waren.« Er faltete die Hände. »Manchmal macht man Fehler im Leben. Niemand ist perfekt. Man wählt den falschen Wohnort, baut das falsche Haus.«

»Heiratet die falsche Frau«, setzte Große Jäger die Aufzählung fort.

Matuschka warf seiner Frau einen schnellen Blick zu, dann fauchte er den Oberkommissar an. »Ist das *Ihr* Problem?«

»Haben Sie selbst geschlachtet, oder waren Sie nur der Kaufmann?«, lenkte Christoph das Gespräch in andere Bahnen.

»Zuerst habe ich noch selbst im Betrieb mitgearbeitet.«

Das konnte eine Erklärung dafür sein, wie ungerührt Matuschka vom »Zerkleinern« gesprochen hatte.

»Was ist nun mit Witte?«, fragte er.

»Unsere Kollegen sind noch vor Ort. Sie dürfen gern beim Durchsehen des Inhalts des Fermenters behilflich sein«, mischte sich Große Jäger ein.

»Das ist wohl ein Scherz. Es reicht schon, dass die ganze Scheiße fürchterlich stinkt. Wenn die Bauern Jauche fahren, können Sie das Fenster nicht öffnen.«

»Die Landwirtschaft war vor Ihnen da«, sagte Christoph lakonisch.

»Ist das ein Grund, so gedankenlos auf die anderen Bewohner einzuwirken? Sie sollten mit Wychzek sprechen. Der ist auch ein Opfer und hat sich nach der Pensionierung hier niedergelassen. Wychzek ist Ingenieur. Der kann Ihnen erklären, dass der Gestank nicht sein muss. Das ist alles eine Frage des guten Willens.«

»Es gibt Meinungsverschiedenheiten zwischen Ihnen und den Alteingesessenen?«

»Sie können mit diesem Volk nicht vernünftig reden.«

»Aber Heinrich …«, wandte seine Frau zaghaft ein.

Matuschka schnitt ihr mit einer Handbewegung das Wort ab.

»Du verstehst das nicht. Deine Anbiederung ist manchmal nicht zu ertragen.«

»Ich bin nur höflich und nett zu den Nachbarn. Schließlich müssen wir mit denen auskommen.«

»Quatsch. Die legen einem aus purem Neid Steine in den Weg, wo sie nur können. Wir müssen nicht nur den Gestank ertragen, nein! Wir können uns auch nicht so einrichten, wie wir es gern möchten. Unsere Ausbauwünsche sind abgeschmettert worden. Das sieht der Bebauungsplan nicht vor. Dieser lausige Anbau«, dabei zeigte er auf den Winkel, »ist alles, was man uns genehmigt hat. Dabei hätten wir ganz andere Vorstellungen.« Er rieb Daumen und Zeigefinger gegeneinander. »Daran liegt es nicht. Aber die Leute blockieren aus Sturheit alles, was ihnen nicht in den Kram passt.«

»Michael Witte …«

»Der Tote«, fuhr Matuschka dazwischen.

»Ich spreche vom Bürgermeister des Ortes, Herrn Witte.«

»Der hat das alles nicht begriffen. Der hatte nicht genug in der Birne. Den haben Leute wie Reimers doch vorgeschickt, den Bürgermeister zu spielen. Unsere Ausbaupläne hat Witte blockiert, aber die bescheuerten Windenergieanlagen, die wollte er rundum aufstellen.«

»Das stimmt nicht, Heinrich«, widersprach Else Matuschka. »Witte ist gegen Windmühlen. Die Bauern wollen das.«

»Und deshalb gab es Streit im Ort?«

»Streit? Das kann konstruktiv sein. Aber von Streitkultur haben die Leute hier noch nichts gehört. Hier standen sich zwei

Meinungen gegenüber. Die Alten, die nie in die Welt gesehen haben, und jene, die mit ihrer Erfahrung frischen Wind hinter den Deich bringen könnten.«

»Leute wie Sie«, stellte Große Jäger fest. »Oder der Kunstmaler Gaultier.«

»Der ist doch durchgeknallt. Nein, ich meine Wychzek. Oder Nielsen, den General. Aber Witte und Reimers ... Die können Sie vergessen. Dabei muss das nicht sein. Ein Bekannter von uns hat drüben in Marschenbüll einen großen Hof, den er nach betriebswirtschaftlichen Grundsätzen bewirtschaftet. Er ist erfolgreich. Bitte, es geht doch.«

»Sie meinen Hermann von Dirschau?«, riet Christoph.

»Kennen Sie ihn? Ein toller Mann. Jemand von Format. Leider hat er vor neun Jahren seinen Sohn verloren. Ein Sexualverbrecher, den die Polizei nicht bändigen konnte, hat ihn kaltblütig ermordet. Das haben Ihre Kollegen nicht verhindern können.«

Christoph unterließ es, Matuschka über die wahren Hintergründe aufzuklären. Er sah Else Matuschka an.

»Es kursieren Gerüchte, dass es wohl jemanden in Everschopkoog gibt, der sich an andere Mitbürger heranmacht und sie sexuell belästigt.«

»Davon habe ich gehö–«, begann Frau Matuschka, aber ihr Mann unterbrach sie.

»Wer solche Dinge in Umlauf bringt, ist nicht ausgelastet. Dorftratsch.«

»Ach«, tat Große Jäger erstaunt. »Mein Kollege spricht Ihre Frau an, und Sie geben die Antwort. Sind Sie ein Betroffener?«

»Sie meinen, ich belästige andere Frauen?« Matuschka war aufgebracht.

»Oder Sie sind Opfer«, erwiderte der Oberkommissar.

Matuschka sah ihn eine Weile an.

»Sie wollen damit sagen, dass die Bauersfrauen mir nachstellen?«

Große Jäger schüttelte den Kopf. »Nicht die Frauen.«

Es dauerte eine Weile, bis der Mann verstanden hatte.

»Sie meinen, so ein Perverser, der es mit Männern treibt? Mich soll er ausgeguckt haben?«

»Es gibt sicher Menschen, auf die das Attribut ›pervers‹ zutrifft«, sagte Große Jäger. »Das ist aber keineswegs an die sexuelle Orientierung gebunden. Glauben Sie, dass Männer, die sich an Frauen oder kleinen Mädchen vergreifen, besser sind?«

»So habe ich das nicht gemeint, aber das ist doch nicht abnorm, das ist doch …« Er geriet ins Stammeln.

»Normaler als Männer oder Frauen, die sich zur gleichgeschlechtlichen Liebe bekennen?«, bohrte Große Jäger nach.

»Das ist … Ich habe das so nicht …« Matuschka suchte nach Worten. »Sind Sie deshalb hier, um Gesinnungsforschung zu betreiben?«

»Nein«, sagte Große Jäger. »So kompliziert denken Husumer Polizeibeamte nicht. Wir sind eher von schlichtem Gemüt. Wir suchen *nur* nach der Wahrheit.«

»Warum stellen Sie nicht die Fragen, die Sie weiterführen?«

»Das haben wir. Und wir haben Antworten erhalten.«

Matuschka sah irritiert von einem zum anderen.

»Davon habe ich nichts gemerkt.«

»Das zeichnet einen guten Polizisten aus«, schloss Große Jäger das Gespräch und stand auf.

Frau Matuschka begleitete sie zur Haustür.

»Mein Mann ist nicht so«, wisperte sie zum Abschied. »Er ist enttäuscht, dass die Leute hier eine eigene Meinung haben und sich nicht seine zu eigen machen. Sie hören ihn in der Einwohnerversammlung an, aber das war's dann auch. Die Nachbarn sind in Ordnung. Mariechen, also die Mutter von Reimers, ist eine ganz nette. Ich komme prima mit ihr zurecht. Das stört Heinrich, wenn er sieht, dass ich Anschluss finde, er aber nicht.«

»Hat Roger Gaultier auch versucht, nachbarschaftliche Kontakte zu Ihnen zu knüpfen?«, fragte Christoph.

»Sie meinen, ob er mit mir geflirtet hat?« Für einen Moment wirkte sie verlegen. Ein leichter Rotschimmer huschte über ihre Wangen.

»Nicht nur geflirtet, sondern ob er Ihnen auch Avancen gemacht hat?«

Sie senkte die Stimme noch weiter und war kaum noch zu verstehen.

»Wir sind schon lange verheiratet. Da verblasst manches in der Ehe. Heinrichs Interessen sind vielschichtiger geworden als in den ersten Jahren. Und, glauben Sie mir, ich bin immer noch im Diesseits. Warum sollen dort nicht auch einmal Wolken schweben?«

»Gab es deshalb Streit zwischen Gaultier und Witte, weil der Maler sich auch an die Frau des Elektrikers herangemacht hat?«

»Ein bisschen komisch war das schon. Vielleicht ist Gaultier zu sehr von sich überzeugt und glaubt, niemand würde ihm widerstehen können.«

»Können Sie?«

Der Rotschimmer verstärkte sich. »Nicht alles, was man kann, muss man auch wollen«, erwiderte sie ausweichend.

»Else!«, brüllte Matuschka aus dem Inneren des Hauses. »Wo bleibst du?«

»Sie hören. Ich muss«, sagte sie rasch und schloss hinter den Beamten die Haustür.

SIEBEN

Große Jäger weigerte sich einzusteigen. Er war durch nichts zu bewegen, auf die Zigarette zu verzichten.

»Merkwürdige Menschen wohnen hier«, stellte er zwischen zwei Lungenzügen fest.

»Das denken die von uns auch.«

»Offensichtlich gibt es zwei Parteien im Dorf. Die Einheimischen und die Fremden, wie die Zugereisten genannt werden. Und Roderich von Eckstein, wie dieses Gaul-Tier richtig heißt, scheint jemand zu sein, der hinter jedem Rock her ist, der nicht bei drei auf einem Baum verschwunden ist. Manchmal läuft er aber gegen eine Wand, die ›Ehemann‹ heißt. Ich kann mir gut vorstellen, dass es Witte nicht gefallen hat, als man über seine Frau sprach. Hat Witte dem Maler im Wiederholungsfall Schlimmeres angedroht, nachdem er zugeschlagen hatte? Das hätte andere Ehemänner vielleicht ermutigt. Und Gaultiers Beutezüge wären schwieriger oder gar unmöglich geworden.« Große Jäger stutzte. »Dabei ist der Bursche schon vierundsiebzig. Ich möchte Apotheker in Everschopkoog sein. Von den Umsätzen mit Viagra könnte man gut leben.«

»Es soll auch Männer geben, die keine chemische Unterstützung benötigen.«

»Stimmt«, grinste Große Jäger. »Aber von mir ist hier nicht die Rede.«

Im Auto roch es nach kaltem Rauch. Der saß überall in der Kleidung des Oberkommissars. Christoph konnte und wollte sich nicht daran gewöhnen. Demonstrativ ließ er die Seitenscheibe herab.

»Finde einmal heraus, wo Wychzek wohnt«, sagte Christoph.

»Nein!«, antwortete Große Jäger bestimmt. »Erst wird mittaggegessen.«

Christoph seufzte und startete den Motor. Sie bogen auf die Landesstraße hinterm Deich ab und fuhren Richtung Everschopsiel. Der Volvo rollte über die schnurgerade Straße, als Christoph wenig später so hart auf die Bremse trat, dass Große Jäger in den Gurt gepresst wurde.

»Hast du Gas und Bremse verwechselt?«

»Das gibt es nicht«, sagte Christoph erstaunt und sah nach links. Große Jäger beugte sich ein wenig vor, damit er an Christoph vorbeiblicken konnte, und stimmte zu:

»Das ist erstaunlich.«

Während Christoph abbog, murmelte Große Jäger: »Hast du das nicht gelernt, dass man beim Abbiegen den Blinker setzt? Gab es das damals zu deiner Zeit noch nicht? Vergiss nicht, die Polizei ist in der Nähe.«

»Polizei? Wo denn? Ich sehe nur dich.«

Sie stiegen gleichzeitig aus und starrten auf den silberfarbenen VW-Passat Variant mit dem Kennzeichen »NF-MW«, der vor Wittes Haus parkte.

»Wie kommt der Wagen dahin?«, fragte Christoph laut. »Seine Frau ist nicht damit gefahren. Ist Witte wieder zu Hause?«

»Ohne Finger? Oder wem gehört das Körperteil?«

Sie klingelten an der Haustür, und nachdem sich niemand gemeldet hatte, umrundeten sie das Gebäude. Die Hintertür war angelehnt.

Christoph klopfte gegen die Tür und rief laut »Hallo« in den dunklen Flur, aus dessen Hintergrund ein schlankes, fast hageres junges Mädchen mit langen blonden Haaren auftauchte. Sie hielt eine Scheibe Brot in der Hand. Am letzten Bissen kaute sie noch.

»Ja?«, fragte sie mit offenem Mund und kaute weiter.

»Wer sind Sie?«, fragte Christoph.

»Wer sind Sie denn?«, erwiderte sie und biss erneut ab.

»Polizei Husum. Mein Name ist Johannes. Das ist mein Kollege Große Jäger.«

»Ja? Und?«

»Sie sind …«

»Ich bin Lena Witte, die Tochter.«

»Der Passat vor der Tür – der gehört Ihrem Vater?«

»Was ist damit?« Sie hörte auf zu kauen.

»Wir hätten gern mit Ihrem Vater gesprochen.«

»Aber – warum denn?« Sie zeigte Anzeichen von Unsicherheit.

»Das möchten wir ihm gern selbst erklären.«

Sie zögerte einen Moment.

»Das geht jetzt nicht.«

Die beiden Polizeibeamten wechselten einen Blick.

»Warum nicht?«

Sie warf einen nervösen Blick auf ihre Armbanduhr. »Der schläft. Er kommt manchmal zwischendurch für eine kurze Pause hierher. Dann möchte er nicht gestört werden.«

»Nun ist genug«, sagte Große Jäger streng. »Holen Sie Ihren Vater an die Tür, sonst wecken wir ihn. Aber fix. Wir haben nicht alle Zeit der Welt.«

Lena Witte zog den Kopf zwischen die Schulterblätter ein, murmelte »Moment« und verschwand. Sie hörten, wie die junge Frau die Treppe hinaufging und an eine Tür klopfte.

»Papa?«, rief sie halblaut.

»Da bewegen wir Himmel und Erde, und der Elektromeister liegt zu Hause und schlummert«, sagte Große Jäger. »Aber, zum Teufel, wem gehört der Finger? Ich möchte wetten, Witte hat seinen mit ins Bett genommen.«

Erneut hörten sie das zaghafte »Papa?«.

Dann knarrte eine Tür. Kurz darauf kam Lena die Treppe herunter und kehrte zu den Beamten zurück.

»Haben Sie den Chef des Hauses wach bekommen?«, fragte Große Jäger.

Sie blickte ihn ratlos an und breitete die Hände aus.

»Er ist nicht da.«

»Irgendwo muss er doch sein.«

»Bestimmt ist er beim Kunden.«

Christoph zeigte auf den Caddy. »Zu Fuß?«

Erst jetzt schien Lena Witte den Firmenwagen wahrgenommen zu haben.

»Ach nee.« Sie musterte Christoph. »Dann weiß ich auch nicht.«

»Ist er in einem anderen Raum? Keller? Werkstatt?«

Sie blickte über den Hof. »Die Werkstatt ist zu. Und einen Keller haben wir nicht.«

»Irgendwo muss Ihr Vater doch sein.« Große Jäger wurde ungeduldig. »Schließlich steht sein Auto vor der Tür. Das war vorhin noch nicht der Fall.«

»Sie waren schon einmal da?«

Christoph ging nicht auf die Frage ein. »Wo ist Ihr Vater?«

»Ich weiß es nicht«, gestand sie kleinlaut ein.

»Und der Passat?«

Lena Witte schluckte heftig. »Mit dem war ich unterwegs. Ich nehme manchmal Papas Auto. Ich arbeite in St. Peter bei der Sparkasse. Dort kommt man von uns aus schlecht hin. Wenn Papa das Auto nicht braucht, fahre ich damit.«

»Das hat er Ihnen heute Morgen genehmigt?«

Sie senkte den Blick und starrte auf ihre Fußspitzen.

»Da habe ich ihn nicht gesehen. Das kommt öfter vor. Ich meine, wenn er früh los ist. In der Woche, so den Tag über, ist er immer mit dem Werkstattwagen unterwegs.«

»Wann ist Ihr Vater gestern Abend nach Hause gekommen?«

Sie zuckte mit den Schultern.

»Keine Ahnung. Er war gestern in Kiel. Ich war abends noch bei Freunden in Uelvesbüll.«

»Wie sind Sie dorthin gekommen?«

»Geert, das ist einer aus dem Freundeskreis, hat mich abgeholt. Und wieder zurückgebracht. Das war gegen halb zwölf. Da war hier schon alles dunkel.«

»Und der Passat stand vor der Tür?«

»Ja.« Es klang erstaunt.

»War Ihr Vater schon zu Hause, bevor Sie wegfuhren?«

Lena Witte sah Christoph eine Weile an. »Ich weiß es nicht«, sagte sie. »Hab nicht drauf geachtet. Ich glaube aber nicht.« Sie streckte den Kopf vor. »Was soll das eigentlich? Ich verstehe das nicht.«

»Frau Witte«, begann Christoph vorsichtig und berichtete von dem vagen Verdacht, dass man im Fermenter des Bauern Reimers einen Finger mit einem Ring gefunden hatte, von dem Dorfbewohner behaupteten, er könne Michel Witte gehören.

»Das ist doch absurd«, wies Lena Witte diese Vermutung zurück. »Nie und nimmer. Und wo ist meine Mutter?«

»Die ist vorsichtshalber zur ärztlichen Behandlung ins Klinikum nach Tönning gebracht worden.«

»Dann werde ich sofort hinfahren«, entschied die junge Frau und wollte sich an den Beamten vorbeidrängeln.

Große Jäger breitete die Arme aus und versperrte ihr den Weg.

»Moment. Warten Sie damit noch einen Augenblick. Die Ärzte kümmern sich um Ihre Mutter. Sie ist in Tönning in den besten Händen.«

Christoph räusperte sich. »Ich möchte Ihnen den Ring zeigen, den wir gefunden haben.« Er navigierte auf seinem Smartphone zu dem Bild, das ihnen Jürgensen geschickt hatte, und zeigte es Lena Witte. »Kennen Sie diesen Ring?«

»Klar. Sicher. Das ist der meiner Mutter. Hundertpro.«

Die junge Frau hatte den Ring als den ihrer Mutter identifiziert. Der war gleich dem des Vaters. Es war eine weitere Bestätigung, dass die bisherigen Vermutungen der Polizei richtig sein konnten.

»Bei Reimers haben Sie den gefunden? Wie kommt der da hin?«

»Das versuchen wir herauszufinden. War Ihr Vater mit Reimers befreundet?«

Sie spitzte die Lippen. »Das kann man nicht sagen.«

»Gab es Streit zwischen den beiden? Rivalitäten?«

»Auch nicht. Ganz neutral. Wie das ist in einem kleinen Dorf. Reimers ist der Stellvertreter meines Vaters.«

»Hatten die beiden unterschiedliche politische Auffassungen?«

Sie sah Christoph an. »Dafür habe ich mich nicht interessiert. Politik ist nicht mein Ding. Und zu Hause haben wir auch nicht darüber gesprochen. Gut. Manchmal war mein Vater sauer. ›Die spinnen alle‹, hat er geschimpft. ›Warum machst du den Job?‹, wollte meine Mutter einmal wissen. ›Irgendeiner muss das doch machen. Wollen wir das den Hergelaufenen überlassen?‹«

»Hat Ihr Vater das so gesagt?«, unterbrach Christoph die junge Frau.

»Das war nicht so gemeint«, versuchte sie, ihre Aussage abzuschwächen. »Aber die ziehen nicht alle am gleichen Strang. Jeder will etwas anderes.«

»Und darum gab es Streit?«

»Unterschiedliche Meinungen. Aber Streit … So würde ich es nicht nennen.«

»Wir haben gehört, dass Ihr Vater eine Auseinandersetzung mit Roger Gaultier hatte.« Christoph ließ das Motiv des Streits unausgesprochen. Er wollte mit Lena nicht über die angebliche Beziehung ihrer Mutter zu dem Kunstmaler sprechen.

»Das war ganz gut, dass mal irgendjemand dem Spinner welche aufs Maul gegeben hat. Der tickt doch nicht sauber.«

»Ist Gaultier Ihnen auch unangenehm aufgefallen?«

»Mir? Der alte Sack? Nein. Dem hätte ich schon was erzählt. Der Lustgreis soll in seiner Höhle bleiben. Den nimmt doch keiner für voll.«

Die Mutter hatte etwas anderes berichtet. Das mochte aber am Generationenunterschied liegen, dachte Christoph. Bei einem Altersunterschied von über fünfzig Jahren, die Gaultier von der jungen Frau trennten, wirkte auch der breiteste Charme nicht mehr. Prompt bestätigte Lena Witte Christophs Gedanken.

»Der ist doch voll peinlich. So was Krasses.« Dann erinnerte sie sich an den Grund des Besuchs der beiden Beamten. »Soll ich mal nachsehen, bei welchem Kunden mein Vater ist?«

»Haben Sie Zugriff auf diese Information?«, fragte Christoph.

Sie nickte. »Mit dem Computer steht er auf dem Kriegsfuß. Da geht er nur ungern ran. Seine Kundentermine trägt er immer auf einem großen Wandkalender ein. Er oder Mama, wenn die die Anrufe entgegennimmt. Ich sehe mal nach.«

»Dürfen wir mitkommen?«, fragte Christoph.

Lena Witte hatte sich schon umgedreht. Mit der Hand gab sie das Zeichen, zu folgen, und ging voraus zu einem kleinen engen Büro. Der Schreibtisch war gegen die Wand gestellt und mit Papieren übersät. An der Wand stand ein Aktenregal, das mit

Ordnern gefüllt war, deren Rücken mit der Hand beschriftet waren. Lena Witte schob ein paar Papiere zur Seite, bis sie einen Bogen herausfischte und dabei »Hier ist er« murmelte. Ihr Finger huschte über die Spalten und blieb beim Tagesdatum hängen. Dann sah sie auf die Uhr.

»Um vierzehn Uhr ist dort was eingetragen. Lornsen in der Karkenstraat in Tetenbüll.«

»Haben Sie die Telefonnummer?«

»Moment«, sagte sie, suchte in einer altertümlichen Kartei aus Pappkarten und nannte die Ziffernfolge.

»Wo war Ihr Vater heute Morgen?«

»Tetenbüll ist der erste Termin für heute.«

»Und gestern?«

»Am Vormittag war er am Möhlendieck in Grünhörn und dann bei Michelsen am Porrendeich.«

Die Beamten ließen sich auch von diesen Kunden die Telefonnummern geben.

»Am Nachmittag steht hier ›Kiel‹«, schloss Lena Witte die Nachforschungen ab. »Wollen Sie mir nicht endlich sagen, was los ist?« Deutlich schwang Sorge in ihrer Stimme mit.

Christoph hätte ihr die Frage gern beantwortet. Aber er wusste die Antwort selbst nicht.

Vom Auto aus wählten sie die Tetenbüller Nummer an.

»Witte? Wo bleibt der?«, schimpfte eine ältere Frauenstimme. »Wir warten auf ihn. Der ist sonst immer zuverlässig. Der hat uns noch nie versetzt. Und wenn er sich mal verspätet hat, rief er an. Wir sind Rentner. Da können wir es einrichten. Nur Bescheid sagen sollte er. Sagen Sie ihm das. Wer sind Sie überhaupt?«

Christoph tat ihr nicht den Gefallen, seine Identität zu offenbaren.

Der Kunde vom Möhlendieck in Grünhörn bestätigte, dass Witte am Vortag bei ihm gewesen war und einen Kurzschluss im Stall repariert hatte. »Er ist gegen zehn wieder weg«, berichtete er.

Den nächsten Termin am Porrendeich hatte Witte nicht

mehr wahrgenommen. Das war vor vierundzwanzig Stunden gewesen. Und in Kiel war er auch nicht angekommen.

Wo war der Elektriker geblieben? Und wie war sein Firmenwagen wieder zurückgekommen? Falls er selbst das Fahrzeug nach Everschopkoog gebracht hatte, war zu klären, ob er von jemandem gesehen wurde.

»Wir müssen noch einmal alle Nachbarn befragen, ob sie Witte gestern gesehen haben. Sein Auto ist nicht von allein nach Hause gekommen.«

»Sicher nicht«, pflichtete Große Jäger bei. »Aber wo ist er, wenn er nicht in Reimers Fermenter gelandet ist?« Der Oberkommissar rollte mit den Augen. »Nun ist Mittag.«

Er sprach mit einer solchen Bestimmtheit, dass Christoph nicht widersprechen konnte.

Sie fuhren zum nahen Everschopsiel. Direkt an der Landesstraße lag das unscheinbare Gebäude des Siels. Das Werbeplakat für das sehenswerte Multimar-Wattforum in Tönning an der Hauswand wirkte wie ein bunter Farbtupfer. Zur Koogseite hin breitete sich das Speicherbecken aus, in dem die Marschentwässerung zunächst gespeichert und bei Ebbe durch das Siel in die See hinausgepumpt wurde. Westlich davon lag die »Spieskommer«, ein vorwiegend von Durchreisenden, aber auch von Einheimischen gern angenommenes Restaurant aus Holz mit dem charakteristischen Wintergarten davor. Heute standen nur wenige Fahrzeuge auf dem Sandparkplatz. Die Saison war um diese Jahreszeit vorbei.

Christoph stellte den Volvo ab und betrat die einem Bistro ähnelnde Gaststätte, während Große Jäger noch vor der Tür stehen blieb, um seiner Nikotinsucht zu frönen.

»Hast du schon gewählt?«, fragte der Oberkommissar, als er wenig später folgte und Christoph in die Speisekarte vertieft sah.

Es überwogen bodenständige Gerichte. Christoph entschied sich für ein Krabbenrührei mit Bratkartoffeln, während Große Jäger sich für eine »Riesencurrywurst« mit Pommes »und allem, was man dazu nehmen kann« entschied.

»Früher stand hier ein Imbisswagen«, erklärte Große Jäger. »Wer öfter kommt, schätzt die Küche, auch wenn die Preisgestaltung sehr mutig ist. Das harmoniert mit der Zugänglichkeit der Bedienung, die zwischen freundlich und zuvorkommend bis kühl-reserviert alle Varianten aufzuweisen versteht – vermutlich abhängig von der Tagesform.«

Sie ließen noch einmal die Geschehnisse des Vormittags Revue passieren, diskutierten das Gesehene und Gehörte, ohne zu einem anderen Ergebnis als »mysteriös« zu kommen.

ACHT

Nach dem Essen und einem Cappuccino – der Oberkommissar hatte Kaffee gewählt – gingen sie den schmalen Teerweg, der über den Deich zum kleinen und beschaulichen Hafen Tetenbüllspieker führte, hinauf. Er war von der Landesstraße nicht zu sehen, und die meisten fuhren an ihm vorbei, ohne seine Existenz wahrzunehmen. Zu dieser Jahreszeit waren die wenigen Liegeplätze, die sich alle nur auf der linken Seite befanden, verwaist. Nicht ein Boot dümpelte im Wasser. Ein Teerdeich begrenzte die vom Regen durchweichte »Hafenfläche«, die nur aus Matsch zu bestehen schien.

Große Jäger murrte, als Christoph die wenigen Schritte bis zu den Betonbecken ging, in denen tosend das Wasser sprudelte, das aus dem Speicherbecken abgelassen wurde und in die See floss. Ein handschriftlich mit roter Farbe bepinseltes Holzschild mahnte: »Achtung bei Spülbetrieb! Badeverbot«.

Es war ein Idyll. Hier war die Welt noch friedlich. Eine weite Landschaft, klare und saubere Luft, ein Licht, das die Maler inspirierte, und Stille, die man in dieser Vollkommenheit selten wahrnehmen konnte. Es sei denn, der Wind rüttelte an Fenster und Dachpfannen, oder der Regen trommelte gegen die Fenster. Und doch hatte die Aufklärung eines Verbrechens sie an diesen Ort geführt.

Christoph stützte sich auf dem Geländer ab und starrte in das gurgelnde Wasser unter ihm, bis er inmitten der reinen Seeluft Tabakqualm wahrnahm.

Sind der Oberkommissar und das beschauliche Eiderstedt kompatibel?, fragte er sich im Stillen. Ja!, gab er sich selbst die Antwort. Ohne Große Jäger würde in Nordfriesland etwas fehlen.

»Wie lange hast du noch bis zur Pensionierung?«, fragte der Oberkommissar.

»Warum?«

»Ich überlege, ob du bis dahin hier stehen bleiben möchtest.«

Christoph seufzte. »Antreiber.«

Schweigend trotteten sie über den Deich zurück zum Auto.

»Du wolltest mir noch erzählen, warum du heute Morgen so gelacht hast«, erinnerte Christoph den Oberkommissar, als sie wieder im Auto saßen.

Sofort fing Große Jäger wieder an zu lachen. Er benötigte eine Weile, bis er sich beruhigt hatte.

»Die Kollegen von der Schutzpolizei haben heute Nacht zwei Männer festgenommen. Einer liegt im Krankenhaus, der andere wurde bei uns im Keller aufbewahrt. Die beiden haben im Zug von Kiel randaliert und mit einem Totschläger das Führerhaus in der Regionalbahn schwer beschädigt. In Husum auf dem Bahnhof haben sie den Triebwagen noch von außen in Mitleidenschaft gezogen.«

»Sind Personen zu Schaden gekommen?«, unterbrach Christoph.

Große Jäger nickte und lachte weiter. »Ja. Der Kumpel vom Haupttäter. Der hat versucht, seinen Freund zu bändigen. Dabei hat der ihm mit dem Totschläger den Unterarm gebrochen. Das ist alles. Dritte waren nicht beteiligt.«

»Ist das der Grund für deine Heiterkeit?«, fragte Christoph.

»Nein. Spaßig ist das Motiv. Die beiden sind gestern Abend in Kiel in den Zug gestiegen. Eigentlich wollten sie zurück nach Neumünster. Der eine hatte eins Komma acht Promille im Blut, sein Freund nur geringfügig weniger. Als sie merkten, dass sie in der Regionalbahn den Nord-Ostsee-Kanal überquerten, dämmerte ihnen, dass etwas falsch war. Murat Eydan, das ist der, den ich verhört habe, beschloss daraufhin, einen Freund zu besuchen. Folglich torkelten die beiden zum Lokführer und erklärten ihm, sie wollten nach Flensburg. Der Regionalzug von Kiel verkehrt allerdings nach Husum und biegt in Jübek von der Flensburger Strecke zur Westküste ab. Unterwegs hat Murat einen anderen Fahrgast gefragt, wann sie endlich Flensburg erreichen würden. Als dieser erklärte, der Zug würde nicht an die Förde, sondern nach Husum fahren, fing er an zu randalieren und bezichtigte den Lokführer, aus purer Boshaftigkeit nach Nordfriesland abgebogen zu sein. Der sollte unbedingt an der nächsten Weiche wieder in Richtung Flensburg fahren, forderte Murat in seinem Suff. Natürlich kam der Eisenbahner dieser Aufforderung nicht nach.« Große Jäger grinste. »Und so begann Murat, aus Wut den Triebwagen zu zerlegen. Sein Kumpel versuchte, ihn zu bändigen und wurde dabei verletzt.«

»Und? Was ist daran so lustig?«, fragte Christoph. »Schließlich war der Täter alkoholbedingt unzurechnungsfähig.«

»Richtig«, stimmte Große Jäger zu. »Als ich ihn verhörte, wirkte er auch ziemlich verkatert. Trotzdem bestand er darauf, dass er im Recht sei, da sein Wunschfahrziel nicht angefahren wurde. Er wollte nichts anderes als nach Flensburg, wenn man ihn schon nicht nach Neumünster ließ.«

»Ist das dein Ernst?«

»Nicht meiner, sondern Murats. Und was ist dein nächstes Wunschziel?«

»Wychzek.«

Das Einfamilienhaus war eines der neueren im Dorf. Es war von außen unauffällig und passte mit der landestypischen Klinkerfassade in das Ortsbild. Der kleine Garten war von ordnender Hand angelegt, wenn auch bei der Auswahl der Gewächse und Blumen offensichtlich die Akzente auf das Frühjahr und den Sommer gelegt wurden und die Herbstblüher vernachlässigt schienen. Ein Namensschild fehlte unter dem Klingelknopf, der einen melodischen Gong in Betrieb setzte. Nach kurzer Zeit öffnete eine Frau mit einem Wuschelkopf die Tür. Sie war leger gekleidet in Jeans und Pullover; eine Halbbrille saß vorn auf der mit Sommersprossen verzierten Nasenspitze.

»Ja bitte?« Sie musterte die beiden Beamten und unternahm gar nicht erst den Versuch, den geringschätzigen Gesichtsausdruck bei Große Jägers Anblick zu verbergen.

»Frau Wychzek?«, fragte Christoph.

»Lattmann«, erwiderte sie. »Herr Wychzek ist mein Lebenspartner.«

»Wir kommen von der Husumer Polizei.«

Christoph hatte schon oft erlebt, dass den Menschen das Erschrecken anzusehen war, wenn sie der Polizei gegenüberstanden. Das traf auch auf Frau Lattmann zu. Sie sah noch einmal Große Jäger an, und ihr Blick wanderte vom Scheitel bis zu den Kniekehlen.

»Beide?«, fragte sie schließlich.

»Das ist mein Kollege Oberkommissar Große Jäger. Mein Name ist Johannes.«

»Oberkommissar?«

Unwillkürlich trat sie einen halben Schritt zurück. Dann wandte sie den Blick Große Jäger zu. Als *Ober*kommissar war er in ihren Augen der Dienstvorgesetzte. Es war ihrer Mimik anzusehen, dass sie irritiert war.

»Um was geht es?«, fing sie sich.

»Ist Herr Wychzek im Hause?«

»Ja – natürlich. Hat er irgendetwas …?« Sie brach mitten im Satz ab.

»Wir haben nur ein paar allgemeine Fragen zu einem Vorgang aus der Nachbarschaft. An Sie beide. Dürfen wir eintreten?«

»Wir sind gerade beim Essen. Können Sie noch einmal wiederkommen?«

»Das ist ungünstig«, mischte sich der »Chef« Große Jäger ein. »Sie dürfen auch gern weiteressen. Wir stören Sie nicht.«

Es war ihr anzusehen, dass sie überlegte und abwog, wie sie sich entscheiden sollte. Schließlich öffnete sie die Tür ganz und trat zur Seite.

»Gleich links«, sagte sie und zeigte auf eine offen stehende Zimmertür mit geriffelter Scheibe.

Christoph ging voran und klopfte pro forma an. Es war ein im Winkel gebautes Wohnzimmer, in dessen Nische der Esstisch stand. Dort saß ein großer kräftiger Mann mit grau meliertem kurz geschnittenen Haar und einem weißen Vollbart. Er sah auf, als die Beamten eintraten.

»Die sind von der Polizei, Günter«, erklärte Frau Lattmann, die hinter Große Jäger stand und vom Oberkommissar völlig verdeckt wurde.

»Dürfen wir uns setzen?«, fragte Christoph.

»Wir sind gerade beim Mittag.« Es klang unwirsch.

»Lassen Sie sich nicht davon abhalten«, erklärte Große Jäger und nahm auf einem freien Stuhl Platz. Er zog das benachbarte Sitzmöbel ein Stück vom Tisch ab und nickte Christoph zu. »Hier.«

Frau Lattmann setzte sich wieder, nahm ihren Löffel zur Hand, vergaß aber zu essen, während Wychzek seelenruhig weiteraß.

Eintopf, registrierte Christoph. Kartoffelsuppe, in der neben Schinkenstückchen auch Krabben schwammen. Die verrührte Sahnehaube war nur noch im Ansatz zu erkennen.

»Sie haben es schon gehört?«, begann Große Jäger.

Wychzek sah den Oberkommissar über seinen Löffelrand an. »Was?«

»Die Ereignisse, die durchs Dorf laufen.«

»Bei uns ist nichts angekommen.«

»Hat der Briefträger nichts erzählt? Die Nachbarn?«

Die beiden Hausbewohner wechselten einen Blick.

»Wir hatten heute keine Post«, erklärte Frau Lattmann.

»Und zu Nachbarn pflegen wir keine intimen Kontakte«, ergänzte ihr Partner. »Guten Tag und guten Weg. Das war's auch schon. Es ist ein bisschen schwierig, mit den Dörflern ins Gespräch zu kommen.«

»Wie lange wohnen Sie schon in Everschopkoog?«, fragte Christoph.

»Zwei Jahre«, antwortete Frau Lattmann. Das überschnitt sich mit den »vier Jahren« Wychzeks. Erneut sahen die beiden sich an. Dann hob Frau Lattmann leicht den Arm in Richtung ihres Partners.

»Wir haben das Haus vor vier Jahren gekauft. Wir sind günstig daran gekommen. Das Haus hatte ein Ehepaar aus Delmenhorst als Altersruhesitz gekauft. Dann ist der Mann krank geworden, und es wurde für die beiden schwierig, das Haus zu unterhalten.«

»Aber auch die ärztliche Versorgung war nicht optimal, Günter«, ergänzte Frau Lattmann und sah Große Jäger an. »Hier gibt es kaum Fachärzte auf Eiderstedt. Sie müssen immer nach Husum. Und dort bekommen Sie keinen Termin.«

»Das spielt doch keine Rolle«, sagte Wychzek in belehrendem Tonfall. »Wir haben das Haus gekauft, und als ich vor zwei

Jahren in den zweiten Teil meiner Altersruhezeit ging, sind wir hierhergezogen.«

»Sie sind also *Fremde*«, stellte Christoph fest.

Die beiden fragten weder nach, noch protestierten sie.

»Wir sind Einwohner Everschopkoogs«, erklärte Wychzek in einem Tonfall, der aufs Ruhrgebiet schließen ließ.

»Woher stammen Sie?«, wollte Christoph wissen.

»Aus Duisburg.«

»Günter war dort Jahrzehnte als Hütteningenieur beschäftigt«, ergänzte Frau Lattmann.

»Aha, als Architekt. Dann sind Sie verantwortlich für die vielen seelenlosen Neubauten, die unsere Städte verunstalten.« Große Jäger verschränkte die Arme vor der Brust und lächelte Wychzek an.

»Nein, ich war ...« Wychzek unterbrach seine Antwort. Dann grinste er. »Gut«, sagte er und zeigte mit der Löffelspitze auf den Oberkommissar, bevor er den Tellerrand mit der linken Hand anhob und die Neige auf den Löffel laufen ließ. Als er den zum Mund geführt hatte, legte er das Besteckteil auf den Teller und fuhr fort: »Bärbel war im Einzelhandel tätig. Es hätte sich für sie nicht gelohnt, weiter zu arbeiten. Sie hätte keine viel größeren Rentenansprüche erworben. So wohnen wir jetzt hier und vermieten bei passender Gelegenheit die beiden Ferienwohnungen oben unterm Dach. Das machen hier alle.«

»Wie gut kennen Sie Michael Witte?«

»Ah, um den geht es.« Wychzeks Augen blitzten auf. »Was ist mit dem? Der wirkt immer so harmlos.«

»Der tut doch nichts«, fügte Bärbel Lattmann an. »Der ist doch Bürgermeister.«

»Die sind auch nicht besser als andere«, belehrte sie Wychzek.

»Gibt es Probleme mit Witte?«, hakte Christoph nach.

»Nein«, versuchte Wychzek, die Aussage zu relativieren. »So war das nicht gemeint. Witte war nicht der Hellste.«

»Und ihr wart unterschiedlicher Auffassung.« Erneut mischte sich die Frau ein.

»In welchem Bereich?«, fragte Christoph.

»Nebensächlichkeiten. Das tut nichts zur Sache.«

»Die würden uns schon interessieren.«

Bärbel Lattmann wandte sich erneut an Große Jäger. »Günter hätte sich auch bereit erklärt, das Amt des Bürgermeisters zu übernehmen. Das wäre die bessere Lösung gewesen. Zum einen hat er mehr auf dem Kasten als Witte«, dabei legte sie ihre Hand auf Wychzeks Unterarm, »und auch mehr Zeit. Der Witte ist ständig unterwegs. Kein Wunder. Der muss noch arbeiten.«

»Seine Klitsche ernährt ihn eher schlecht als recht. Ich weiß nicht, ob er ein guter Handwerker ist. Ich glaube, er lebt eher von der Hand in den Mund. Typischer Einzelkämpfer auf dem Dorf. Und um die Belange der Gemeinde kümmert er sich nicht.«

»Der muss doch arbeiten«, sagte Bärbel Lattmann. »Die sind ganz schön blöd, dass sie dich nicht haben wollten.«

»Wer hat gegen Sie gestimmt?«, fragte Christoph.

»Das war ein demokratischer Vorgang«, wehrte Wychzek ab. »Bei der Wahl hatte Witte die Stimmenmehrheit. Das ist nicht verwunderlich, da die Neubürger in der Minderheit sind. Und nicht alle, die zugezogen sind, erkennen, dass man neue Ideen entwickeln muss. Das gilt auch für ein kleines und unscheinbares Dorf wie Everschopkoog.« Er streckte den Arm gegen die Wand aus. »Nur vier Kilometer entfernt liegt Norderfriedrichskoog. Das ist etwa mit unserem Dorf vergleichbar. Die haben die Zeichen der Zeit rechtzeitig erkannt und eine Marktlücke entdeckt, indem sie auf die Erhebung der Gewerbesteuer verzichtet haben. Dadurch sind viele große Unternehmen angelockt worden, die pro forma ihren Firmensitz nach Norderfriedrichskoog verlegt haben, um Steuern zu sparen. Und die Dörfler haben klotzig verdient an der Miete für die formell vorhandenen Büros und Briefkästen an der Haustür. Das Modell war phantastisch, bis irgendjemand in Kiel auf die Idee kam, der Gemeinde vorzuschreiben, dass sie einen Mindestsatz an Gewerbesteuern erheben müsse. Die Einwohner haben demokratisch dagegen gestimmt, aber was gilt eine Urwahl gegen eine Anordnung der Bürokratie. So ist das Modell geplatzt, und alle, die am Geldsegen Norderfriedrichskoog mitverdient haben, sahen plötzlich alt aus. Die Amtsverwaltung, der Kreis Nordfriesland und letztlich auch das Land. Prinzipienreiter. Und das habe ich nicht verstehen wollen. Ich wollte, dass wir hier in Everschopkoog auch so etwas machen, aber in die Köpfe der Bauern und anderen Leute bekommen Sie das nicht hinein.«

»Darüber haben Sie sich zerstritten?«

»Wir waren unterschiedlicher Auffassung. Ich habe es den anderen zu erklären versucht, aber bringen Sie einem Esel das Tanzen bei.«

»Niemand wollte nach Ihrer Pfeife tanzen?«, fragte Große Jäger. »Auch nicht Gaultier? Der ist schließlich auch ein Fremder.«

»Den kümmert das nicht. Der hat nur seine Spinnerei im Kopf. Für anderes können Sie den nicht begeistern.«

»So kannst du das nicht sagen«, protestierte Bärbel Lattmann.

Wychzek hob die Hand, als würde er seiner Partnerin gebieten, zu schweigen.

»Welche Qualitäten haben Sie denn bei Herrn Gaultier ausgemacht?«, fragte Christoph.

Sie senkte den Blick und sah auf die gefalteten Hände, die vor ihr auf der Tischplatte lagen. Erst als Christoph sie ein zweites Mal zum Sprechen aufforderte, sagte sie stockend: »Günter ist Ingenieur. Der sieht alles nüchtern und von der technischen Warte.« Dann blickte sie ihrem Partner ins Gesicht. »Du hast kein Empfinden für die Schönheiten des Seins. Dazu gehört auch die Kunst. Nicht wahr?«

Es wirkte, als würde sie um Zustimmung bitten. Doch Wychzek tat ihr nicht den Gefallen.

»Sie haben sich von Gaultiers Bildern einfangen lassen?«, fragte Christoph.

Sie bewegte kaum merklich den Kopf. »Ich male selbst.«

»Deine Sachen sind ja auch schön. Zumindest für einen Laien, der autodidaktisch zum Malen gekommen ist. Aber der Schmierlappen … Nicht nur die Bilder sind verworren, der ganze Kerl ist so.«

»Sie mögen Gaultier nicht?«

Bärbel Lattmann hob zaghaft den Zeigefinger, als säße sie in der Schule und würde sich zu Wort melden. Christoph nickte ihr zu, als würde er ihr das Wort erteilen.

»Das stimmt nicht. Günter hat Rogers Atelier noch nie besucht.«

Wychzek verzog das Gesicht. »Rotscher«, sprach er den Namen englisch aus. »Oder soll ich Roger sagen?« Diesmal war es deutsch.

»Der Mann heißt Roschee«, korrigierte ihn Bärbel Lattmann. »Er ist Künstler. Der hat einen anderen Blick auf das Leben als du und ich.«

»Genau. Der sieht überall unter den Rock.«

Bevor die Auseinandersetzung des Paares weiter eskalierte, mischte sich Christoph ein.

»Herrn Gaultier eilt ein gewisser Ruf der Leichtlebigkeit voraus. Hat er es auch bei Ihnen versucht?«, wandte sich Christoph an die Frau.

»Das möchte ich auch gern wissen«, ereiferte sich Wychzek. »Wenn du ihn in seinem Atelier besucht hast … Welchen Pinsel hat er geschwungen?«

»Günter!« Bärbel Lattmanns Ausruf klang schrill.

»Haben Sie konkrete Verdachtsmomente für Ihre Anschuldigungen?«, mischte sich Christoph ein.

Wychzek nagte an seiner Unterlippe.

»Nein«, sagte er schließlich. »Aber jeder im Dorf weiß von seiner Jagd auf Frauenröcke.«

»Sie meinen die Auseinandersetzung mit Witte? Das soll aus diesem Grund geschehen sein.«

»Der hätte noch mehr zuschlagen sollen.«

»Ich entnehme Ihren Worten, dass Sie Gaultier nicht leiden mögen. Mit wem hatte der Maler sonst noch Streit?«

»Mit allen.«

»Können Sie das ein wenig spezifizieren?«

»Ich sagte doch: mit allen.«

»Und Witte?«

Wychzek reckte sich. »Sie versuchen, einen Keil zwischen die Menschen in diesem Dorf zu treiben. Was soll das?« Plötzlich besann er sich. »Ist das eine neue Art der Gesinnungsschnüffelei? Sie fragen uns aus, ohne zu sagen, weshalb Sie überhaupt hier sind.«

»Im Ort ist ein menschlicher Finger gefunden worden.«

Während Bärbel Lattmann sich erschrocken die Hand vor den Mund hielt, streckte ihr Partner den Polizisten seine zehn Finger entgegen.

»Ich habe meine noch. Alle. Bringen Sie ihn doch ins Fundbüro. Vielleicht meldet sich derjenige, dem er abhandengekommen ist.«

»Wenn Sie das so amüsant finden, können wir das Gespräch gern auf unserer Dienststelle in Husum fortsetzen.« Große Jäger hatte dabei mit dem Zeigefinger auf die Tischplatte geklopft.

»Nun mal ruhig. So war das nicht gemeint. Sie müssen das verstehen. Da kommen zwei Leute hier hereingeschneit, während wir beim Mittag sind, und stellen merkwürdige Fragen.«

»Es ist auch eine nicht alltägliche Situation, dass wir einen Finger finden«, antwortete Christoph.

Wychzek schien etwas eingefallen zu sein. Sein Mienenspiel verriet es. »Wo haben Sie den Finger gefunden?«

»Auf dem Hof von Bauer Reimers.«

Jetzt sah das Paar doch ein wenig betrübt aus.

»Bei Reimers?« Wychzeks Frage war rhetorisch. »Doch nicht seiner, ich meine Reimers'?«

»Nein.«

»Würde mich aber nicht wundern. Die Bauern haben überall ihre Finger drin. Ohne deren Mafia läuft hier gar nichts.«

»Das sind doch keine Verbrecher. Jetzt wirst du ungerecht«, warf Bärbel Lattmann ihrem Partner vor.

»Du missverstehst wieder alles. Das habe ich nicht behauptet. Aber die haben eine Lobby, davon können andere nur träumen. Wenn unsere Energiekosten ins Unermessliche steigen, haben wir es den Bauern zu verdanken. So einem wie Reimers.«

»Das müssen Sie mir erklären«, bat Christoph.

»Das sehen Sie doch selbst. Auf jeden Quadratzentimeter Dachfläche installieren die Solaranlagen. Auf jedem Hof ist eine Biogasanlage errichtet, und wenn es nach den Bauern geht, wird die Landschaft mit Windrädern vollgestellt.«

»Wir können die politische Grundsatzentscheidung der Energiewende hier nicht diskutieren«, entschied Christoph.

Mit seiner Körpersprache gab Wychzek zu verstehen, welche Haltung er zu diesem Thema einnahm.

»Man darf doch seine Meinung dazu äußern, oder? Schließlich bezahlen wir das. Und nicht nur mit Geld. Die wollen uns diese Windspargel auch noch vor die Tür stellen. Meinen Sie, wir haben hier investiert, um Tag und Nacht diese Brummkreisel vor Augen zu haben? Das ist doch keine Zierde für die Landschaft.«

Dem Mann war anzusehen, dass ihn das Thema berührte. Er unterstrich jedes seiner Worte mit wilden Handbewegungen.

»Und deshalb gibt es einen Riss in der Dorfgemeinschaft?«

»Es gibt unterschiedliche Meinungen. Reimers ist der emsigste Verfechter der sogenannten Energiewende. Der macht jeden Mist mit, der auf diesem Gebiet kreiert wird. Wenn es nach ihm ginge, würden sich überall Windräder drehen.«

»Und Biesterfeldt?«

»Das ist ein knurriger Typ. Klar, dass der im Kielwasser von Reimers mitschwimmt.«

»Gibt es auch Gegner?«

Bärbel Lattmann hob wieder den Zeigefinger und meldete sich.

»Günter hat es den Leuten auf der Einwohnerversammlung zu erklären versucht. Die haben gar nicht zugehört.«

»Nicht verstanden«, bekräftigte Wychzek.

»Deshalb wollten Sie Bürgermeister werden?«, hakte Christoph nach.

»Die Bauern haben andere Interessen. Viele von den Nichtlandwirten begreifen das nicht. Die glauben, mit einer Beteiligung am Bürgerwindpark könnten sie den großen Reibach machen. Dabei werden sie doch nur ausgenutzt. Reimers verdient, weil es sein Land ist. Aber die Investoren wohnen nicht in Everschopkoog, sondern woanders.«

»Wo?«, fragte Christoph.

Wychzek war es nicht recht, dass Bärbel Lattmann vorpreschte. »Von Dirschau. Das ist ein Großbauer aus Marschenbüll.«

Wieder tauchte der Name des umtriebigen Mannes auf.

Von Dirschau hatte inzwischen offenbar noch mehr an Einfluss gewonnen. Er war Landtagsabgeordneter und kannte die informellen Quellen in Kiel. Natürlich konnte er dort auch seine eigenen Interessen verfolgen.

»Welche Haltung hat Witte als Bürgermeister eingenommen?«

Wychzek war aufgestanden und hatte den Raum verlassen. Sie hörten ihn in der Küche rumoren. Als er zurückkehrte, trug er eine Flasche Korn und ein Glas in der Hand.

»Das ist mir jetzt auf den Magen geschlagen«, sagte er und schenkte sich ein Glas voll ein, das er in einem Zug leerte. »Witte«, sagte er dann gedehnt, als würde er den Namen auf der Zunge zergehen lassen. »Von dem hatte ich mehr Einsatz gegen die Pläne erwartet.«

»Der Bürgermeister ist ein Befürworter des Ausbaus an Anlagen zur Gewinnung erneuerbarer Energie?«

»Das habe ich nie verstanden. Er besitzt weder Land, noch profitiert er von noch mehr Windmühlen oder Solardächern. Und an seinem Elektrobetrieb läuft das auch vorbei. Das ist nicht seine Welt.«

»Kann es sein, dass Witte, ohne eigene Interessen zu verfolgen, als Bürgermeister dabei an das Wohl der Gemeinde gedacht hat?«

Wychzek sah Christoph an, als hätte der soeben vorgeschlagen, einen gesetzlichen Feiertag anlässlich der Befreiung von Rotkäppchen und ihrer Großmutter einzurichten.

»Gibt es so etwas noch, dass Menschen aus purem Idealismus handeln?«

»Mehr als Sie sich vorstellen können«, erklärte Christoph. »Denken Sie an die ganzen ehrenamtlich Tätigen, ohne die kein Sportverein funktionieren würde, das kulturelle Leben vor Ort würde eine Brache werden, und auch auf vielen anderen Gebieten sähe es trostlos aus.«

»Und kaum jemand dankt den Frauen und Männern, die sich in der Freiwilligen Feuerwehr, der Kirche oder dem politischen Gemeinderat den Arsch für ihre Mitbürger aufreißen«, ergänzte Große Jäger und erntete für seine drastische Formulierung einen tadelnden Blick von Christoph.

»Stehen Sie allein mit Ihrer Meinung?«, fragte Christoph.

»Ziemlich. Nur Matuschkas sind auch gegen diesen Rüstungswahnsinn.«

»Das sind auch Neubürger. So wie Sie«, stellte Christoph fest.

»Die würden gern investieren und Ferienwohnungen bauen. Aber das genehmigt man ihnen nicht. Neubauten sind in Everschopkoog nicht vorgesehen. Zumindest nicht für Menschen. Aber Windräder und Biogasanlagen … Da ist alles möglich.«

»Und Gaultier?«, fragte Christoph.

»Der ist doch zu allem zu blöd«, winkte Wychzek ab. »Aber wenn Sie das Thema interessiert, sollten Sie mit Sönke Michelsen vom Porrendeich sprechen. Der engagiert sich für die Erhaltung der Natur.«

»Michelsen?«, fragte Christoph nach. Dort wollte Witte am Vortag einen Kundenauftrag ausführen. Bei der Rückfrage der Polizei hatte Michelsen angegeben, Witte sei nicht erschienen.

Christoph händigte dem Paar seine Visitenkarte aus. »Falls Ihnen noch etwas einfällt, verständigen Sie uns bitte.«

Bärbel Lattmann warf einen Blick auf den Karton.

»Erster Hauptkommissar«, las sie laut vor. Dann wanderte ihr Blick von Christoph zu Große Jäger und wieder zurück. »Ist das was Höheres als Oberkommissar?«

»Wir sind ein Team«, antwortete Christoph salomonisch. Und das meinte er auch so.

NEUN

»Die Leute machen uns die Ermittlungen nicht leicht«, brummte Große Jäger, als sie wieder im Auto saßen.

»Wäre es einfach, würden nicht wir beide in Everschopkoog sein.«

Der Oberkommissar knuffte Christoph freundschaftlich in die Seite. »Hast recht.«

Sie fuhren noch einmal zum Reimers'schen Hof. Dort stand immer noch das Fahrzeug der Flensburger Kollegen. Sie fanden Klaus Jürgensen auf einer wackligen Leiter balancierend, die am oberen Rand des Einfülltrichters angelehnt war. Christoph sparte sich eine Rückfrage. Jürgensen suchte akribisch den Rand ab, ob sich dort oben Spuren des vermeintlichen Opfers fanden. Hautpartikel, Kleiderfasern, Schleifspuren.

»Nichts«, gab der Hauptkommissar unaufgefordert ein Zwischenergebnis durch. »Wir haben auch das Bullauge untersucht. Das sah auch nicht so aus, als hätte man es in der letzten Zeit geöffnet. Es hat den Anschein, als wäre der Finger über diesen Weg in den Fermenter gelangt.«

»Und wenn jemand nur den Finger dort hineingeworfen hat?«, gab Christoph zu bedenken. »Dann kann es keine Spuren am Rand des Einfülltrichters geben.«

Klaus Jürgensen zog hörbar die Nase hoch. »Was macht das für einen Sinn, einen Finger auf diese Weise zu entsorgen? Wo ist der Rest des dazugehörigen Menschen? Niemand trennt sich freiwillig von seinem Finger, ohne danach einen Arzt aufzusuchen. Aber das haben wir schon durchgekaut.«

Natürlich gab es keinen stichhaltigen Beweis für die Vermutung. Aber Christoph hielt es für wahrscheinlich, dass in dem runden Behälter noch mehr Spuren eines Menschen zu finden waren. Die Situation war außergewöhnlich. Wie kontrolliert man die vergorene Masse aus der Biogasanlage? Würden überhaupt noch Spuren zu finden sein?

»Die Kollegen sind auf dem Gelände unterwegs«, fuhr Jürgensen fort. »Wir wollen uns insbesondere den Traktor vornehmen, mit dessen Ladeschaufel der Bauer diesen Trichter befüllt.«

»Hat sich die Staatsanwaltschaft schon gemeldet?«, wollte Christoph wissen.

»Wir haben noch keinen Bescheid erhalten. Das ist ein größeres Unterfangen. Dazu müssen wir externe Unterstützung anfordern, da wir mit unseren Mitteln den Behälter nicht leer pumpen können.«

»Das heißt, wir sind in diesem Punkt noch nicht weitergekommen?«

»Leider nicht«, bestätigte Jürgensen und setzte die Spurensuche fort.

Als Christoph sich umsah, bog Reimers' Mutter um die Hausecke.

»Ach, Frau Reimers.« Christoph ging auf die Altbäuerin zu. »Sie haben uns und den Menschen im Dorf einen Bärendienst erwiesen, als Sie das Gerücht streuten, das jetzt durch den Ort läuft. Frau Witte ist mit einem Schock ins Krankenhaus eingeliefert worden. Im ärgsten Fall kommt da noch etwas auf Sie zu.«

»Wieso denn? Das habe ich nicht gesagt. Ich habe ihr nur erzählt, dass die Polizei bei uns einen Finger gefunden hat mit einem Ring, der wie ihrer aussah. War das nicht richtig?«

»Frau Witte hat das anders aufgefasst. Sie haben ihr erzählt, dass Michael Witte in Ihrem Fermenter zerhackt wurde.«

Christoph sah, wie der Schreck in Mariechen Reimers' Glieder fuhr.

»Das stimmt nicht. Das habe ich nicht gesagt. Die lügt. Das macht sie in letzter Zeit öfter. Sie schleicht sich heimlich zu Klecksel …«

»Zu Gaultier«, warf Christoph ein.

»Sag ich doch.« Mariechen Reimers zog sich mit dem Zeigefinger das untere Augenlid herab. »Glaubt die, wir sind blind und das kriegt keiner mit? Hier bleibt doch nichts verborgen.«

»Was haben Sie sonst noch beobachtet?«, fragte Große Jäger.

Mariechen Reimers rückte ein wenig näher heran. Dann sah sie sich um, ob jemand Unbefugtes mithören konnte.

»Der Maler hat ihr doch den Hof gemacht. Wenn die Kinder

in der Schule waren und Michel auf Montage, dann ist sie oft zu Gaultier gehuscht. Was hat die da gemacht, häh? Ihm Kuchen und Wein gebracht wie das Rotkäppchen seiner Großmutter? Das glauben Sie doch selbst nicht.« Sie sprach noch leiser. »Die war scharf auf den alten Bock.«

»Hat der Ehemann das erfahren?«

Mariechen Reimers streckte die Arme vor in Abwehrhaltung. »Nicht von mir«, behauptete sie.

»Aber Sie haben Ihre Beobachtungen weitergegeben?«

Nun streckte sie den Busen vor. »Sie wollen doch nicht behaupten, ich würde tratschen? Ich habe mit der Matuschka darüber gesprochen und gefragt, ob die auch etwas gesehen hat. Und die Freundin von Wychzek … wie heißt die noch gleich … Bärbel. Aber die hat merkwürdig reagiert. Zunächst wollte sie alles genau wissen, hat nachgefragt, was ich gesehen hätte, wann und wie oft die Witte zu Gaultier rüber ist und wie lange.« Sie kicherte. »Die wollte wohl selbst an den Gaultier ran. Dabei versteh ich das gar nicht.« Sie fuhr sich mit ihren Händen über die ausladenden Hüften. »Mein Fall wäre der alte Knabe nicht.«

»Und das hat Michel Witte mitbekommen?«

»Finden Sie das richtig, dass der gutgläubige Ehemann gehörnt durchs Dorf läuft und hinter seinem Rücken getratscht wird? Das muss die Witte doch selbst ausbaden, was sie sich da eingebrockt hat.«

»Und daraufhin ist Witte zu Gaultier und hat ihn zur Rede gestellt?«

Sie lachte leise. »Der hat ihm ordentlich eine gescheuert und gesagt, Klecksel soll die Finger von seiner Frau lassen. Sonst würde er ihm an den Kragen gehen.«

»Das klingt wie eine massive Drohung.«

»Ist doch richtig.« Aus Mariechen Reimers sprach das »gesunde Volksempfinden«.

»Hallo«, war die Stimme einer jungen Frau zu vernehmen, die auf sie zusteuerte.

Sie war schlank, hatte lange blonde Haare, die bis zu den Schulterblättern reichten und unter dem T-Shirt zeichnete sich eine attraktive sportliche Figur ab. Sie hatte ein hübsches ebenmäßiges Gesicht. Sie gab zuerst Christoph, dann Große Jäger die Hand.

»Ich bin Karen Brunke, die Mutter von Yannick.«

»Das ist die Freundin von meinem Sohn«, erklärte Mariechen Reimers überflüssigerweise. »Ich würde es gern sehen, wenn die beiden heiraten würden. Dann hätte alles seine Ordnung.«

Niemand ging darauf ein.

»Als ich aus der Schule kam, hörte ich von dem, was hier vorgefallen ist«, sagte sie. »Das ist schlimm. Es erscheint so unwirklich.« Sie strich sich die Haare von der Wange, die aber sofort wieder dahin zurückfielen.

»Noch gibt es keine gesicherten Erkenntnisse außer dem Fund.«

»Ziehen Sie daraus Rückschlüsse? Schließlich ist es hier passiert – auf unserem Hof.«

»Reimers Hof!«, fuhr Mariechen dazwischen. »Reimer Reimers.« Sie sah Christoph an. »Wir haben unserem Sohn den Hof überschrieben. Tüchtig, der Junge. Was der alles macht? Da blicke ich schon lange nicht mehr durch, obwohl ich auch von einem Bauernhof stamme.«

Christoph musterte noch einmal die attraktive junge Frau.

»Wir sprachen mit Frau Reimers gerade über gewisse Vorfälle, von denen vornehmlich Frauen betroffen waren. Offensichtlich gibt es einen Mitbewohner, der sich sehr für die weibliche Bevölkerung interessiert«, formulierte Christoph bewusst neutral.

Karen Brunke strich sich erneut die Haare von der Wange. Vergeblich. Sie lächelte.

»Sie meinen den alten Kunstmaler? Das dürfen Sie nicht ernst nehmen. Mich hat er auch angebaggert. Der kann nicht anders. Das ist ein *conditioned stimulus*, also ein ursprünglich neutraler Reiz, der eine gelernte oder bedingte Reaktion bewirkt. Sie kennen es vielleicht als Pawlow'schen Reflex. Natürlich habe ich von den aufgebauschten Gerüchten gehört, die durchs Dorf geistern. Witte hat das wohl überbewertet. Der Elektriker ist ein Dummkopf. Der hat vieles nicht verstanden. Wie oft hat Reimer ihm zu erklären versucht, dass die Zukunft in den neuen Technologien liegt. Schleswig-Holstein hat nach dem Krieg die Zukunft verschlafen. Jetzt gilt es, Nischen zu entdecken und zu nutzen. Tourismus und Energiewirtschaft sind unsere Aktivposten. Wir können hier keine Groß- oder Schwerindustrie aus dem Boden stampfen. Man hat zu lange auf die Werften gesetzt und nicht mitbekommen, dass die Asiaten es besser können. Wie oft hat Reimer Witte klarzumachen versucht, dass wir Windenergieanlagen aufstellen müssen, um Strom zu produzieren und damit Deutschland und Europa zu beliefern. Dagegen wehren sich nicht nur die Bayern, die sich ihre ganze Infrastruktur von den anderen Bundesländern haben bezahlen lassen und jetzt jede Entwicklung in anderen Teilen der Republik argwöhnisch beobachten und zu boykottieren suchen. Das war für Witte zu hoch. Der verstand nichts von der modernen Technik. Für den endete der Gedanke an Strom am Hausanschluss. Energie bedeutete für Witte, ein paar Strippen an das Netz anzuschließen.« Sie sah sich um. »Da kommt Reimer. Fragen Sie ihn doch selbst.«

Reimer Reimers war in Begleitung eines blonden Mannes erschienen, der eine lederne Aktenmappe unterm Arm hielt. Er war mit einem Anzug bekleidet, trug das unifarbene Hemd aber offen und ohne Krawatte. Reimers umfasste Karen Brunkes Taille, zog sie zu sich heran und gab ihr einen Kuss auf den Mund.

»Tag, mein Schatz«, sagte er, während sein Begleiter es bei einem kurzen Nicken als Begrüßung beließ.

Karen Brunke wiederholte in wenigen Worten ihre Ausführungen.

»Stimmt«, sagte der Bauer knapp. Dann zeigte er auf den Mann an seiner Seite. »Das ist Rechtsanwalt Sobbe-Lenkering aus St. Peter-Ording, den ich um Rat gebeten habe. Er wird von mir immer konsultiert, wenn ich rechtliche Unterstützung in Anspruch nehmen muss.«

»Guten Tag«, sagte der Anwalt förmlich und unterließ es, das landestypische »Moin« zu verwenden.

Die beiden Beamten erwiderten mit einem »Moin«.

Christoph kannte den Anwalt, der ihm gelegentlich in anderen Fällen begegnet war. Er hatte ihn stets als Vertreter der Interessen seines Mandanten kennengelernt, der darüber aber nie den Blick für die objektive Einschätzung der Gesamtsituation verlor.

»Gibt es einen Grund, weshalb Sie anwaltlichen Beistand in Anspruch nehmen?«, fragte Große Jäger spitz.

Auch Sobbe-Lenkering hatte den aggressiv klingenden Unterton mitbekommen.

»Können Sie mir die Ausgangslage erläutern?«, bat er. »Mein Mandant fragt zu Recht, ob die nicht unerhebliche Störung im Betriebsablauf notwendig ist.«

Christoph berichtete vom Fund des Fingers und ließ nicht unerwähnt, dass die Initiative zum Einschalten der Polizei von Reimer Reimers ausgegangen war.

»Das war sehr umsichtig und verantwortungsbewusst«, lobte er den Landwirt. »Zurzeit ist die Sachlage unübersichtlich. Natürlich müssen wir dem Verdacht nachgehen, ob sich im Fermenter noch mehr menschliche Überreste befinden.«

Rechtsanwalt Sobbe-Lenkering nickte versonnen.

»Das ist einleuchtend«, sagte er.

»Ja, aber …«, wollte Reimers aufbegehren.

Der Anwalt wandte sich an seinen Mandanten.

»In einem solchen Verdachtsfall muss die Staatsanwaltschaft ermitteln. Dazu ist sie verpflichtet. Hierzu bedient sie sich der Polizei als ausführendes Organ. Der Hauptkommissar erfüllt nur seine Pflicht. Sicher können Sie die Aktivitäten auf Ihrem Grund und Boden untersagen. Im Zuge der Beweissicherung wird die Anlage aber erst einmal stillgelegt. Theoretisch könnten Sie ja der Täter sein.«

»Ich?«, begehrte Reimers auf. »Das ist nicht Ihr Ernst?«

»Ich erläutere hier nur theoretische Möglichkeiten. Niemand will Ihnen etwas unterstellen. Bei der derzeitigen Sachlage wird die Staatsanwaltschaft einen richterlichen Beschluss erwirken. Daran habe ich keinen Zweifel.«

»Können Sie nichts dagegen unternehmen?«, fragte Reimers. »Einen Eilantrag – oder wie man das nennt? Eine einstweilige Verfügung?«

»Das würde uns in der Sache nicht weiterführen. Wir sollten uns aber kooperativ zeigen«, erklärte Sobbe-Lenkering.

In der Praxis erwiesen sich Rechtsanwälte oft als verständig und kooperationsbereit. Sie widersprachen damit dem Bild des auf Konfrontation ausgerichteten Gegenspielers der Ermittler, das oft in Fernsehfilmen gezeigt wurde.

Sobbe-Lenkering sah Christoph an. »Wir möchten dennoch einen richterlichen Beschluss, allein um hinterher die Kostenfrage und die Übernahme der Aufwendungen für die Betriebsunterbrechung ordnungsgemäß behandeln zu können.«

»Selbstverständlich«, bestätigte Christoph.

»Wir vertrauen Ihnen. Mein Mandant hat keine Einwände, wenn Sie schon vor dem richterlichen Beschluss mit Ihren Untersuchungen beginnen. Oder?« Er sah Reimers fragend an.

Der Landwirt nickte resignierend.

»Ich habe noch ein paar Fragen an Herrn Reimers«, sagte Christoph zu dem Anwalt und sprach dann Reimers an.

»Herr Matuschka beklagt sich darüber, dass es Zwist im Dorf gibt. Man streitet sich um die Windenergieanlagen. Er sagt, die Landwirte würden es einseitig sehen und nur auf den Profit aus den Anlagen achten, dabei aber alle anderen Aspekte außen vor lassen, insbesondere die Lebensqualität.«

»Wir waren zuerst hier«, erwiderte Reimers barsch. »Seit Generationen. Eiderstedt war immer Bauernland. Wenn es diesen Leuten nicht passt, sollen sie in der Stadt bleiben. Wir haben sie nicht hierhergebeten.«

»Reimer«, schaltete sich Karen Brunke ein. »Versuch doch einmal, es lockerer zu sehen. Die jungen Leute, ich meine die hier geboren und groß geworden sind, ziehen weg, weil sie wenig Perspektiven haben. Es gibt kaum Arbeitsplätze, und qualifizierte sind noch rarer. Da müssen wir froh sein, dass andere diese Gegend wertschätzen und hier leben möchten. Ein gedeihliches Miteinander ist doch das Beste, was uns passieren kann.«

»Papperlapapp«, tat Reimers den Einwand ab. »Wie sollen wir vernünftig wirtschaften, wenn man uns Knüppel zwischen die Beine werfen will? Ich muss dir nicht erzählen, dass man uns auf der einen Seite vorwirft, wir würden am Trog des Länderfinanzausgleichs hängen, auf der anderen Seite blockiert uns der Süden …«

»Bayern«, warf Karen Brunke ein.

»Von mir aus«, sagte Reimers unwirsch. »Die wollen nicht unseren Windstrom, sondern ihn selbst erzeugen. Ist doch Blödsinn. Hier weht der Wind nun einmal konstanter als auf der Alm.«

»Es gibt den Einwand des teuren Netzes, über das der Strom in den Süden transportiert wird«, gab die junge Frau zu bedenken.

»Auch diese Behauptung ist Humbug. Wir hatten drei Atomkraftwerke in Schleswig-Holstein, obwohl für den Eigenbedarf eines gereicht hätte. Da gab es keine Probleme, den Strom in den Süden zu transportieren.« Der Landwirt fuchtelte wild mit den Armen in der Luft herum. »Klar. Die wollten die Kraftwerke nicht vor der Haustür haben. Das Braunkohlekraftwerk, das den Dreck nur so in die Luft geblasen hätte, sollte auch bei uns gebaut werden. In Brunsbüttel. Nun haben wir die Energiewende, und wir könnten sauberen Strom liefern. Und? Was ist?«

»Und Witte war auch gegen die Energiewende?«, hakte Christoph nach.

»Witte? Der war gegen alles. Der ist doch selbst schuld. Wussten Sie, dass er Land geerbt hatte? Sogar ein beträchtliches Stück. Das sind gut vierzig Hektar.«

»Was macht er damit?«, wollte Christoph wissen.

»Die hat er verpachtet.«

»An Sie?«

Reimers stapfte mit dem Fuß auf. Es gelang ihm nicht, den Zorn zu unterdrücken. »Bis zum vergangenen Jahr war das kein Thema. Gut die Hälfte von Wittes Land hatte ich gepachtet. Aber dann ist er durchgeknallt. Er verlangte plötzlich eine so hohe Pacht, wie sie kein Landwirt mehr erwirtschaften kann.«

»Und wer pachtet das Land? Und wofür?«

»Kapitalanleger. Das geht nur, wenn Sie eine große Fläche bewirtschaften.« Reimers nickte versonnen und sprach mehr zu sich selbst. »Das läuft nur noch über die Größe. Von Dirschau aus Marschenbüll ist so einer. Der kauft rundherum das Land auf. Man könnte meinen, dem gehört mittlerweile halb Eiderstedt. Und was er nicht gekauft bekommt, das pachtet er. Dabei sticht er uns aus.«

»Auch Biesterfeldt?« Christoph erinnerte sich, dass Reimers' Berufskollege Ähnliches berichtet hatte.

»Der ist zwar stets griesgrämig, aber mit Leib und Seele Bauer. Biesterfeldt hat noch weniger Land als wir. Deshalb war er auf Wittes Flächen angewiesen. Die sind nun weg. Der kommt kaum noch über die Runden.«

»Sie wollten noch erzählen, weshalb von Dirschau das Land pachtet«, erinnerte ihn Christoph.

»Da baut er Mais an. Das ist ertragreicher als Ackerbau oder Weideland. Die werden alle noch sehen, wohin das führt, wenn wir mit grünem Benzin Auto fahren und in der warmen Stube sitzen, aber nichts mehr zum Beißen haben«, schimpfte er aufgebracht.

»Sie erzeugen doch auch Energie, haben eine Biogasanlage und Solarzellen auf dem Dach«, sagte Christoph und fragte nach, wer »die« seien.

»Das ist doch etwas ganz anderes«, erklärte Reimers. »Und ›die‹ … Das sind die Politiker aus Berlin oder Kiel, aber auch die Spekulanten. Weiche oder wachse, lautet die Devise.«

»Nichts anderes macht von Dirschau«, wandte Große Jäger ein.

»Der handelt aber nicht mit Augenmaß. Das ist nackter Kapitalismus ohne jede Verantwortung. Die für Eiderstedt typische Milchviehhaltung kommt dabei unter die Räder. Die Spekulanten versauen alles. Die Preise, die Zukunft der Landwirtschaft und damit auch der Markt für Lebensmittel gehen vor die Hunde. Was wird noch alles von den Bauern erwartet? Ökologischer Landbau, Natur- und Tierschutz, geringe Preise und das alles bei ständig steigenden Kosten für Land, Energie und Ähnliches. Die Quadratur des Kreises. Wie soll das gehen?«

»Das hast du schon erzählt«, mischte sich Karen Brunke ein, der die Erregung ihres Partners auch nicht verborgen geblieben war.

»Das kann man gar nicht oft genug wiederholen.« Reimers war laut geworden.

»Ich entnehme Ihren Worten, dass Sie nicht gut auf Witte zu sprechen waren«, sagte Christoph.

»Der würde mir liebend gern etwas ans Zeug flicken, weil ich vehement die Interessen der Landwirtschaft vertrete. Ohne uns würden alle verhungern. Und die Energiewende käme auch nur stockend voran. Die Leute wollen preisgünstige Lebensmittel, billige Energie und eine ökologisch saubere Landschaft. Idealerweise alles bio. Wie soll das gehen? Mir hat das noch niemand erklären können.«

Karen Brunke hakte sich bei Reimers unter.

»Merkst du nicht, dass du ständig dasselbe sagst? Das haben die Herren jetzt begriffen.«

»Immerhin habe ich herausgehört, dass Sie Witte dafür verantwortlich machen, dass es bei Ihnen einen Einbruch in der Entwicklung Ihres Betriebes gegeben hat«, sagte Christoph.

Rechtsanwalt Sobbe-Lenkering zog eine Augenbraue in die Höhe und machte einen halben Schritt vorwärts.

»Bevor Sie jetzt falsche Schlussfolgerungen ziehen, sollten wir das Gespräch an dieser Stelle beenden. Mein Mandant hat lediglich ganz allgemein etwas zur Situation der Landwirtschaft gesagt, ohne dabei auf Herrn Witte Bezug zu nehmen, schon gar nicht, Herrn Witte die Schuld dafür zuzuweisen, dass Herr Reimers derzeit weniger Fläche zu bewirtschaften hat. Was Sie gehört haben, betraf nur die generelle Lage der Bauern auf Eiderstedt. Wir möchten noch einmal ausdrücklich unterstreichen, dass es keine Ressentiments gegen Herrn Witte gibt oder gab, geschweige denn Auseinandersetzungen. Meine Herren.« Er nickte zuerst Christoph, dann Große Jäger zu. »Das Gespräch ist beendet.« Dann packte er Reimers am Ärmel und zog ihn fort.

»Warum hatte der Anwalt es plötzlich so eilig, sich einzumischen«, überlegte Große Jäger laut, als sie zum Fahrzeug zurückkehrten. »Reimers war gerade dabei, in Rage zu geraten. Er schien keine hohe Meinung von Witte gehabt zu haben. Der Bürgermeister hatte ihm kräftig in die Suppe gespuckt. Wir wissen immer noch nicht, ob Witte wirklich im Fermenter gelandet ist. Wenn der Elektriker nicht wie ein kleines Kind den Finger, den wir gefunden haben, in die Steckdose gesteckt hat, dürfte es schwierig werden, hier einen Nachweis zu führen. Nur der Finger …? Da fehlen noch ein paar Teile.«

Christoph warf Große Jäger einen strafenden Blick zu.

»Das klang sehr schwarz.«

»Mag sein, aber es beschreibt die Situation. Freiwillig ist Witte nicht in die Anlage gegangen. Wer könnte ihn dort hineinexpediert haben? Und warum? Motive gibt es mehrere. Und hinter jedem steht ein anderer potenzieller Tatverdächtiger.«

Christoph schüttelte den Kopf.

»Man sollte es nicht für möglich halten, dass in einem so überschaubaren Gemeinwesen so viele Gegensätze herrschen. Wenn man auf der Straße hinterm Deich an den Häusern entlangfährt und den beschaulichen Ort sieht, glaubt man, hier sei die Welt noch in Ordnung. Alles wirkt so friedlich.«

»Haben wir das nicht schon oft erlebt, dass es hinter der Kulisse der Bürgerlichkeit brodelt, dass man nicht vermutet, welche unfassbaren Dinge hinter der Tür des Nachbarn geschehen? Selbst in Nordfriesland, das nun wirklich kein Hort der überbordenden Kriminalität ist.«

Große Jäger lächelte.

»Du bist ein wahrer Philosoph.«

»Nein«, widersprach Christoph. »Ich verfüge nur über Lebenserfahrung.«

»Die du als Polizist gesammelt hast.«

Christoph seufzte. »Richtig. In diesem Beruf sieht man viele Dinge, die nicht nur glänzen.«

»Hast du in deinem Garten nur blühende Rosen? Oder musst du auch Unkraut zupfen?«, fragte Große Jäger.

Jetzt lachte Christoph.

»Wer von uns beiden ist nun der Philosoph?«

Große Jäger fiel in das Lachen ein und knuffte Christoph in die Seite.

»Die Frage ist einfach zu beantworten. Wir sind ein Team. Ein unschlagbares«, fügte er an.

ZEHN

Matuschka hatte bei ihrem Gespräch den Namen »Nielsen« erwähnt

»Der Name kommt mir bekannt vor«, überlegte Große Jäger laut, als er sich neben Christoph auf den Beifahrersitz begab. »Fiel in dem Zusammenhang nicht auch der Begriff ›General‹?« Er kratzte sich die Bartstoppeln. »Ich kannte einen Nielsen. Der war damals Kommodore des Jagdbombergeschwaders 41 in Husum. Hm.«

»An das du keine guten Erinnerungen hast?«

»Sei doch froh, dass man mich dort nicht haben wollte. Sonst hätte die Welt einen fähigen Oberkommissar weniger.«

»Die ganze Welt?« Christoph lachte.

»Nun ja, der bedeutendste Teil der Welt – unsere kleine unheile Welt rund um Husum.«

»Unheile Welt?«

»Meistens ist sie in Ordnung, aber an Tagen wie diesen ist sie unheil«, murmelte Große Jäger. »Oberst Nielsen. Der hat noch richtig Karriere gemacht. War später General. Irgendein hohes Tier.« Er stieß Christoph in die Seite. »Man kann auch etwas werden, wenn man aus Husum kommt. Daran solltest du dir ein Beispiel nehmen. Einer der Vorgänger Nielsens, Kommodore Limberg, war schließlich Inspekteur der Luftwaffe. Und wir beide? Wir inspizieren nur Luftgewehre.«

»Und suchen nach dem Rest, der zum Finger passen könnte«, erinnerte ihn Christoph an ihren aktuellen Fall, während sie zur Wohnung des »Generals« fuhren.

Es war ein gepflegtes Haus, vor dem sie hielten. Das schon ältere Gebäude wirkte fast wie ein herrschaftliches Anwesen. Es passte sich im Stil der Landschaft an, hatte mit Stuck verzierte Fenster und weitere Zierelemente an der Fassade, ohne aber überladen oder gar protzig zu wirken. Alles machte einen makellosen Eindruck. Dazu gehörte auch der gepflegte Garten, der den Rosenliebhaber verriet.

Auf ihr Klingeln öffnete eine sorgfältig frisierte Frau, deren volles silbergraues Haar einen dezente Blauschimmer aufwies. Sie sah die beiden Beamten fragend an.

»Frau Nielsen? Wir sind von der Polizei Husum und möchten Ihnen und Ihrem Mann ein paar Fragen stellen.«

»In welcher Angelegenheit?« Sie sprach mit fester akzentuierter Stimme.

»Es hat in Everschopkoog einen Vorfall gegeben, den wir untersuchen«, sagte Christoph.

»Was für einen Vorfall?« Sie ließ sich durch die allgemein gehaltene Bemerkung nicht beirren. Offenbar war der Dorfklatsch noch nicht bis in dieses Haus vorgedrungen.

»Darüber möchten wir mit Ihnen reden und Sie bitten, uns ein paar Fragen zu beantworten.«

Christoph zückte seinen Dienstausweis und hielt ihn der Frau hin. Sie studierte das Dokument ausgiebig, dann öffnete sie die Tür ein wenig weiter und bat die Beamten hinein.

Hier passte alles zusammen, stellte Christoph fest. Die elegant gekleidete Frau, das Haus und die Einrichtung bildeten eine harmonische Verbindung. Die Diele war sparsam möbliert. Es dominierte eine große Standuhr mit Westminsterschlag, die in jedes englische Schloss gepasst hätte. Ein alter Sekretär stand an der Wand, daneben ein Stuhl mit hoher geflochtener Lehne. Eine Ablage für Garderobe suchte man vergebens.

Frau Nielsen ging voraus und öffnete eine zweiflügelige Tür, die zu einem großen Raum führte. Man durfte ihn durchaus als »Salon« bezeichnen. Eine Wand wurde von einem Bücherregal eingenommen. Christoph konnte nur die Rückseiten ledergebundener Werke erkennen. Auf den tiefen Teppichen waren vor einem Kamin Ohrensessel gruppiert. Aus einem der Sitzmöbel erhob sich ein Mann mit schlohweißem vollen Haar und kam ihnen entgegen. Obwohl Nielsen schon die achtzig überschritten hatte, ging er kerzengrade. Die hochgewachsene Gestalt, das Gesicht mit den aristokratischen Zügen und die drahtige Figur verliehen dem Mann eine natürliche Autorität. Man war geneigt, ihm den »General« auch ohne das Wissen um diese frühere Position abzunehmen.

»Karl. Die Herren sind von der Polizei. Sie möchten uns ein paar Fragen stellen.«

Nielsen zog eine Augenbraue in die Höhe.

»So?«, fragte er. Es war eher eine Feststellung. Dann wies er mit seiner Hand auf die Sessel. »Bitte.«

Er wartete, bis Christoph und Große Jäger Platz genommen hatten, und setzte sich erst, als auch seine Frau sich niedergelassen hatte. Während Frau Nielsen ihre Beine nebeneinanderstellte und ihre Hände auf die Knie legte, schlug Karl Nielsen die Knie übereinander, nachdem er zuvor an seiner tadellosen Bügelfalte gezogen hatte.

Christoph fühlte sich in ein englisches Landhaus versetzt und wäre nicht erstaunt gewesen, wenn ein Butler erschienen wäre und gefragt hätte, wie er den Tee servieren dürfe. Er nannte noch einmal Große Jägers Namen, dann seinen.

Nielsen musterte den Oberkommissar. Aus seiner Miene war ersichtlich, dass er nach dieser Inaugenscheinnahme beschloss, Große Jäger zu ignorieren und seine Aufmerksamkeit Christoph zuzuwenden.

»Es hat im Ort einen Zwischenfall gegeben. Das veranlasst uns, nach dem Verbleib Ihres Bürgermeisters zu suchen.«

»Witte?« Erneut zog Nielsen die Augenbraue in die Höhe. Es sprach für ihn, dass er keine Fragen stellte, keine Einzelheiten wissen wollte.

»Wir ziehen Erkundigungen über Herrn Witte ein. Ist Ihnen in der letzten Zeit etwas aufgefallen?«

»Wir nehmen nicht am Dorfleben teil, obgleich wir hier wohnen. Die Interessen unterscheiden sich doch erheblich. Damit möchte ich nicht missverstanden werden oder gar etwas über die Leute sagen oder mir ein Urteil anmaßen.«

»Sie kennen aber die anderen Menschen, die hier leben? Schließlich ist Everschopkoog ein überschaubares Gemeinwesen.«

»Sicher. Wir haben dieses Haus vor …«, er sah seine Frau an und runzelte dabei die Stirn, »über vierzig Jahren erworben und nach unseren Vorstellungen eingerichtet. Ich war früher beruflich in dieser Region tätig.« Nielsen unterließ es, von seinem Dienst bei der Luftwaffe zu sprechen. »Wir schätzen die Ruhe und Abgeschiedenheit. Das gilt nicht nur für die Lage, sondern auch hinsichtlich der Kontakte. Wir pflegen einen gediegenen Freundeskreis. Nette Leute aus Kultur und Gesellschaft.«

»Darf ich aus Ihren Worten schließen, dass niemand aus dem Dorf dazugehörte?«

»Korrekt.«

»Sie haben gehört, dass es im Ort zwei Gruppen gibt, die unterschiedliche Interessen verfolgen. Haben Sie Präferenzen für eine der Seiten?«

Nielsen schüttelte kaum merklich den Kopf.

»Auf Eiderstedt prallen hartnäckig die Interessen der Naturschützer und der Landwirte aufeinander. Stichwort ›Wiesenvogelschutz‹. Die Situation scheint verfahren. Symptomatisch ist die Diskussion um die Ausweisung des Eiderstedter EU-Vogelschutzgebiets. Jeder hat seine berechtigten Interessen. Es müsste zu einem Austausch der Argumente kommen. Die Akzeptanz der Menschen gegenüber konventioneller Landwirtschaft schwindet. Man ist gegen die Industrialisierung der Landwirtschaft und die Landschaftsveränderung durch den Maisanbau, wie ihn die Biogasanlagen erfordern. Das Landschaftsbild ändert sich; es schwindet die Tier- und Pflanzenvielfalt. Ich meine: Landwirte und Naturschützer sollten miteinander reden. Natürlich haben auch die Landwirte recht. Im harten europäischen Wettbewerb sind sie zur wirtschaftlichen Produktion von Lebensmitteln gezwungen. Viele Bewohner Eiderstedts empfinden den Konflikt als eher abschreckend, zumal bei diesem Streit übersehen wird, dass auf Eiderstedt mittlerweile auch der Tourismus eine herausragende Rolle spielt. So, wie der Konflikt auf der grünen Halbinsel im Ganzen ausgetragen wird, findet er sich hier im Dorf wieder. Vernünftige Leute hätten sich gewünscht, dass der Bürgermeister als Mediator die Parteien an einen Tisch bringt und man zu einem Konsens findet. Man fragt sich, ob Witte dazu der richtige Mann ist. Eine ehrliche Haut, ein grundsolider Handwerker, aber diesen Anforderungen sicher nicht gewachsen.«

»Könnten auch wirtschaftliche Interessen eine Rolle spielen?«, fragte Christoph.

»Das Monetäre ist in der Geschichte fast immer eine der Triebfedern gewesen«, erklärte Nielsen. »Da, wo es gilt, für sich selbst Vorteile zu erzielen, werden moralische Grundprinzipien über Bord geworfen.«

»So sehr, dass es über verbale Auseinandersetzungen hinausgehen kann?«

Karl Nielsen zögerte mit der Antwort. Er legte seine gepflegten Hände gegeneinander, bevor er erklärte: »Ich war Soldat und habe mich stets mit den ethischen und moralischen Fragen meines Berufs auseinandergesetzt. Dazu gehörte natürlich auch die Frage, ob und wann Gewalt gegen Menschen und Sachen eingesetzt werden darf. Dem preußischen General Carl von Clausewitz verdanken wir die Erkenntnis, dass der Krieg die Fortsetzung der Politik mit anderen Mitteln ist. Das war vor ungefähr zweihundert Jahren. Wie die Geschichte uns gelehrt hat, ist dieser Gedanke des klugen Mannes ins Leere gelaufen. Im Großen wie offenbar hier in Everschopkoog.«

Christoph beugte sich ein wenig vor. »Das sind große Worte. Wollen Sie damit andeuten, dass es hier um wesentlich mehr geht als um nachbarschaftliches Geplänkel?«

Nielsen ließ sich nicht dazu hinreißen, Stellung für eine der beiden Interessengruppen zu beziehen. Er wiederholte die schon genannten Argumente beider Seiten pro und contra Windenergie. »Es wird eine Diskussion darüber geführt, ob man einen Bürgerwindpark errichten soll. Dafür ist Everschopkoog aber zu klein, hat zu wenig Einwohner. Um das zu umgehen, gibt es Gedankenmodelle, mit anderen Orten zu fusionieren. Es taucht immer wieder die Idee auf, alle Gemeinden Eiderstedts zu einer Großgemeinde nach dem Vorbild Fehmarns zusammenzufassen. Dieser Vorschlag wird forciert von einem Mann aus Marschenbüll.«

»Sie meinen Hermann von Dirschau, den Landtagsabgeordneten«, unterbrach ihn Christoph.

Nielsen ging nicht darauf ein, sondern fuhr fort:

»Der wollte sich in erheblichem Umfang daran beteiligen.

Hierüber ist es im Dorf zu Meinungsverschiedenheiten gekommen.«

»Wer hat sich gegen wen gewandt?«

Ein Ruck ging durch Nielsen.

»An Spekulationen beteilige ich mich nicht. Ebenso wenig am Dorfklatsch.«

»Man munkelt, dass es auch Differenzen zwischen der alteingesessenen Bevölkerung und Hinzugezogenen gibt«, versuchte Christoph es erneut.

»Kein Kommentar.«

»Manch einer der Neuen scheint von überbordender Lebensfreude zu strotzen und stellt den Frauen des Dorfes nach.«

»Das ist nicht unser Niveau«, erklärte Nielsen.

»Hat jemand von Ihnen Michael Witte gestern oder heute gesehen?«

»Wir stehen nicht am Fenster und beobachten die Mitmenschen.« Es klang nicht nur wie eine Zurechtweisung – es war eine.

»Haben Sie Wittes Dienste schon einmal in Anspruch genommen?«

»Der Mann ist ein örtlicher Dienstleister. In diesem Punkt gab es keine Beanstandungen.«

Die beiden Nielsens wechselten einen Blick, der unmissverständlich ausdrückte, dass sie alles gesagt hatten, was zu diesem Thema zu berichten war.

»Vielen Dank«, schloss Christoph das Gespräch, bevor Frau Nielsen sie zur Tür geleitete.

ELF

Große Jäger steckte sich eine Zigarette an und sog gierig den Rauch tief in die Lungen.

»Hast du es gerochen?«, fragte er Christoph. »Der General raucht Pfeife. Ich kann mir vorstellen, dass er in seinem Salon sitzt und dazu einen uralten Portwein trinkt.« Er nickte versonnen. »Das Ehepaar hat Stil. Das drückt sich auch darin aus, wie sie uns vom Streit berichtet haben, ohne dabei Partei für eine Seite zu ergreifen, während alle anderen, mit denen wir bisher gesprochen haben, heftig über die Nachbarn herzuziehen wussten. Und nun?«

»Jetzt fahren wir nach Husum zurück.«

Nur gelegentlich begegnete ihnen ein Fahrzeug auf der Straße, die direkt hinterm Deich entlangführte. Zu dieser Jahreszeit hielten sich noch zahlreiche Urlauber in der Region auf. Manche, die das rege und quirlige St. Peter-Ording an Eiderstedts Spitze zum Urlaubsdomizil gewählt hatten, nutzten die Zeit für einen Ausflug in die Weite der Marsch, in Eiderstedts Herz mit den entdeckenswerten Kleinodien wie den jahrhundertealten Kirchen, den schmucken Dörfern, den »Dorfkrügen«, deren regionale Küche sich oft als kulinarischer Geheimtipp entpuppte, oder den versteckten Ateliers der Künstler, die sich hier niedergelassen hatten.

Die Ortschaft Uelvesbüll mit etwa zweihundertfünfzig Einwohnern wirkte fast schon groß im Vergleich zu Everschopkoog. Immerhin gab es hier auch eine Kirche, wenngleich St. Nikolai mit einhundertfünfzig Jahren noch recht jung war im Vergleich zu den anderen Gotteshäusern Eiderstedts.

Die Straße endete an einer anderen Landesstraße, der Christoph folgte. Sie ließen den Roten Haubarg links liegen, und nach weiteren sieben Kilometern, die teilweise kurvenreich über den Deich führten, erreichten sie die Bundesstraße. Hier herrschte lebhafter Verkehr, und sie mussten eine Weile warten, bis Christoph einbiegen und in der Fahrzeugschlange Richtung

Husum mitschwimmen konnte. Wenig später erreichten sie die Dienststelle gegenüber vom Husumer Bahnhof.

»Husum, Poggenburgstraße«, sagte Große Jäger versonnen. »Ob das einmal eine Adresse wird, die im gleichen Atemzug wie Baker Street 221b genannt wird?«

Christoph lächelte, als er den Volvo hinter dem nüchternen Zweckbau der Polizeidirektion parkte.

»Dann musst du noch eine Menge dran arbeiten, Dr. Watson.«

Große Jäger strich sich zunächst über den Schmerbauch, dann rückte er ganz bis an die Autotür heran, um den Abstand zwischen sich und Christoph zu vergrößern. Er bog die Finger beider Hände und führte sie vor die Augen, als würde er ein Fernglas ansetzen.

»Dr. Watson würde ziemlich einsam in Husum ermitteln. Einen Sherlock Holmes kann ich auch mit einem starken Feldstecher nicht erkennen.«

»Es ist auch gut so, dass uns beide niemand kennt«, sagte Christoph.

»So ist es nun auch wieder nicht«, protestierte der Oberkommissar. »Wenn ich in der Neustadt unterwegs bin, kennt man mich schon.«

»Wer? Die Wirte? Die Kneipengänger? Oder duzt du dich mit jedem Barhocker in der dortigen Szene?«

Sie wurden durch eine Gruppe von Menschen abgelenkt, die vor dem Tresen der Anmeldung stand und lautstark auf die Angestellte einwirkte. Christoph zählte sechs betagte japanische Touristen, die in ihrer Muttersprache auf die Mitarbeiterin einredeten. Entschlossen drängte sich Große Jäger in die Mitte.

»Was ist hier los?«

Die Kollegin atmete tief durch. »Ich weiß es nicht. Die Herrschaften sind hier hereingestürmt und verbal über mich hergefallen. Ich habe es auf Englisch versucht, aber vergeblich.«

Christoph besah sich die Japaner, die einem Comic entsprungen zu sein schienen. Die Männer hatten Spiegelreflexkameras vor den Bäuchen hängen, während die Frauen handliche Digitalkameras in den Händen hielten und von der Angestellten über den Tresen bis zum Wandkalender alles fotografierten. Dabei lagen die Augen der Frauen im Schatten der Kochtöpfen nicht unähnlichen Hüte, wie Christoph sie bisher nur bei den Asiaten gesehen hatte.

Einer der Männer erhob seine Stimme. Er sprach in hoher, fast quiekender Tonlage.

»Gofi«, verstand Christoph.

Der Japaner wiederholte es mehrfach. »Gofi. Gofi.«

»Goofy?«, fragte Große Jäger nach.

Die drei Männer der Gruppe nickten heftig. »Gofi.« Sie schienen froh zu sein, dass sich jemand ihres Problems annahm.

»Micky Mouse? Donald? Dagobert? Daniel Düsentrieb?«, zählte Große Jäger ein paar Figuren auf.

Die Japaner schüttelten heftig die Köpfe.

»Gofi.«

»Wir sind hier nicht in Entenhausen«, erklärte Große Jäger auf Deutsch.

Der Wortführer wedelte heftig mit der Hand vor Große Jägers Gesicht herum.

»Artist. Poet«, radebrechte der Mann.

Große Jäger nickte. »Ich komme mir hier wie im Zirkus vor.«

»Artist. Poet. Faust.«

Jetzt hatte Christoph es verstanden. Auch Große Jäger schien es begriffen zu haben.

Gofi – Goethe. Die Japaner hatten den Namen des Dichterfürsten englisch ausgesprochen.

»Nix Gofi. Hier Husum. Gofi wohnte in Weimar«, erklärte er auf Englisch und ergänzte auf Deutsch: »Er ist allerdings genauso viel in Europa unterwegs gewesen wie ihr. Er hat nur ein wenig länger benötigt und den alten Kontinent nicht in vierundzwanzig Stunden bereist.«

Der Anführer der Reisegruppe machte eine Handbewegung in der Luft, als würde er schreiben.

»Gofi. House. Museum.«

Der Oberkommissar hob beide Hände in die Höhe.

»In Husum war Goethe nie. Wir haben einen anderen Dichter. Der ist fast genauso berühmt. Storm.«

»Thunderstorm?«, fragte sein Gegenüber.

Große Jäger seufzte.

»Kein Gewitter.« Das sagte er auf Deutsch, um auf Englisch fortzusetzen: »Hier in Husum lebte ein anderer berühmter Dichter. Tetje Wind. Nix Goethe.«

»Ah«, strahlten die Gäste aus Fernost im Chor. »Tetsche Wind.«

Große Jäger nickte, führte die Leute an einen Stadtplan und erklärte ihnen den Weg am Binnenhafen entlang zur Wasserreihe, in der das ehemalige Wohnhaus des Dichters heute als Museum diente.

Alle sechs verbeugten sich, gaben Große Jäger nacheinander die Hand und verließen zufrieden das Polizeigebäude. Aus dem in ihrer Muttersprache geführten Geschnatter waren nur die Wortfetzen »Tetje Wind« verständlich.

Christoph wollte Große Jäger gerade Vorhaltungen machen, als der ihn angrinste und sagte: »Wie bei den Pfadfindern. Jeden Tag eine gute Tat.«

Konnte man dagegen argumentieren?, dachte Christoph und stieg die Treppe zu ihren Büroräumen empor.

Sie wurden von Hilke Hauck empfangen.

»Gut, dass ihr da seid. Es gibt Neuigkeiten.« Die Kommissarin lief neben den beiden Beamten her und setzte sich zu Christoph an den Schreibtisch, als die drei das Büro erreichten.

»Michael Witte«, begann sie, »war gestern in Kiel im Innenministerium verabredet. Dort ist er aber nicht aufgetaucht.«

»Mit Frau Karlsson«, mischte sich Große Jäger ein.

Hilke Hauck zeigte sich nicht begeistert.

»Bin ich die Blöde?«, fragte sie erbost. »Warum mache ich mir die Mühe, wenn ihr es selbst herausgefunden habt. Ich kann mich auch mit anderen Aufgaben beschäftigen.«

»Manchmal überschneiden sich die Ermittlungen«, versuchte Christoph sie zu trösten. »Aber die zeigten sich zugeknöpft im Ministerium und haben jede Auskunft verweigert.«

»Sooo?« Hilke Hauck spitzte die Lippen. Wenn sie lächelte, zeigten sich zwei reizende Grübchen auf ihren Wangen.

»Die Kieler wollen erst Auskunft erteilen, wenn ein förmliches Amtshilfeersuchen vorliegt«, sagte Christoph.

»Schriftlich?«, fragte die Kommissarin nach.

»Förmlich!« Große Jäger schloss Daumen und Zeigefinger zu einem Ring. »Weißt du, was das heißt bei Preußens Erben?«

»Mir hat Frau Karlsson erzählt, dass Witte in Kiel über die Ausweitung der Windeignungsflächen sprechen wollte. Rein informell. Er wollte eruieren, welche Aussichten für Everschopkoog bestehen würden, etwas von den neuen Flächen abzubekommen, die das Kieler Kabinett für die Windenergie bereitstellen möchte. Darum streiten sich jetzt die Gemeinden im ganzen Land. Jeder will ein Stück vom Kuchen abhaben. Das ist offenbar die Lizenz zum Gelddrucken. Für die Betreiber, die Investoren, aber auch für die Gemeinden, auf deren Gebiet die Windspargel stehen.«

Große Jäger vergaß vor Staunen den Mund zu schließen.

»Wieso hast du etwas erfahren?«, empörte er sich.

Hilke Hauck lächelte.

»Tja, Onkel. Von Frau zu Frau klappt das eben besser.«

Der Oberkommissar deutete mit beiden Händen weibliche Rundungen vor seiner Brust an. »Da mische ich mit.«

Die Kommissarin zeigte mit ihren Händen eine massive Wölbung in Höhe des Bauchnabels an. »Sieh mal in den Spiegel. Schwangere sollten nicht mit aufregenden Informationen konfrontiert werden.«

Große Jäger schwenkte den Zeigefinger in Christophs Richtung.

»Das haben wir nun von dieser verdammten Frauenquote«, schimpfte er gespielt.

»Zur Rückfrage, ob Witte im Hotel in Kiel übernachtet hat, benötige ich noch ein paar zusätzliche Informationen«, sagte Hilke Hauck.

Die beiden Polizisten wechselten einen raschen Blick.

»Ja – äh«, stammelte Christoph. »Das hat sich in der Zwischenzeit erledigt.«

Hilke Hauck stemmte ihre Fäuste in die Hüften.

»Und warum erfahre ich das erst jetzt? Männer! Schön. Dann erzähle ich euch auch nicht, was es sonst noch gibt.«

»Haben deine Töchter einen neuen Freund?«

»Solche bedeutsamen Ereignisse würde ich dir nicht erzählen, Onkel.«

Große Jäger wedelte mit einer alten Ausgabe der Husumer Nachrichten. »Musst du nicht. Steht hier drin.«

»Du liest Zeitung?«, zeigte sich die Kommissarin erstaunt.

»Klar. Ich studiere die Todesanzeigen. Und wenn mir eine merkwürdig vorkommt, generiere ich daraus einen neuen Mordfall für uns.«

Christoph klopfte mit der Spitze des Kugelschreibers auf die Schreibtischplatte.

»Lass uns zur Sache kommen.«

»Der ist humorlos«, waren sich »Onkel und Tante« einig.

Hilke Hauck wurde ernst. »Dr. Breckwoldt hat sich gemeldet.«

»Der Oberstaatsanwalt aus Flensburg«, fuhr Große Jäger dazwischen.

»Er hat mitgeteilt, dass inzwischen ein richterlicher Beschluss vorliegt. Wir können den Behälter der Biogasanlage entleeren.«

»Das ist schon mit …«

Christoph fiel Große Jäger ins Wort. Hilke Hauck wäre sicher nicht begeistert gewesen, wenn sie erfahren hätte, dass auch in diesem Punkt schon eine Einigung mit Bauer Reimers und seinem Anwalt erzielt wurde.

»Das hat prima geklappt. Klaus Jürgensen hat sich dahintergeklemmt. Weiß er schon Bescheid?«

»Dr. Breckwoldt wollte es ihm sagen.«

Christoph rief den Leiter der Spurensicherung an. Jürgensen berichtete ihm, dass er inzwischen Kontakt mit dem Landeskriminalamt aufgenommen hatte. Mitarbeiter der Abteilung 4, der Kriminaltechnik und des Erkennungsdienstes waren auf dem Weg nach Everschopkoog. Aus Eutin war ein Zug der Einsatzhundertschaft der Bereitschaftspolizei angefordert.

»Außerdem habe ich Hundeführer aus Ladelund geordert.«

Die Landespolizei verfügte über keine eigene Hundestaffel, sondern bediente sich bei Bedarf der Unterstützung einer Sondereinheit der Freiwilligen Feuerwehr Ladelund. In dem kleinen

Dorf an der dänischen Grenze hatte die Zusammenarbeit mit dem Hundetrainingszentrum Nordfriesland erfolgreich Früchte getragen.

Währenddessen hatte sich Große Jäger an den Computer gesetzt.

»Tante Hilke«, sagte er. »Wenn du einmal Abwechslung von deinem Mann suchst …«

Sie schlug die Hände über dem Kopf zusammen.

»Um Gottes willen. Verschon mich mit deinem Angebot.«

Große Jäger unterbrach sie mit einer weitausholenden Geste. »Nicht ich, sondern ein Künstler. Oder Lebenskünstler?«, fragte er leiser. »Der Picasso der Nordsee. Er lebt und arbeitet in Everschopkoog und ist nicht nur ein begnadeter Maler, sondern auch ein Frauenversteher.« Er musterte Hilke Hauck vom Scheitel bis zur Sohle. »Wie sportlich bist du eigentlich? Alles, was nicht bei drei auf den Bäumen ist, wird von diesem Jahrhunderttalent vernascht.« Der Oberkommissar wandte sich Christoph zu. »Und wenn eine Frau nicht freiwillig seinen Lockungen erliegt, hilft er nach.« Große Jäger zeigte auf den Bildschirm. »Gegen Roderich von Eckstein alias Roger Gaultier wurden schon einmal Ermittlungen wegen sexueller Belästigungen durchgeführt. Das Verfahren wurde gegen Zahlung einer Geldauflage eingestellt. Ein weiteres Mal wurde gegen ihn wegen *Stalking* ermittelt. Das Opfer hat die Anzeige später zurückgezogen.«

»Warum? Gab es eine Begründung?«

Große Jäger blätterte in der elektronischen Akte. »Nein. Merkwürdig ist, dass die Anzeige von einem Mann stammt.«

»Von einem Mann?«, fragten Christoph und Hilke Hauck gleichzeitig.

Große Jäger fasste sich an die Nasenspitze. »Jochen Butenschön aus Hamburg.«

»Wir sollten …«, begann Christoph, aber der Oberkommissar fiel ihm ins Wort.

»Du musst mir meinen Job nicht erklären. Ich werde Kontakt zu Butenschön aufnehmen und nachfragen, ob der im Namen seiner Frau oder Freundin die Anzeige erstattet hat oder ob

Gaultier möglicherweise Butenschön zur Rede stellen wollte, weil dem missfiel, dass Gaultier in fremden Gewässern fischte.«

Christoph rümpfte die Nase. »Solche Auseinandersetzungen sind häufig kurzfristig. Da kann man nicht immer von *Stalking* sprechen.«

»Ich kümmere mich darum«, sagte Große Jäger und drehte sich mit seinem Sessel zu Christoph um. »Wenn das zutrifft, dann könnte Gaultier wieder handfest gegen einen gehörnten Ehemann oder Partner vorgegangen sein. Wir wissen, dass es Witte nicht gefiel, als seine Frau ein Techtelmechtel mit dem Maler begann und der Bürgermeister handgreiflich gegen Gaultier wurde. Was ist, wenn unser Künstler nicht von Wittes Frau lassen wollte, der Elektriker erneut dort aufkreuzte und im Eifer des Gefechts von Gaultier mit einem Pinsel erschlagen wurde?«

Hilke Hauck schnaubte, während Christoph belustigt fragte: »Mit einem Pinsel?«

Große Jäger grinste breit. »Sind Künstler nicht skurrile Figuren, die zu sonderbaren Einfällen neigen?«

»Es könnte aber auch eine Auseinandersetzung zwischen den rivalisierenden Gruppen im Dorf gewesen sein, zwischen den sogenannten Einheimischen und den Zugezogenen.«

»Als Bürgermeister sollte Witte doch über den Dingen gestanden haben. Wie heißt es nach einer Wahl oft so schön? Ich bin der Ortsvorsteher für *alle* Bürger.«

»Vielleicht war er gar nicht neutral, sondern wollte sein Amt nutzen, um eigene Interessen durchzusetzen«, sagte Christoph.

»Wenn Reimers sauer war, weil Witte ihm das Land nicht weiter verpachten wollte, hätten wir einen weiteren Verdächtigen. Immerhin geht das an die wirtschaftliche Substanz des Hofes.«

»Und andere waren auch nicht gut auf den Bürgermeister zu sprechen. Sie wollten keine Windenergieanlagen in ihrem Dorf.«

»Könnte Witte etwas gegen Reimers gehabt haben«, mischte sich Hilke Hauck ein, »weil der eine Biogasanlage betreibt? Dafür braucht er Mais und anderes Grün. Man hört, dass die benötigten Mengen mit großen Fahrzeugen gebracht werden.

Die kleinen Gemeindestraßen und Wirtschaftswege sind dieser Belastung oft nicht gewachsen und werden kaputtgefahren. So etwas muss den Bürgermeister stören. Die Reparatur verschlingt Unsummen und übersteigt oft die Möglichkeiten kleiner Gemeinden.«

»Ich glaube, dass das als Motiv nicht ausreicht«, erwiderte Christoph. »Everschopkoog zieht sich an einer einzigen Straße entlang. Und das ist eine Landesstraße. Dafür kommt Kiel auf.«

»So abwegig ist Tante Hilkes Einwand nicht«, ergriff Große Jäger Partei für die Kommissarin. »Reimers ist durch den Verlust der Fläche in Schwierigkeiten geraten …«

»Das ist eine unbewiesene Unterstellung«, sagte Christoph, »und sehr weit hergeholt, wenn wir daraus schließen, dass Reimers seinen politischen Widersacher Witte im Fermenter hat verschwinden lassen. Außerdem ist es noch nicht bewiesen, dass Witte dort gelandet ist.«

»Wir beide«, dabei zeigte Große Jäger auf Hilke Hauck und sich, »überstimmen dich aber.«

Christoph lachte. »Hier herrscht aber keine Demokratie.«

»Despot«, rief ihm der Oberkommissar zu. »Bist du zu Hause auch so?«

»Schlimmer. So! Nun werde ich noch etwas für die Kultur machen.«

Seine Kollegen sahen ihn fragend an.

»Ich werde die Galerie Stiefel in der Neustadt aufsuchen.«

»Neustadt?« Große Jäger schnalzte mit der Zunge. »Das ist mein Revier. Ich komme mit.«

ZWÖLF

Christoph nutzte dem Oberkommissar zuliebe den Wagen, umfuhr den Binnenhafen und überquerte die Klappbrücke, die diesen vom Außenhafen trennte. Hinter der Brücke gab es den üblichen Stau, da Ortsfremde mitten auf der Straße zu halten pflegten und sich zu orientieren versuchten. Links ging es über die Eisenbahnschienen zum Dockkoog, rechts befand sich die Touristenmeile am Hafen, die zu dieser Jahreszeit nicht befahren werden durfte.

Nachdem auch der letzte verunsicherte Fahrer eine »Lösung« gefunden hatte, konnte Christoph die Fahrt fortsetzen. Er durchfuhr die Nordbahnhofstraße, die mit ihren niedrigen Backsteinhäusern typisch für diesen Teil der Stadt war, ließ die sich in den letzten Jahren zu einer beliebten Bummelmeile gemauserte untere Neustadt rechts liegen und folgte dem weiteren Verlauf der Straße »Neustadt«, in der sich viele Kneipen aneinanderreihten, deren Besucher der Polizei häufig Einsätze bescherten.

Man hatte seitens der Stadt das Problem dieses Viertels mit den zum Teil heruntergekommenen Häusern erkannt und suchte mit den Bewohnern nach Möglichkeiten der strukturellen Verbesserung. Selbst der alte Wasserturm von 1902, ein markanter Punkt Husums am »Hintereingang« des Schlossparks, war seit Langem wegen Baufälligkeit geschlossen, als würde er sich seiner Umgebung anpassen wollen. Lediglich das beliebte Kino, die neue Seniorenwohnanlage und die Kreisverwaltung ragten aus der Tristesse ein wenig heraus. Und natürlich das Husumhus, das Domizil der dänischen Minderheit.

Christoph rangierte den Volvo in eine der raren Parklücken. Bis zu ihrem Ziel waren es nur wenige Schritte über das unebene Riemchenpflaster.

Die Galerie Stiefel war in einem lang gestreckten Gebäude untergebracht, das nur aus dem Erdgeschoss und einem windschief längs zur Straße verlaufenden Dach aus dunklen Ziegeln bestand. Das Gebäude machte mit der grau gehaltenen Fassade und den kleinteiligen Fenstern einen urigen Eindruck. Christoph fand, dass es Atmosphäre ausstrahlte.

Nach dem Öffnen der Tür erklang ein elektronischer Gong, der aus einer Sprachaufzeichnung Didi Hallervordens bestand.

»Pallim-Palllim«, erklang es aus einem unsichtbaren Lautsprecher.

Kurz darauf erschien ein hagerer Mann mit wallendem weißen Haupthaar. Er war in einer weiten Pluderhose gekleidet, über die er eine Art Russenkittel trug. Den faltigen Hals zierte eine Goldkette. Die Füße steckten in Flip-Flops. Mit Belustigung registrierte Christoph, dass auf einem der linken Zehennägel ein Smiley aufgetragen war.

Er musterte die beiden Beamten ausführlich. Dann begrüßte er sie mit einem in Singsang vorgetragenen »Hallo, die Herren. Je später der Abend …«

»… desto entschlossener ist die Husumer Polizei«, ergänzte Große Jäger die Begrüßung. »Herr Stiefel?«

Er nickte beiläufig. »Was will die Polente in meinem Haus?«

»Wir möchten ein paar allgemeine Auskünfte«, begann Christoph.

»So fangen die vom Finanzamt auch immer an.«

»Es geht um Roger Gaultier aus Everschopkoog.«

»Roger? Was hat der ausgefressen? Ist er auf einem seiner Lamas, die er hinterm Haus hält, nach St. Peter-Ording geritten?«

»Sie sind sein Galerist«, sagte Christoph.

Maximilian Stiefel faltete die Hände wie ein tibetanischer Mönch. »Das auch.«

»Sie haben auch eine persönliche Beziehung?«

»Leugnen würden Sie mir ankreiden. Als Maler ist er von einer ganz besonderen Genialität. Wie so oft verstehen das viele nicht. Zugegeben – ich auch nicht immer. Vielleicht muss Roger erst tot sein, bevor er sich gut verkaufen lässt.« Er lachte herzhaft über seine Bemerkung.

»Ich habe eine, sagen wir, delikate Frage«, begann Christoph zögerlich. »Im Zuge unserer Ermittlungen sind auch Fragen zum Intimleben von Herrn Gaultier aufgetaucht.«

Stiefel schien die Frage nicht für außergewöhnlich zu halten.

»Der gute Roger ist auch in die Jahre gekommen. Früher galt für ihn im Liebesleben die mediterrane Art. Heute ist es mehr deutsch.« Als Christoph und Große Jäger ihn fragend ansahen, ergänzte der Galerist: »Al dente. Die Italiener lieben die Nudel bissfest. Die Deutschen ziehen es vor, wenn sie schlabberig und weich gekocht ist.«

»So detailliert wollten wir es nicht wissen. Ich zielte mit meiner Frage eher darauf ab, ob Herr Gaultier …«

»Sagen Sie doch einfach Roger.« Stiefel sprach es überzogen französisch aus. »›Gaultier‹ klingt so förmlich.«

»Wir haben gehört, dass er sich an seinem Wohnort für die Nachbarsfrauen interessiert.«

»Roger ist Künstler und neugierig auf die Welt. Sehen Sie. Es gibt Großwildjäger, Revierjäger, Seehundjäger … Roger erlegt alles, was ihm vor die Flinte kommt.«

»Eine merkwürdige Ausdrucksweise«, sagte Christoph.

»Gefällt Ihnen nicht, was?« Stiefel seufzte. »Roger versteht das Leben. Ich kann es nachempfinden, dass ihm die Frauen hinterherlaufen. Würde ich einen Rock tragen, täte ich es auch.«

»Sie haben demnach keine intime Beziehung zu ihm gepflegt?«, mischte sich Große Jäger ein.

»Beziehung?«, fragte der Galerist und zog das Wort kunstvoll in die Länge. »Das ist doch langweilig. Dabei lernst du doch keine anderen Menschen kennen. Ich«, dabei tippte er sich auf die Brust, »bin in meinem Liebesleben immer sortenrein geblieben. Aber Roger … ich würde meine Hand nicht dafür ins Feuer legen, dass der Vorsitzende vom Tierschutzverein nicht die Stirn kraus ziehen würde, wäre er eingeweiht.«

»Sie haben also …« Große Jäger fand keine Gelegenheit, seine Frage zu Ende zu führen.

»Aber ja doch. Wir waren einmal zu einer Auktion in Mailand. Da haben wir uns ein Hotelzimmer geteilt.« Stiefel verdrehte bei der Erinnerung die Augen. »Dagegen ist das Sechstagerennen von Monza eine Seniorenveranstaltung. Die prüden Italiener in den Nachbarzimmern fühlten sich so sehr gestört, dass sie mitten in der Nacht den Portier zu uns schickten. War das ein Kerl. Dunkelhaarig. Glutäugig. Leider aber falsch gepolt. Na … Er pfiff immer den Frauen hinterher. Schätzchen«, sagte Stiefel und beugte sich zu Große Jäger hinüber. »Weißt du, dass du eine ungemein aufreizende maskuline Erscheinung bist?«

Instinktiv rückte der Oberkommissar ein Stück zurück.

»Ich mag keine süßen Kartoffeln«, sagte er forsch.

»Aber mein Darling, wer spricht davon? Hast du eine Ahnung, wie scharf wir zu würzen verstehen. Da brennt dir nicht nur der Gaumen.«

»Danke«, wehrte der Oberkommissar ab.

Der Galerist schwenkte die Hand. Es wirkte fast linkisch. Er klapperte mit den Wimpern und sagte übertrieben gedehnt: »Hach. Schade, dass die besten Männer sich immer an Frauen vergeuden.« Dann biss er in seine Goldkette und bewegte noch einmal die Hand wie eine Diva. Christoph musste lachen. Diese selbstironisch überzogene Geste war gekonnte Schauspielkunst. »Du hast Ähnlichkeit mit denen.« Er zeigte auf ein halb volles Glas. »Partymöpse« stand auf dem Etikett. »Einfach zum Vernaschen.«

»Möpse sind bei mir etwas anderes. Und schon gar nicht gerollt«, entgegnete Große Jäger. »Und damit das klar ist: Wenn ich einkaufe, benutze ich immer den Haupteingang und komme nicht durch die Hintertür.«

Stiefel wandte sich beleidigt ab. »Das sollten Sie auch nicht wörtlich nehmen. Ich habe Aids. Da gehe ich verantwortungsbewusst mit um.« Er grinste. »Nun seien Sie nicht geschockt. Vermutlich lebe ich damit länger als mancher Säufer und Kettenraucher mit seinem Laster.«

»Und Gaultier?«

»Ha.« Es war makaber, aber es klang fast wie ein Ausdruck des Triumphs. »Ich war schneller. Vielleicht hat Roger das ausschweifendere Leben geführt, aber ich war vor ihm HIV-infiziert.« Stiefel schloss für einen kurzen Moment die Augen, als rufe er wunderbare Erinnerungen auf. »Haben Sie eine Vorstellung davon, wie natürlich sich junge Afrikaner verhalten und bewegen können?«

Große Jäger gab einen Grunzlaut von sich.

»Das Gespräch bekommt allmählich einen schlechten Beigeschmack. Das grenzt fast an Perversion.«

Stiefel gebot ihm mit einer Handbewegung Einhalt.

»Ich habe es bei Ihrem Eintritt gerochen. Sie sind starker Raucher. Ist das nicht ein viel schlimmerer Weg zur Selbstverstümmelung? Bei mir war das – zugegeben – hohe Risiko aber immer von einem Ansatz von Liebe und Sympathie begleitet. Haben Sie solche Empfindungen schon einmal gehabt, wenn Sie Ihren Glimmstängel in Händen hielten?«

»Gaultier weiß von seiner HIV-Infektion?«

»Sicher«, bestätigte Stiefel. »Er ist auch in medizinischer Behandlung.«

»In Kenntnis seiner Erkrankung hat er dennoch Verkehr mit nicht infizierten Personen ausgeübt?«, fragte Christoph und dachte an die in Everschopkoog kursierenden Gerüchte, dass Gaultier jeder Frau nachstieg. Ob Witte davon Kenntnis bekommen hatte? Oder … war Witte ein Opfer geworden, *damit* er nicht erfährt, welches Risiko seine Frau eingegangen ist? Wenn man diesen Gedanken fortsetzte, würden sich unendliche Konsequenzen daraus ergeben.

»Dazu sage ich nichts mehr«, entschied Stiefel und holte Christoph in die Gegenwart zurück. »Jedenfalls hat Roger kürzlich eine Frau mitgebracht. Ich weiß nicht, ob er die gestochen hat. Eine Hobbymalerin.«

»Erinnern Sie sich an den Namen?«, fragte Christoph.

»Ich habe ihn mir nicht gemerkt. Vielleicht fünfzig. Mit Sommersprossen.«

Das musste Bärbel Lattmann gewesen sein, die Lebenspartnerin von Günter Wychzek, dem pensionierten Hütteningenieur aus dem Ruhrgebiet.

»Was wollten die beiden?«

»Vergessen Sie es. Stellen Sie sich vor, da quietscht eine Achtjährige auf ihrer Blockflöte in der Adventszeit in der Fußgängerzone. Lauter falsche Töne. Und die Eltern glauben, ihre Tochter könne Konzertsäle füllen und wäre so etwas wie eine neue unentdeckte Lang Lang. Dabei reicht es nicht einmal für Kurz Kurz.«

»Gaultier wollte sich als Protegé für die Frau verwenden?«

»Kann sein. Ich hatte den Eindruck, er hatte ihr irgendwelche Hoffnungen gemacht, um seinerseits zum Abschuss zu kommen. So ist es, wenn man älter wird. Da muss auch ein früher erfolgreicher Stecher kreativ werden und sich etwas einfallen lassen.«

»Wann war Gaultier mit der Frau bei Ihnen?«

»Hach. Lass Sie mich überlegen.« Wieder folgte die linkische Geste, die Hand fuhr durch die Luft, als würde sie schwimmen. »Das war am Montag. Am Vormittag. Genau. Das war noch zur Schlafenszeit. So gegen elf.«

Große Jäger zündete sich eine Zigarette an, als sie vor die Tür traten. Tief sog er den Rauch in die Lungen.

»Das glaubt uns keiner«, sagte er. »Ist das die viel gepriesene Freiheit? Ich will kein Wort über eine gleichgeschlechtliche Partnerschaft verlieren. Aber was der Stiefel eben zum Besten gegeben hat, das übersteigt mein Vorstellungsvermögen. Wie soll man Unschuldige vor solchen Typen warnen? Eine Anzeige aufgeben?«

»Das ist doch nicht strafbar«, sagte Christoph.

»Trotzdem«, beharrte Große Jäger, bevor sie zur Dienststelle zurückkehrten.

Dort lagen keine weiteren Neuigkeiten vor.

Christoph beschloss, Feierabend zu machen. Er setzte sich in seinen Volvo und fuhr über die Gaswerkstraße und die Klappbrücke, die den Binnen- vom Außenhafen trennte. Es war Flut, und das Hafenbecken war voll.

Ein paar Schiffe schaukelten an der Kaimauer: ein Traditionssegler, ein Katamaran, die MS »Lütte Adler« lag vor der Fußgängerbrücke und würde am nächsten Tag Passagiere an den Liegeplätzen der Krabbenkutter und Frachtschiffe sowie den Flächen der Windanlagenbauer und des historischen Trockendocks vorbei bis zur Mündung der Husumer Au ins Wattenmeer an der Dockkoogspitze bringen. Dahinter, direkt am Binnenhafen, war die »Nordertor« vor Anker gegangen, ein alter Fördedampfer, der heute als uriges Restaurantschiff Gäste einlud, die eine rustikale maritime oder regionale Küche zu schätzen wussten.

Dank der nach langem Hin und Her endlich fertiggestellten Umgehung musste man nicht mehr durch den quälenden Engpass Neustadt hindurch, in der Stiefels Galerie lag. Christoph bog Richtung Schobüll ab, das nach der Eingemeindung in die Kreisstadt ein begehrter Stadtteil mit exklusiven Wohndomizilen geworden war. Schließlich erreichte er den Nordstrander Damm, der schnurgerade über mehrere Kilometer durch das Wattenmeer führte.

Ganz traf das nicht mehr zu. Seit der Eindeichung des Beltringharder Koogs zur Rechten war die grüne Insel zur Halbinsel geworden, die jetzt mit dem pfiffigen Slogan »halb Insel – doppelt Urlaub« auf ihre Reize aufmerksam machte. Obwohl er schon eine Weile »drüben« wohnte, empfand er es jedes Mal erneut als merkwürdig, dass mit jedem Kilometer auf dem Damm der Stress des Alltags von ihm abfiel und er in eine andere Welt eintauchte.

»Schön, dass du da bist«, begrüßte ihn Anna, als er das Auto vor dem Haus in England geparkt hatte und sie ihn an der Haustür empfing. Er erhielt einen Kuss.

»Was gibt es zu essen?«, fragte er.

Sie lachte. »Wenn du so nach Hause kommst, hast du einen entspannten Tag im Büro hinter dir. Stimmt's?«

Christoph nickte.

»Wir könnten essen gehen«, schlug sie vor. »Du musst dich gar nicht ausziehen.« Dann sah sie seine verschmutzte Kleidung. »Wo hast du dich herumgetrieben?«

»Ich bin mit Wilderich Große Jäger den Deich heruntergerollt«, sagte er.

»Lügner.«

Er antwortete nicht, sondern duschte rasch und zog sich um. Wenig später fuhren sie nach Norderhafen, um im Restaurant »Zur Nordsee« mit Blick über den Deich den Sonnenuntergang zu verfolgen. Es war ein fast kitschiges Rot, als die Sonne langsam am Horizont in der Nordsee versank und zuvor nicht nur das Wattenmeer, sondern auch Pellworm und die Hallig Nordstrandischmoor in ein faszinierendes mystisches Licht tauchte.

Sie hatten sich vorweg einen trockenen Sherry bestellt.

Als Christoph leicht das Glas in Annas Richtung hob, fragte er sie unvermittelt: »Liebst du mich?«

Sie hielt mitten in der Bewegung inne. »Bitte?«

»Das war doch eine deutliche Frage.«

»Die war nicht deutlich, sondern dumm. Schließlich sind wir verheiratet.«

»Ich frage nicht ohne Grund. Kannst du dir vorstellen, dass Frauen, die in einer langjährigen bürgerlichen Partnerschaft mit einer gesicherten Existenz leben, fremdgehen?«

Anna zögerte. »Was nach außen glücklich und harmonisch aussieht, kann auch Routine bedeuten.«

»Also Langeweile?«

Anna nippte an ihrem Glas. »Ich denke, man kann das nicht verallgemeinern. Jede Situation ist verschieden.«

Christoph berichtete in anonymisierter Form von dem, was ihm am Tage begegnet war.

Anna zeigte sich erschüttert.

»Das ist nicht wahr, oder? Geht wirklich jemand in Kenntnis seiner HIV-Infektion eine intime Beziehung zu einem gesunden Menschen ein?« Sie schüttelte angeekelt den Kopf. »Da könnte ich verstehen, dass der Ehemann zum Mörder wird. Im schlimmsten Fall hat er sich bei seiner Frau angesteckt.«

»Irrtum. Nicht der Ehemann ist zum Mörder geworden, sondern der mögliche Liebhaber. Allerdings wissen wir beides noch nicht. Es ist noch nicht bestätigt, dass tatsächlich ungeschützter Geschlechtsverkehr stattgefunden hat. Und ob es einen Mörder gibt, können wir auch noch nicht sagen. Wir haben keine Leiche.«

»Du hast einen seltsamen Beruf«, sagte Anna. »Nun aber Schluss. Jetzt genießen wir unser Essen.« Sie sah der Bedienung entgegen, die die »Land- und Meervariation« brachte: gebratenes Schweinemedaillon, Hähnchenbrust und Lammrücken mit Champignons und Zwiebeln, Lachs und Steinbeißerfilet,

Salatteller, Gemüse und Kroketten. Ein mitleidiger Blick streifte Christophs Teller.

»Ich bin glücklich, mit dem, was ich habe«, erklärte er und zeigte auf das hausgemachte Sauerfleisch und die Bratkartoffeln. »Und mit dir«, ergänzte er.

DREIZEHN

Über Nacht war das Wetter umgeschlagen. Der Himmel war bedeckt. Es war grau, und über dem Beltringharder Koog lag ein leichter Dunstschleier. Auch dieser Sommer war hinter den Erwartungen zurückgeblieben. Die Hoffnung auf ein paar schöne Tage konzentrierte sich auf den Herbst.

In Schobüll wurde die kleine Kolonne, die Richtung Husum fuhr, durch einen Autofahrer ausgebremst, der sich für dreißig Stundenkilometer Reisegeschwindigkeit entschieden hatte, zwischendurch »rasant« auf fünfunddreißig beschleunigte, um auf Höhe der Tankstelle das Tempo wieder auf unter dreißig zu reduzieren. An der Einfahrt zur Tankstelle stoppte er ungeachtet der Schlange hinter sich und schien eine ganze Weile den Entscheidungsprozess reifen zu lassen, bis er sich schließlich doch für einen Zwischenstopp an der Zapfsäule entschied.

Auf der Dienststelle fand Christoph den Schreibtisch des Oberkommissars wie gewohnt vor. Es sah aus, als wäre eine Bombe eingeschlagen. Ermahnungen blieben fruchtlos, selbst Staatsanwaltschaft und Gericht schienen resigniert zu haben. Niemand beklagte sich über die Kaffeeflecken auf den dort vorgelegten Berichten.

Christoph rief in Kiel bei der Rechtsmedizin an.

»Ich habe gehört, dass die Menschen von der Westküste betulich sind«, sagte Privatdozent Dr. Diether zur Begrüßung. »Da überrascht mich Ihr Drängen.«

»Ich bin Kieler«, erklärte Christoph.

»Was haben Sie sich zuschulden kommen lassen, dass Sie jetzt dort leben müssen?«

»Sind Sie mit Klaus Jürgensen verwandt? Der stellt auch solche Fragen. Es ist eine Auszeichnung, hier leben und arbeiten zu dürfen.«

»Sind Sie sich sicher?«

»Dafür lege ich meine Hand ins Feuer«, erklärte Christoph.

»Hoffentlich fällt Ihnen nicht ein Finger ab wie jener, den

Sie uns gestern geschickt haben. Wann kommt der Rest? Ein einteiliges Puzzle ist etwas für die Jüngsten. Ich kann mich schon mit mehr Teilen beschäftigen.«

»Es reicht mir, wenn Sie mir etwas zu diesem Finger erzählen.«

»Gern.« Christoph hörte, wie der Rechtsmediziner eine Tasse hart absetzte.

»Der Finger gehört einem unglücklichen Menschen. Das erkenne ich am Ehering. Vermutlich ein Mann. Bevor er den Löffel, den der Finger hielt, abgab, hat er Sahnepudding gegessen, einen Blick in die Tageszeitung geworfen … Genaugenommen in die Sportnachrichten des Nordfriesland Tageblatts …«

»Danke, das reicht«, unterbrach Christoph. »Ich habe verstanden. Der Finger hat eine Eingangsnummer aus dem Zettelautomaten bekommen und steckt jetzt in einer Warteschlange. Mit ein wenig Glück werden Sie ihn irgendwann begutachten.«

»Ich versichere Ihnen, dass das vor der Verwesung geschieht«, erklärte Dr. Diether, der im Land für seine schwarze Art von Humor bekannt war.

»Ich dachte, Sie bewahren den Finger im Kühlschrank auf.«

»Das haben wir früher so gemacht, bis ein Kollege das Untersuchungsgut mit seinem Frühstück verwechselt hat. Das gab Ärger, weil ein Beweismittel verschwunden war. Ich melde mich, wenn wir etwas wissen.«

»Ich habe noch eine letzte Frage. Könnte man anhand des Fingers feststellen, ob das Opfer HIV-infiziert war?«

»Bitte?« Ein schrilles Lachen drang aus dem Telefon. »Also … Früher, als ich jung war. Da hat man sich in der Liebe auf andere Körperteile konzentriert. Das Beste ist, Sie schaffen den Rest auch herbei.«

Christoph sah das Telefon an, nachdem das Gespräch beendet war.

»Du bist gut«, sprach er zum Apparat. »Wie viele Tankwagen Wirtschaftsdünger aus dem Fermenter sollen wir nach Kiel expedieren?«

Christoph traf sich mit anderen Beamten der Kriminalpolizeistelle zur Dienstbesprechung. Es ging um eine Einbruchserie, Körperverletzung, Betrug, zwei Rauschgiftdelikte, Erschleichung von Sozialleistungen … Jeder einzelne Fall bedeutete einen Einschnitt in das Leben der Betroffenen, auch wenn es die Mehrheit der Bevölkerung gar nicht wahrnahm.

Irgendwann tauchte ein gut gelaunter Oberkommissar Große Jäger auf, setzte sich in die Runde, zeigte auf den Kaffeebecher eines Kollegen und fragte leise: »Frisch?«

Als der Beamte nickte, griff Große Jäger zu, bevor sein Nachbar reagieren konnte, und nahm einen großen Schluck.

»Warst du über Nacht in Garding?«, fragte ihn Christoph, nachdem der des Kaffees beraubte Polizist vergeblich versucht hatte, dem Oberkommissar Handfesseln anzulegen.

»Ist das ein Verhör?«

»Wir wollen nach Uelvesbüll.«

Der Oberkommissar wiederholte den Ortsnamen. »Du meinst zum Krabbendeich.«

»Porrendeich«, korrigierte Christoph, wissend, dass Große Jäger den Begriff »Porren« kannte, der ein anderer Name für Krabben war.

»Michelsen hieß der Typ, zu dem Witte am Vortag fahren wollte. Dort ist er aber nicht erschienen.«

Porrendeich war ein etwas abseits gelegener Ortsteil der Streusiedlung Uelvesbüll. Die schmale Straße, die tatsächlich auf dem Deich verlief, schlängelte sich um vier Wehlen herum. Das waren Gewässer, die durch Auskolkungen bei früheren Deichbrüchen entstanden waren und beim Bau der neuen Deiche nicht wieder aufgefüllt wurden.

»Wusstest du, dass man statt ›Wehle‹ auch ›Brack‹ oder ›Brake‹ sagen kann?«, fragte Christoph den träge neben ihm hockenden Oberkommissar.

»Geschenkt.« Dann gähnte Große Jäger herzhaft.

»Fällt die Sprechstunde in der Gardinger Praxis wegen Übermüdung der Ärztin aus?«, lästerte Christoph.

»Blödmann.«

Christoph grinste und bellte.

Sönke Michelsen wohnte in einem Haus, an dessen Rückseite die größte der Wehlen grenzte.

»Ist ja für Außenstehende auf den ersten Blick attraktiv«, stellte Große Jäger fest. »Dafür wirst du hier von Mücken aufgefressen.«

Sie hörten hinter dem Haus die typischen Geräusche des Holzhackens und verzichteten auf das Klingeln an der Haustür. Hinter dem Gebäude stand ein wenig abseits ein Schuppen. Die Türen waren geöffnet. Davor befand sich ein Hackklotz, um den gespaltene Scheite lagen. Ein Mann mit Bart hielt eine Axt hoch und ließ sie kraftvoll auf das Holz niedersausen, das vor ihm lag. Mit einem einzigen Schlag hatte er das Stück in zwei Teile zerlegt. Er sah auf, als die Polizisten auftauchten.

»Sönke Michelsen?«, fragte Christoph. »Wir sind von der Polizei aus Husum und haben ein paar Fragen an Sie.«

Michelsen trug ein olivfarbenes Unterhemd, auf dem sich deutlich die Schweißflecken abzeichneten. Er schien trotz des trüben Wetters und der morgendlichen Kühle zu schwitzen. Erwartungsvoll sah er die Beamten an, bevor er sich mit dem stark behaarten Unterarm über die Stirn wischte, ohne dabei die Axt aus der Hand zu legen. Im Holzhacken schien er versiert zu sein. Davon zeugten nicht nur der sorgfältig gestapelte Stoß im Schuppen, sondern auch die muskulösen Oberarme.

»Wegen Witte?«, fragte Michelsen.

Christoph nickte. »Der hatte gestern einen Termin bei Ihnen.«

»Ist nicht gekommen.«

»Hat er abgesagt?«

»Nee.«

»Was sollte er reparieren?«

»Waschmaschine.«

»Was ist damit?«

»Läuft wieder.«

»So, so«, mischte sich Große Jäger ein. »Die wundersame Selbstheilung vom Porrendeich.« Er zeigte auf Michelsens Gesicht. »Im Unterschied zu den Blessuren.«

»Nicht der Rede wert.«

»Wie ist das passiert?«, fragte der Oberkommissar.

»Mein Ding.«

Große Jäger legte vier Finger an die Schläfe, als müsse er nachdenken.

»Ist Ihnen aufgefallen, dass ich eine weibliche Kommissarin bin?«

Michelsen starrte ihn ungläubig an. Dann veränderte sich der Gesichtsausdruck des Mannes, als hätte er es mit einem Gegenüber zu tun, dem die Zurechnungsfähigkeit abgesprochen worden war.

»Vielleicht ist das auf den ersten Blick nicht ersichtlich, aber ich bin ungemein neugierig«, erklärte Große Jäger und zeigte auf die blauen Flecken, die unter dem rechten Auge und auf dem rechten Wangenknochen Michelsens prangten. »Wer hat gewonnen?«

»Geht Sie nichts an.«

»Doch. Nach dem anderen suchen wir.«

Instinktiv trat Michelsen einen halben Schritt zurück und ließ die Hand mit der Axt herabsinken. »Wie? Doch nicht hier.«

Große Jäger nickte bedächtig. »Sicher.«

»Was sollte Witte hier?«

Es war erstaunlich, wie schnell Menschen aus der Fassung gerieten, dachte Christoph. Sie hatten noch gar nicht nach dem Elektriker gefragt und schon hatte ihnen Michelsen verraten, dass er sich mit Witte geprügelt hatte. Noch einer, weil auch der Maler Gaultier eine Auseinandersetzung mit dem Bürgermeister gehabt hatte. War Witte so unbeherrscht und schlug schnell zu? Dann war es eine weitere Option, dass er bei einer Schlägerei den Kürzeren gezogen hatte, vielleicht unglücklich getroffen wurde und sich dabei tödlich verletzte. Sein Kontrahent war in Panik geraten, hatte Witte verschwinden lassen und nicht damit gerechnet, dass der Finger wieder auftauchen würde.

»Sie haben die Unwahrheit gesagt, als wir gestern miteinander telefonierten«, sagte Große Jäger und näherte sich dem Mann mit der Axt.

»Neeeein.« Michelsen zog die Antwort in die Länge.

»Es ist einfacher, die Wahrheit zu sagen«, belehrte ihn der Oberkommissar. »Wir werden die Nachbarn befragen. Irgendjemand wird uns erzählen, dass der Wagen des Elektrikers gestern auf dem Porrendeich unterwegs war.«

»Das muss nicht bedeuten, dass er mich besucht hat.«

»Doch. Hierher verirren sich nur im Sommer ein paar Touristen auf *Sightseeing*. Witte bestimmt nicht. Er hatte einen Termin bei Ihnen. Das können auch Ihre direkten Nachbarn bestätigen.«

Michelsen ließ die Schultern nach vorn fallen. Die Axt pendelte jetzt vor seinen leicht gespreizten Beinen.

»Scheiße. Ja, er war gestern hier.«

»Und hat mit seinen heilenden Händen die Waschmaschine zum Laufen gebracht?«

»Ach, Mensch! Die war doch nur ein Vorwand, um den Kerl herzulocken. Hätte ich gesagt, wir wollen reden, wäre er nicht gekommen.«

Große Jäger sah an Michelsen vorbei in Richtung Haus. »Und Witte fand Ihre Idee so toll, dass er zugelangt hat.«

Michelsen starrte den Oberkommissar an und suchte in dessen Mimik nach der richtigen Antwort. Doch Große Jäger besaß in solchen Situationen ein eingeübtes Pokerface.

»Das weiß doch jeder«, erklärte Michelsen schließlich. »Wir hatten Stress miteinander. Witte und ich.«

»Worüber konnte man sich mit Witte streiten, sodass einer dabei umgekommen ist?«

Michelsen tippte sich erregt an die Stirn. »Das ist doch *Rubbish*. Und wieso …? Ist Witte tot?«

Große Jäger ging nicht darauf ein. Er spielte mit seinen Fingernägeln und ließ die Gelenke knacken. Nach einer ganzen Weile schien es, als würde er sich erinnern, dass seine Frage noch unbeantwortet war.

»Wie war das noch gleich? Weshalb haben Sie sich geprügelt?«

»Solche Leute wie Witte machen alles kaputt.« Michelsen zeigte auf die idyllische Wehle in seinem Rücken. »Manche laufen blind herum und sehen nicht, wie schön es hier ist. Wir leben in einer einzigartigen Naturlandschaft. Hinter dem Deich ist das Weltnaturerbe Wattenmeer. Da jammern alle, dass man hier weniger verdient als im Süden der Republik, die industrielle

Entwicklung an uns vorbeigeht. Und? *Hier* werden die Leute alt. *Hier* sind die Menschen gesünder.« Er ließ seinen Arm kreisen. »Fragen Sie doch mal, wer im Smog der Großstadt leben möchte. Da drüben ist der Uelvesbüllkoog, dort der Adolfskoog. Da liegt das Naturschutzgebiet Wester-Spätige. Das gibt es bereits seit 1978 und wird vom NABU betreut. Und dann kommen solche Figuren wie Witte und wollen den Fortschritt. Das heißt, überall sollen diese Scheißwindspargel errichtet werden. Haben Sie schon mal darüber nachgedacht, wie viele Vögel die vom Himmel holen? Wir engagieren uns für den Vogelschutz auf Eiderstedt, aber nur etwa zwanzig Prozent der landwirtschaftlich genutzten Fläche nehmen am Vertragsnaturschutz teil.«

»Dann prügeln Sie doch auf den Falschen ein. Witte ist kein Landwirt.«

»Aber er hat Flächen. Und die lässt er durch die Bauern bearbeiten.«

»Ist es nicht illusorisch«, fragte Große Jäger, »wenn wir alles in Brachland verwandeln wollen? Macht nichts. Unser Brot kommt aus der Fabrik und das Fleisch aus dem Kühlhaus.«

Michelsen stierte auf Große Jägers Schmerbauch. Christoph war froh, dass der Mann sich eines Kommentars enthielt. So etwas mochte der Oberkommissar nicht hören, auch wenn er selbst oft über seine Figur unkte.

»Wir sind nicht allein auf dieser Welt. Das Vogelschutzgebiet auf Eiderstedt ist viel zu klein ausgelegt.«

»Meinen Sie das Natura-2000-Programm?«, fragte Christoph.

»Ja, da ist untersagt, Dauergrünland in Acker umzuwandeln, Kleingewässer zu beseitigen oder das Gebiet über das notwendige Maß hinaus zu entwässern.«

»Verdanken wir es Ihnen, dass hier nichts aufgeforstet werden darf?«, fragte Große Jäger.

»Quatsch. Wo sonst ziehen im Frühjahr und Herbst Nonnengänse vorbei …«

»… und fressen von den Äckern die sprießenden Pflanzen«, schob Große Jäger dazwischen. »Wie war das mit der Heuschreckenplage im alten Ägypten?«

»Das ist nicht vergleichbar. Die Bauern vergrämen die Vögel

mit Gasknallkanonen. Das stört auch die Menschen, die hier leben und kein Land besitzen.«

»Man kann nicht ausschließen, dass die durchziehenden Gänse Einfluss auf die Bestandsentwicklung von Trauerseeschwalbe, Uferschnepfe und Kiebitz haben«, gab Christoph zu bedenken.

»Mit solch blöden Sprüchen ist Witte auch gekommen.«

»Das waren Argumente, aber keine blöden Sprüche«, belehrte ihn Große Jäger.

»Witte hatte keine Ahnung. Dem fehlte was im Oberstübchen, um zu erkennen, was wichtig ist.«

»So – nur Sie haben die Weisheit mit Löffeln gefressen. Und weil Witte eine andere Meinung vertrat, gab es Streit zwischen Ihnen, der so weit eskalierte, dass Sie sich geprügelt haben.«

»Streit – Streit«, wiederholte Michelsen mehrfach das Wort, als müsse er es sich auf der Zunge zergehen lassen und dabei den Sinn verstehen.

Große Jäger zeigte auf die Axt.

»War das eines Ihrer Argumente?«

Auch Michelsen betrachtete das Werkzeug in seiner Hand.

»Scheiße.«

»Das würde ich auch so sehen.« Der Oberkommissar streckte die Hand aus, nachdem er aus den Tiefen seiner Jeans einen Einmalhandschuh geangelt hatte.

»Eh? Was soll das? Ihr glaubt doch nicht, dass …«

»Wir sind keine Rechtgläubigen, auch keine Gläubiger«, erlaubte sich Große Jäger ein kleines Wortspiel, »für uns gelten nur die Grundsätze, die auch Besucher von Stripteaseschuppen bevorzugen: nackte Tatsachen.«

Instinktiv verbarg Michelsen die Hand mit der Axt hinter seinem Rücken.

»Das ist meine«, sagte er widersinnig.

»Deshalb möchte ich sie auch haben«, blieb Große Jäger ungerührt.

Michelsen trat einen Schritt zurück. Er machte keine Anstalten, dem Oberkommissar das Werkzeug auszuhändigen.

Große Jäger bückte sich, nahm einen Holzscheit in die Hand, wog ihn hin und her und besah sich das gesplitterte Holz.

»Sauberer Schlag«, sagte er anerkennend. »Sie verstehen mit dem Ding umzugehen.«

Michelsen antwortete mit einem Schulterzucken.

»Ist das nicht gefährlich? Ich meine, mit einem einzigen Hieb kann man sich die Kniescheibe zertrümmern, oder das Schienbein. Und wenn man das Holz hält und die andere Hand nicht rechtzeitig wegzieht … Schwupps. Ab ist der Finger.«

»Da muss man aufpassen«, sagte Michelsen und ließ ein wenig die Schultern herabfallen.

Christoph erkannte daran, dass die Spannung nachließ. Für den Mann war die kritische Situation, als er nach der Axt gefragt worden war, überstanden, zumal der Oberkommissar erneut den Holzscheit musterte.

Plötzlich warf Große Jäger das Holzstück in Michelsens Richtung. Es war ein leichter Bogen, den der Scheit beschrieb.

»Fang«, rief der Oberkommissar.

Die Kraft hinter dem Wurf war so bemessen, dass es ohne Schwierigkeiten möglich war, das Holz zu ergreifen. Instinktiv riss Michelsen die Arme vor und ließ dabei die Axt, die er immer noch festhielt, locker zwischen den Fingern der rechten Hand pendeln. Während seine Konzentration ganz dem heranfliegenden Scheit galt, schnellte Große Jäger vor, packte die Axt am Stiel und entwand sie Michelsen. Der war durch diesen Vorstoß so irritiert, dass er für den Bruchteil einer Sekunde das Holzstück vergaß, das ihn in Höhe des Bauchnabels traf, am Unterhemd entlangratschte und auf seine Füße fiel. Es war mit Sicherheit kein gravierender Schmerz, viel eher war es das Überraschungsmoment, das Michelsen aufschreien ließ. Er sprang in einer völlig überflüssigen Aktion zurück, bevor er laut anfing zu fluchen.

»Du bist nicht ganz dicht«, brüllte er.

Große Jäger grinste und erklärte, dass dies zuträfe und er froh darüber sei.

»Stell dir vor, ich wäre dicht und würde über keine Körperöffnung verfügen. Nee. Das würde keinen Spaß machen.«

Michelsen streckte die Hand aus und forderte seine Axt zurück, aber Große Jäger verbarg sie nun seinerseits hinter dem Körper.

»Die wird auf Spuren untersucht.«

»Was für Spuren?« Michelsen wurde immer erregter.

»Jede Art von Spuren. Fingerabdrücke. Kleidungsspuren. Hautfetzen. Blut.«

»Was für 'n Blut?«

»Menschliches. Zum Beispiel das von Witte.«

Michelsen öffnete eine Handfläche und schlug mehrfach mit der geballten Faust hinein.

»Scheiße. Scheiße. Scheiße«, rief er fortwährend.

Christoph räusperte sich.

»Herr Michelsen. Haben Sie uns etwas zu erzählen?«

Der Mann wischte sich eine Haarsträhne aus der schweißnassen Stirn.

»Der blöde Hund hat sich an der Axt verletzt. Selbst dazu war er zu doof.«

»Weil er seine Hand nicht rechtzeitig weggezogen hat, als Sie zuschlugen?«, fragte Christoph.

»Schwachsinn. Ich doch nicht. Der hat sich selbst verstümmelt.«

Die beiden Beamten wechselten einen raschen Blick.

»Inwiefern?« Große Jäger hatte Christoph das Fragen überlassen.

»Der hat sich irgendwo reingehackt.«

»Wo?«

Michelsen warf die Arme in die Luft.

»Mensch, das weiß ich doch nicht. Ich war doch nicht dabei.«

»Können Sie das ein bisschen ausführlicher erklären?«

Der Mann holte tief Luft, dass sich das schweißnasse Unterhemd über seinen Brustkorb spannte.

»Hab ich schon gesagt, dass ich Witte hergelockt habe. Mit der angeblich kaputten Waschmaschine. Natürlich war er sauer, als er merkte, dass das nur ein Trick war. Der hat hier rumgebölkt wie Sau.« Dabei hielt sich Michelsen andeutungsweise die Ohren zu. »Ich wollte ihm nur klarmachen, dass er nicht mit den Bauern heulen sollte. Aber Witte war nicht unparteiisch. Der war korrupt. Kein Wunder, ihm gehörte ja auch Land, das er teuer verpachten konnte.«

»Haben Sie auch wirtschaftliche Interessen?«

Michelsen zeigte auf sich, dann auf das Haus. »Ich bin beim Staat beschäftigt. So wie Sie. Ich habe einen Job direkt beim Sozialministerium. Nennt sich Hartz IV. Scheiße. Bin gelernter Betonbauer. Und? Ist nix mit 'nem Job.«

»Sie sollten es mal als Aufseher im Klärwerk versuchen«, riet ihm Große Jäger. Als sein Gegenüber ihn fragend ansah, ergänzte der Oberkommissar: »Weil Sie so oft ›Scheiße‹ sagen.«

»Haha.« Michelsen fand das offenbar nicht lustig.

»Und weil Witte andere Vorstellungen von der Nutzung der Landfläche hatte, Landbesitzer war und sich gegen Ihre Ideen von Naturschutz stellte, haben Sie sich zunächst geprügelt. Dann haben Sie Witte totgeschlagen.« Große Jäger hielt die Axt ein wenig in die Höhe. »Hiermit?«

»Schei…« Michelsen hielt mitten im Wort inne. Offenbar war Große Jägers Anmerkung nicht wirkungslos geblieben. »Ja. Natürlich. Wir waren unterschiedlicher Auffassung. Aber deshalb prügele ich mich doch nicht.«

»Ging es um andere Dinge?«, fragte Christoph.

Michelsen sah auf seine Schuhspitzen. »Ja«, murmelte er leise.

»Um Frauen?«, riet Christoph.

Die Antwort kam so leise, dass die beiden Beamten sie nicht verstanden. Erst als Christoph Michelsen aufforderte, lauter zu sprechen, sagte der: »Ich habe keine Freundin.«

Vor Christophs geistigem Auge tauchte die unscheinbare magere Gesine Witte auf. Sie war keine Schönheit. Christoph konnte sich kaum vorstellen, dass Roger Gaultier mit der Frau ein Verhältnis haben sollte. Und jetzt auch noch Michelsen? Er äußerte seine Vermutung.

Der Mann im Unterhemd prustete, dass ein feiner Sprühregen aus seinem Mund regnete.

»Ich und Wittes Frau? Das ist ein *Joke.*« Dann wurde er wieder ernst. »Witte war es. Das verdammte Schwein.«

»Was ist mit Witte?«

Statt einer Antwort drehte er sich abrupt um und stapfte in Richtung des Nachbargrundstücks.

»Hiergeblieben«, rief ihm Große Jäger hinterher, aber Michelsen ließ sich nicht beirren. Er schwenkte seinen Arm im Schultergelenk und bedeutete den Beamten, ihm zu folgen. Die Grundstücksgrenze war unsichtbar. Kein Zaun, keine Hecke oder Pflanzstreifen trennte die Areale. Michelsen trat durch die Hintertür in das Nebenhaus ein. Auf dem Fußboden lagen Kinderspielzeug und Kinderkleidung. Es roch nach Essen. Irgendwo im Haus brummte ein Staubsauger.

»Heike!«, rief Michelsen. Erfolglos. Der Staubsauger übertönte alles. Der Mann steigerte die Lautstärke, bis irgendwo aus dem Obergeschoss eine Frauenstimme gegen das Summen anrief: »Ja?«

»Ich bin's. Sönke. Komm mal runter.«

»Geht nicht.«

»Mensch. Mach schon. Die Polizei ist hier.«

»Tünbüddel.« Trotzdem wurde der Staubsauger abgestellt und eine kräftig gebaute junge Frau mit rosa Wangen kam die Treppe herunter. Sie stutzte, als sie die Beamten sah.

»Hä?«

Christoph stellte sich und Große Jäger vor. Bevor er weitersprechen konnte, hatte Michelsen das Wort ergriffen.

»Geht um Witte.«

»Den Elektriker? Was ist mit dem?«

»Ich hab den Polizisten erzählt, dass Witte sich manchmal komisch verhalten hat.«

»Was meinst du damit?«, fragte sie unsicher, wischte sich die Hände an der Jeans ab und gab beiden Beamten die Hand. »Tach«, sagte sie dabei.

»Wegen der Kinder«, erklärte Michelsen.

»Was ist mit den Kindern?«

»Na, du weißt doch. Der Witte war immer so merkwürdig zu denen.«

Sie zögerte und sah die Polizisten an. Ein wenig Ratlosigkeit lag in diesem Blick.

»Ich weiß nicht so recht.«

»Normal war das doch nicht, wie der auf die Kinder los ist«, half Michelsen nach. Dann drehte er sich zu Große Jäger um. »Der hatte immer was Süßes in der Tasche. Komisch, was?

Haben Sie das auch, immer was dabei, wenn Kinder in der Nähe sind?«

»Sönke, so kann man das nicht sagen …«, unterbrach ihn die Nachbarin.

»Wir haben doch drüber gesprochen. Du, Eggi und ich«, erinnerte Michelsen.

»Eggi, also Egbert – das ist mein Mann. Der ist jetzt auf Arbeit«, erklärte die Nachbarin. »Ja. Schon«, bestätigte sie schließlich.

»Seh'n Sie!«, frohlockte Michelsen. »Sag ich doch. Wenn der bei mir war, ist er immer hierher rüber. Hat Bonbons verteilt, die Kinder gestreichelt und auch auf den Arm genommen. Das ist doch nicht normal nicht. Der Witte, das ist ein Perverser. Die Maske des Biedermannes. Der hat sich das Vertrauen der Kinder erschlichen, um sie dann hinterher …« Er ließ den Satz offen.

»Ist das nicht weit hergeholt?«, gab Christoph zu bedenken.

»Seh'n Sie.« Michelsen bewegte den Zeigefinger wie zur Belehrung. »Das hört man immer wieder. Jugendämter oder Polizei. Die kümmern sich 'nen feuchten Kehricht drum, wenn es irgendwo glimmt. Die schalten sich erst ein, wenn es lichterloh brennt. Oder es zu spät ist«, schob er hinterher.

»Haben Sie Ihren Verdacht dem Amt gemeldet?«

Michelsen tat erstaunt. »Nee. Hab ich nicht. Sagte ich doch, dass die das nicht kümmert.«

»Pharisäer«, kommentierte Große Jäger. »Wie sollen die verantwortlichen Stellen das prüfen, wenn sie keine Kenntnis erhalten?«

»Ich hab Witte zur Rede gestellt und ihm klargemacht, dass er seine dreckigen Pfoten von den Kindern lassen soll.«

»Und dann?«

Michelsen sah die Nachbarin an. »Wir sollten wieder zu mir rübergehen«, schlug er vor.

Offensichtlich war es ihm nicht recht, dass die Frau von den weiteren Dingen Kenntnis erhielt. Im Gänsemarsch stapften sie auf Michelsens Grundstück zurück. Als sie dort angekommen waren und Christoph einen Blick zurückwarf, sah er, wie die

Frau mit vor der Brust verschränkten Armen im Garten stand und zu ihnen herüberstarrte.

»Sie haben Witte Vorwürfe gemacht«, nahm Christoph den Faden wieder auf.

Michelsen nickte heftig.

»Genau. Plötzlich ist er auf mich los und hat mir eine gescheuert. Ich wusste gar nicht, wie mir geschah. Er hat noch ein zweites Mal zugeballert, bevor ich mich wehren konnte. Ich habe ihn am Kragen seiner Arbeitsjacke gepackt und in die Ecke geschleudert. Das war drin in der Waschküche«, ergänzte Michelsen. »Dann bin ich auf ihn los, hab ihm eine geknallt. Ich war so wütend, dass ich gar nicht gemerkt habe, dass er noch benommen war. Ehrlich. Ich hab nur einmal zugelangt.« Er griff in die Tasche seiner Hose und beförderte ein blaues Stück Stoff mit einem Knopf hervor. »Hier. Das ist dabei rausgerissen. Hab es in die Tasche gesteckt und wollte es verschwinden lassen.«

Als Große Jäger die Hand ausstreckte, händigte Michelsen ihm den Fetzen widerspruchslos aus.

»Was ist dann geschehen?«, forderte Christoph den Mann auf, seinen Bericht fortzusetzen.

»Ich hab Witte gepackt und in den Schuppen geschleift. Er hat 'nen kräftigen Stoß gekriegt und ist hinten gegen das aufgeschichtete Holz gefallen. Bevor er wieder hochgekommen ist, hab ich außen das Vorhängeschloss dichtgemacht.«

»Und dann?«

Michelsen wischte sich mit dem Unterarm erneut den Schweiß von der Stirn. »Bin ich rein ins Haus und habe zur Beruhigung eine Zigarette geraucht. Witte hat gerufen. Deshalb habe ich Musik angedreht. Ganz laut. Hardrock. Ich habe eine ganze Weile gewartet. Als ich wieder raus bin, um nach ihm zu sehen, war die Schuppentür aufgebrochen, und Witte war weg. Mitsamt dem Auto. Hab ich aber nicht gehört.«

Große Jäger warf Christoph einen Blick zu und verschwand in Richtung des Nebenhauses. Christoph sah, wie er ein paar Worte mit der Nachbarin wechselte.

Als er zurückkehrte, sagte er: »Sie hat bestätigt, dass Michelsen manchmal laut Musik hört. Das kann auch Montag gewesen sein. Witte war auch da. Sie hat das Auto gesehen. Außerdem hat Witte mit dem Sohn gespielt. Wann Witte wieder aufgebrochen ist, hat sie nicht mitbekommen.«

»Ich möchte mir das Schloss ansehen«, sagte Christoph und ging, gefolgt von den beiden anderen, zum Schuppen. Deutlich waren frische Spuren von Axtschlägen im Holz zu erkennen.

»Habe ich nicht dran gedacht, dass ich die Axt im Schuppen habe liegen lassen«, erklärte Michelsen. »Der Idiot hat damit die Tür zertrümmert. Aber auch dazu ist er zu doof. Er muss sich dabei verletzt haben. Hier.« Michelsen zeigte auf dunkelrote Blutspritzer, die auf dem Zementboden zu erkennen waren. Christoph untersuchte die Holzwand und den Türrahmen. Auch dort fand er Blut.

»Witte muss sich ordentlich verletzt haben.«

»Geschieht ihm recht«, murmelte Michelsen. »Rauf auf den Hackklotz und dann – peng. Ab damit.«

»Den Finger?«, fragte Christoph.

»Ja.« Es klang geistesabwesend.

»Haben Sie?«

Michelsen sah Christoph irritiert an. »Ich? Was? Den Finger?«

Christoph nickte.

»Ich bin doch nicht bescheuert.«

»Wir fordern jetzt die Spurensicherung an«, entschied Christoph. »Sie betreten den Schuppen nicht und machen einen weiten Bogen drum herum.«

Er musste Große Jäger nichts erklären. Der Oberkommissar hatte sein altmodisches Klapphandy gezückt und war ein paar Schritte abseits gegangen. Christoph wusste, dass Große Jäger die Spurensicherung anfordern würde.

Als er nach wenigen Minuten zurückkehrte, sagte er nur knapp »Itzehoe«, um zu erklären, dass die Beamten des dortigen K6 der Bezirkskriminalinspektion diese Aufgabe übernehmen würden, da Klaus Jürgensen mit seinen Flensburgern auf dem Reimers'schen Hof im Einsatz war.

»Wird langsam knapp«, sagte Große Jäger beiläufig. »Nur noch Kiel und Lübeck.« Er zählte damit die beiden anderen

Standorte im Land auf, in denen es noch Bezirkskriminalinspektionen gab.

Christoph beorderte Michelsen für den nächsten Morgen zur Ausfertigung des Protokolls auf die Husumer Dienststelle. »Acht Uhr!«

»Geht nicht. Der erste Bus ist erst um Viertel nach am Bahnhof. Und außerdem fährt hier keiner. Ich muss ganz bis zum Sandkrug. Hier fährt nur um Viertel nach sieben ein Anrufsammeltaxi. Muss das wirklich sein?«

Christoph bestätigte es.

»Und wer bezahlt mir das Fahrgeld?«

Große Jäger klopfte ihm jovial auf die Schulter. »Dafür gibt es eine staatliche Stelle. Die wird von einem Herrn Hartz gemanagt.«

Mit »Blöder Spruch« verabschiedete Michelsen die beiden Beamten.

VIERZEHN

Auf dem Weg zum Auto befriedigte Große Jäger zunächst einmal seine Nikotinsucht.

»Was ist von den Anschuldigungen zu halten?«, fragte er zwischen zwei Lungenzügen.

Christoph wusste es nicht.

»Wir müssen dem nachgehen. Es wäre nicht das erste Mal, dass sich ein Pädophiler hinter der Maske des Biedermannes versteckt.«

»Michelsen hat keine Kinder«, gab Große Jäger zu bedenken. »Ist die Sorge um das Wohl des Nachwuchses aus dem Nachbarhaus nicht vorgeschoben?«

»Das ist schwer einzuschätzen.«

Große Jäger sog den Rauch tief in die Lungen. Gekonnt entließ er den Qualm in Kringeln.

»Und wenn etwas dran ist? Wenn Michelsen gedroht hat, die Polizei zu informieren, und Witte in Panik geriet? Er sah die Axt und hat die Tür eingeschlagen. Dabei ist er abgerutscht und hat seinen Finger erwischt. Aus Angst vor den Folgen hat er sich versteckt. Das schmerzt und blutet. Aber so etwas lässt sich stoppen. Daran stirbt man nicht.«

»Das wäre theoretisch denkbar«, erwiderte Christoph. »Ich habe aber Zweifel. Wenn wir davon ausgehen, dass Witte Rechtshänder war, so hat er die Axt auch in der rechten Hand gehalten, als er sich befreite. Und wenn man abrutscht und die andere Hand erwischt, kann man bei einer unglücklichen Aktion vielleicht den Zeigefinger erwischen. Oder den kleinen. Die meisten Menschen sind aber so untrainiert, dass sie den Mittelfinger nur wenig und den Ringfinger kaum allein nach vorn strecken können, sodass der ganze Finger abgetrennt wird.«

Große Jäger wiegte den Kopf. »Deine Theorie klingt einleuchtend. Zudem stellt sich die Frage, ob Witte mit dem abgehackten Finger zu Reimers gefahren ist, um diesen Teil seiner Hand in der Biogasanlage zu entsorgen.«

»Und wenn es nicht Witte war, sondern Michelsen, als er bemerkte, dass Witte auszubrechen drohte? Wenn Michelsen von außen in seiner Wut die Axt genommen hat und zuschlug, als Witte durch einen Türspalt am Schloss fingerte?«

»Tja«, sagte Große Jäger und schnippte die Zigarettenkippe fort. »Deshalb sind wir beide mit den Ermittlungen in diesem Fall betraut und niemand anders.«

Christoph schenkte ihm einen Seitenblick.

»Angeber.«

Große Jäger strich sich über den Schmerbauch. »Man nennt mich nicht umsonst den Columbo von der Küste.«

»Mit dem hast du aber keine Ähnlichkeit. Ich habe gehört, dass du einen anderen Spitznamen trägst.«

Der Oberkommissar grinste. »Klar, kenne ich auch. Schnüffelschwein.« Er schien sogar stolz darauf zu sein.

Auf dem Hofplatz von Bauer Reimers fanden sie nur mit Mühe einen Parkplatz. Es wimmelte von Uniformierten und Männern in Arbeitskleidung. Fahrzeuge standen herum, Rohrleitungen waren verlegt, und das brackige Wasser stand knöchelhoch. Es roch erbärmlich nach Gülle. Inmitten des Chaos fanden sie Klaus Jürgensen.

»Na, Klaus. Stinkt dir deine Arbeit manchmal?«, fragte Große Jäger.

Der Hauptkommissar warf ihm einen Blick zu, der zarter besaitete Mitmenschen ins Jenseits befördert hätte.

»Ich kann nur für euch hoffen, dass wir fündig werden. Nach der Pleite beim Abtragen der Halle in Neumünster, als die Kieler Kollegen einem offensichtlichen Lügner aufgesessen sind, darf es keine zweite Pleite geben. Nicht nur die Kosten, die hier verursacht werden, auch das Image, das verloren ginge. Das Ganze würde doch von den Medien ausgeschlachtet werden. Das ist aber noch gar nichts gegen das, was ihr von mir zu erwarten hättet.«

Große Jäger nahm eine Boxerpose ein und stieß ein paarmal wie ein Schattenboxer seine Rechte vor. »Soll ich schon einmal trainieren?«

»So warm kannst du dich gar nicht boxen, wie es nötig wäre.« Jürgensen holte tief Luft, räusperte sich mehrfach und nieste.

Große Jäger klopfte ihm aufmunternd auf die Schulter. »Solange du noch solche Geräusche absonderst, Klaus, geht es dir gut. Seid ihr schon fündig geworden?«

Jürgensen schüttelte den Kopf. Dann streckte er seinen Arm aus und zeigte auf verschiedene Plätze, an denen Polizisten im Dreck wühlten.

»Da. Da. Und dort. Wir haben nach Absprache mit dem Unternehmen, das den Fermenter leer pumpt, verschiedene Stationen eingerichtet. Wir gehen dabei wie folgt vor.« Detailliert beschrieb der Hauptkommissar, wie er sich das Sichten des Inhalts vorstellte. »Der Bauer zeigt sich skeptisch. Wenn es nach ihm ginge, würde die ganze Aktion nicht stattfinden. Glücklich fühle ich mich auch nicht. Das ist eine unvorstellbare Menge, die wir aus dem Behälter herausholen. Wir wissen nicht, wonach wir suchen. Klar, nach Hinweisen, die auf einen Menschen schließen lassen. Aber wie groß sind die einzelnen Partikel? Ich habe mir die Messer des rotierenden Schneidwerks angesehen. Mannomann. Da bleibt nicht viel übrig.« Er sah den Oberkommissar an. »Nicht jeder ist so zäh wie du. Und selbst von dir würde nicht viel übrig bleiben.« Dann grinste Jürgensen breit und kratzte sich demonstrativ den kahlen Schädel. »Das wäre vielleicht eine Lösung, um die Menschheit von dir zu befreien«, sagte er.

»So etwas wie dich hängen wir bei Nordwest außendeichs«, erwiderte Große Jäger.

»Bist du zuversichtlich, dass ihr etwas entdeckt?«, unterbrach Christoph das Geplänkel.

»Wenn du garantierst, dass sich dort«, dabei wies Jürgensen auf den Fermenter, »etwas befindet.«

Das konnte Christoph nicht. Er wusste, dass es ein gewagtes Unterfangen war. Wenn der ganze Aufwand, den sie hier betrieben, vergeblich war, würde man ihn zur Rechenschaft ziehen. Andererseits durften sie nichts unversucht lassen. Es gab sicher Argumente, die für Christoph sprachen, wenn Witte doch irgendwann wieder auftauchte. Immerhin war es wahrscheinlich, dass dem Bürgermeister der rechte Ringfinger fehlte.

Neunmalkluge Leute würden kritisch hinterfragen, ob man nicht zunächst in eine andere Richtung hätte ermitteln sollen. Das Land war klamm. Überall musste gespart werden. Das galt auch für die Polizei. Welche Entscheidung Christoph auch traf, man würde es ihm bei Erfolglosigkeit anlasten. Da half es auch nicht, dass rein formell die Staatsanwaltschaft den richterlichen Beschluss beantragt hatte.

Er atmete tief durch, bereute es aber sogleich, als ihm der Gestank bis in die letzten Verästelungen der Lunge drang. Im schlimmsten Fall würde er wieder einen Schreibtischjob beim Landeskriminalamt in Kiel antreten. Und täglich pendeln? Das war in mehrfacher Hinsicht nicht erstrebenswert. Doch all die Überlegungen standen hinter dem Wunsch zurück, eine offensichtliche Straftat aufklären zu wollen.

»Die Hundeführer waren auch schon da«, berichtete Jürgensen. »Wir hatten einen Leichenspürhund und zwei *Mantrailer*. Dazu haben wir uns von der Familie Witte einen Schlafanzug geholt. Da hinein werden nachts besonders viele Hautschuppen, aber auch Schweiß abgesondert.«

»Und?«, drängte Große Jäger.

»Alle haben angeschlagen. Der Hundeführer des Leichenspürhundes meinte, er sei sicher, dass sein Hund fündig geworden ist. Ich kann das nicht deuten, da für mich das Tier recht planlos herumgelaufen ist. Es hat an verschiedenen Stellen angeschlagen, so, als wäre jemand mit der vermeintlichen Leiche Rallye über den Hof gefahren. Man muss dazu allerdings anmerken, dass selbst der außergewöhnliche Geruchssinn der Hunde durch die Düfte, die hier herrschen, irritiert wird. Das gilt auch für die *Mantrailer*, also die Personenspürhunde. Witte war mit Sicherheit auf Reimers' Hof.«

»Dann fragen wir Reimers«, entschied Große Jäger und machte sich auf die Suche nach dem Bauern.

Es dauerte eine Weile, bis sie ihn gefunden hatten. Reimers saß in einer Art Büro beim Kuhstall und starrte auf einen großen Bildschirm.

»Das ist der Leitstand meines Melkroboters«, erklärte er. »So wie in romantischen Darstellungen jede Kuh auf der Alm eine Glocke um den Hals trug, hat bei mir jede einen Transponder. Da ist ihre persönliche Kennung eingetragen. Kommen Sie mal mit, damit Sie verstehen, wie Landwirtschaft heute funktioniert«, forderte er die Beamten auf.

Er verließ das Büro und führte die Polizisten zu einem nur einseitig mit einer Wand versehenen Stall.

Christoph fragte: »Wie wird der im Winter verschlossen?«

»Gar nicht«, erklärte der Landwirt. »Oben ist ein Dach und zur Wetterseite hin ist es dicht. Den Tieren macht die Kälte nichts aus. Ganz im Gegenteil. Durch die jahreszeitliche Anpassung ergibt sich ein natürlicher Kreislauf, der zudem der Gesundheit der Tiere zuträglich ist. Schädlinge werden zum großen Teil abgehalten und müssen nicht bekämpft werden. Sehen Sie hier, die Schlingen um den Hals?«

Er griff zu einem der daran befestigten Geräte einer Kuh, die neugierig ihren dicken Kopf durch das Gitter steckte. Mit der anderen Hand tätschelte Reimers dem Vieh den Schädel.

»Das ist der Transponder. Die Kuh hat gelernt, dass sie durch jenes Tor dort«, dabei zeigte er auf einen schmalen Durchgang, der am Ende durch ein Gatter verschlossen war, »gehen muss, um an einen Automaten zu gelangen. Steckt sie den Kopf in den Automaten, erkennt der Rechner sie an ihrem Transponder und gibt eine bestimmte Menge Schrot frei. Das ist für die Kuh ein Leckerli. Je nachdem, wie lange sie nicht mehr am Automaten war, wird die Menge berechnet.«

»Und wenn sie ständig kommt?«, fragte Christoph.

»Dann gibt es nur ein paar Gramm. Wichtig ist, dass sie nie leer ausgeht. Sie soll lernen, dass sie jedes Mal, wenn sie durch das Tor geht, eine Belohnung erhält.«

»Da würde ich den Kasten nie mehr verlassen«, warf Große Jäger ein.

»Könnte man meinen«, erwiderte Reimers. »Aber irgendwann stehen Sie auch vom bestgedeckten Tisch auf.«

»Und wenn es nur darum geht, eine Zigarette zu rauchen«, stichelte Christoph.

»Den Bereich mit dem Schrot kann die Kuh nur über den Ausgang dort hinten verlassen«, fuhr Reimers fort. »So beginnt der Kreislauf erneut. Nach Ablauf einer gewissen Zeit erkennt das Lesegerät, das in dem Durchgang zum Schrotautomaten den Transponder ausliest, dass die Kuh reif für das nächste Melken ist. Statt des Tors zum Automaten öffnete sich ein anderes Tor, sozusagen eine Weiche. Die Kuh gelangt nun zum Melkstand. Der ist durch Gitter so bemessen, dass die Kuh genau hineinpasst. Dort wird sie ebenfalls mit Schrot belohnt. Im Melkstand fährt seitlich ein Roboterarm heran, der die Lage der Zitzen erkennt und das Melkgeschirr anlegt. Zunächst werden die Zitzen gespült, dann wird eine Probe genommen und automatisch analysiert. Ist alles in Ordnung, beginnt der Melkvorgang. Anschließend öffnet sich das Tor, und die Kuh ist wieder im Stall.«

»Das klingt futuristisch«, staunte Christoph.

»Das bringt gegenüber der konventionellen Melktechnik Vorteile.« Unverkennbar klang in Reimers' Worten Stolz mit. »Es verschafft uns eine größere zeitliche Flexibilität und Einsparung von Melkzeit, ganz abgesehen von der weniger schweren körperlichen Arbeit. Oben am Bildschirm werden alle Daten angezeigt. Je Tier gibt es ein Logbuch. Ich erkenne die Tages-, Wochen- oder Gesamtleistung einer Kuh, habe eine bessere Übersicht über die Tiergesundheit und den Gesamtstand der Herde. Erinnern Sie sich an die gelben und roten Markierungen auf dem Bildschirm? Das sind Warnhinweise zu einzelnen Tieren. Zum Beispiel, dass es mit dem Melken überfällig ist. Daneben bietet das System noch viele andere Vorteile. Doch das zu erläutern würde an dieser Stelle zu weit führen.«

»Landwirtschaft ist ja richtig bequem und einfach geworden«, stellte Große Jäger fest.

Reimers lachte bitter auf. »So stellt es sich der Laie vor. Das sind gewaltige Investitionen, die dort getätigt werden müssen. Nicht nur der Melkroboter, auch die Biogasanlage, Fotovoltaik und andere Systeme auf dem Hof. In der modernen Landwirtschaft können Sie nicht kurzfristig denken und den Markt ausbeuten, wie es die Banken tun. Da gilt es, langfristig und nachhaltig zu wirtschaften.«

»Und dazu gehört auch das Themenfeld ›Energieerzeugung‹?«

Reimers nickte, während sie langsam wieder Richtung Wohnhaus gingen. »Sie müssen diversifizieren. Es ist ein Drahtseilakt. Auf der anderen Seite funktioniert es nicht mehr, wenn Sie sich als Bauer alter Prägung versuchen, der bis hin zu freilaufenden Hühnern alles macht. So haben sich Kollegen auf die Viehwirtschaft ausgerichtet – so wie ich –, oder sie betreiben Ackerbau. Das ist bei unseren Böden hier auf Eiderstedt aber eher die Ausnahme. Das Thema ›Energie‹ ist natürlich relativ neu und eine Herausforderung.«

»Bei den Investitionen, die erforderlich sind, verstehe ich, dass eine bestimmte Betriebsgröße notwendig ist«, sagte Christoph.

»So ist es«, stimmte Reimers zu. »Nur dann erreichen Sie ein Volumen, bei dem sich die hohen Investitionen lohnen. Es gibt diesen uralten Witz, dass ein Vertreter einem Bauern eine Melkmaschine aufschwatzt und als Anzahlung die einzige Kuh mitnimmt. Die Zeiten sind vorbei.«

»Wie ist Ihr Verhältnis zu Sönke Michelsen?«, fragte Christoph.

»Der vom Porrendeich? Der asoziale Berufsstänkerer? Lassen Sie mich bloß mit dem an Land.« Deutlich war Reimers' Erregung zu spüren. »Haben Sie eine Vorstellung davon, wie schwierig es war, eine Vogelschutzgebietsausweisung auf Eiderstedt zu verhindern? Seit Jahrzehnten sorgen wir Landwirte freiwillig für optimale Lebensbedingungen besonders schützenswert eingestufter Vogelarten. ›Vertragsnaturschutz‹ ist das Stichwort. Das ist ausreichend. Solche Leute wie Michelsen wollen allerdings, dass Eiderstedt als Natura-2000-Gebiet ausgewiesen wird. Das bedeutet, Sie dürfen in diesem Gebiet fast nichts mehr machen. Die Brüsseler Bürokraten fordern ein Einfrieren auf den Status der Steinzeit.«

»Ganz so ist das nicht«, widersprach Christoph.

»So? Von den Sesselfurzern hat doch noch nie jemand auf einem Acker oder in einem Stall gestanden. Die wissen doch gar nicht, worüber sie reden. Das gilt übrigens auch für Michelsen.«

»Und Witte? Wie stand der dazu?«

Reimers stieß heftig die Luft aus. »Das würde mich auch

interessieren. Witte ist kein wirksamer Fürsprecher unserer Interessen. Everschopkoog ist ein *Dorf*! Und wo sonst, wenn nicht hier, sollen wir Landwirte tätig werden?« Er riss beide Arme in die Höhe und zeigte zum Himmel. »Das steht doch irgendwo in der Bibel. Die Vögel des Himmels säen nicht und ernten doch. Erzählen Sie das den Menschen in Bangladesch oder in der Sahelzone. Sollen Michelsen und Witte doch mit Pfeil und Bogen Jagd auf die Vögel machen und sich davon ernähren, wenn sie die Landwirtschaft totmachen.«

Sie hatten das Wohnhaus erreicht, und Reimers trat ein. »Ich brauche jetzt einen Schluck Kaffee«, sagte er. »Sie auch?«

»Danke«, wehrte Christoph ab und erntete dafür einen bösen Blick des Oberkommissars.

Sie wurden von Mariechen Reimers empfangen, die ihnen neugierig entgegensah. Sie füllte aus einer Thermoskanne einen Becher voll, nachdem ihr Sohn seinen Wunsch geäußert hatte. Dann setzte sie sich zu ihm an den Küchentisch.

»Sind Sie schon fündig geworden?«, fragte Reimers zwischen zwei Schlucken.

»Die Kollegen sind am Ball«, antwortete Christoph ausweichend.

Reimers hatte den Becher mit beiden Händen umklammert und hielt ihn in Mundhöhe. Über den Rand sah er Christoph an.

»Ganz schönes Tohuwabohu, das Sie hier veranstalten.«

»Wir haben unsere Gründe.«

»Das wird teuer«, erwiderte der Landwirt.

Stimmt, dachte Christoph stumm. »Hier im Dorf bleibt doch nichts geheim«, begann er stattdessen vorsichtig.

»Wir beteiligen uns nicht am Tratsch. Nicht wahr?« Dabei sah Reimers seine Mutter an.

Mariechen Reimers nickte eilfertig.

»Wie viele Kinder gibt es in Everschopkoog?«, fragte Christoph.

»Ich verstehe den Zusammenhang nicht.«

»Beantworten Sie einfach meine Frage. Oder wissen Sie das nicht?«

»Doch, natürlich. Hier ist alles übersichtlich. Wir sind eine sehr kleine Gemeinde. Da ist Yannick, unser Sohn. Und dann wären da noch die Kinder von Witte. Sohn Ocke und Tochter Lena.«

»Mehr nicht?«

»Nee.« Reimers warf seiner Mutter einen fragenden Blick zu. »Oder?«

»Das sind alle«, bestätigte Mariechen Reimers. »Dabei ist die Lena fast kein Kind mehr. Die hat schon den Führerschein.«

Reimers nahm erneut einen Schluck Kaffee. »Das ist unser Problem auf Eiderstedt. Ach was, auch in Dithmarschen. Junge Leute ziehen weg, weil sie hier keine Perspektive haben. Stattdessen kaufen sich Alte hier ein. So wie Wychzek oder Matuschkas.«

»Oder Gaultier«, ergänzte Christoph.

»Von dem ganz zu schweigen. Von denen arbeitet keiner mehr. Die kommen hierher, machen sich einen faulen Lenz und fordern, dass rundherum Urwald ist. Keine vertretbare Bewirtschaftung der Flächen …«

»Und keine Windenergie«, unterbrach ihn Christoph.

»Vor allem das nicht«, bestätigte Reimers. »Das stört die Optik und das Wohlbefinden dieser Leute.«

»Kann man sagen, dass ein Riss durch das Dorf geht?«, wollte Christoph wissen.

»So könnte man es bezeichnen. Aber warum haben Sie nach den Kindern gefragt?« In Reimers' Augen lag etwas Lauerndes.

Christoph ging nicht darauf ein.

»Wie ist Witte mit Ihrem Sohn ausgekommen?«, fragte er stattdessen.

»Gut. Er hatte immer etwas für Yannick dabei, wenn er hier aufkreuzte.«

»Gibt es so viel an der Elektrik zu reparieren?«, staunte Christoph.

»Das nicht. Aber in einem Dorf spricht man über manches. Außerdem bin ich sein Stellvertreter im Amt des Bürgermeisters.«

»Also kam Witte öfter auf Ihren Hof?«

»Ja. Schon.« Reimers spitzte die Lippen. »Witte konnte mit Kindern umgehen. Kaum stieg er aus seinem Auto, tollte er schon mit Yannick herum.«

»Wie sah das aus?«

Reimers überlegte kurz. »Fangen. Wenn Witte den Kleinen erwischt hat, wurde Yannick durchgekitzelt.«

»Die beiden hatten also intensiven Körperkontakt?«

Reimers wurde hellhörig.

»Zielt Ihre Frage in eine bestimmte Richtung?«

»Da missverstehen Sie etwas«, wiegelte Christoph ab. »Wir wollen uns nur ein Bild von Wittes Charakter machen.«

»Und dazu stellen Sie so merkwürdige Fragen?« Reimers hatte die Augen zu schmalen Schlitzen zusammengepresst.

»Das Beste wäre, Yannick würde uns selbst erzählen, was er mit Witte gespielt hat.«

»Das erlaube ich nicht. Da sollten Sie mit Karen sprechen. Die ist nicht nur die Mutter, sondern auch Lehrerin.«

»Wo finden wir Frau Brunke?«

Reimers sah auf die Armbanduhr. »Die ist noch in der Schule. In Tetenbüll.« Reimers stand auf. »Ich muss jetzt wieder«, erklärte er mit Entschiedenheit. »Der Hof macht sich nicht von allein.«

Sie kehrten zum Volvo zurück, und Christoph fuhr die schmale Straße Richtung Tetenbüll.

»Du hast dich eben bei Reimers nicht sehr diplomatisch verhalten«, sagte Große Jäger unvermittelt. »Das kannst du besser.«

Christoph musste ihm recht geben. Auch Polizisten waren Menschen. Sie gaben sich alle Mühe, im Dienst objektiv zu sein und persönliche Regungen und Empfindungen zurückzustellen. Das gelang aber nicht immer. So brachen in Christoph die Erinnerungen an ihren letzten großen Fall auf, der vierzig Jahre zurückliegende Missbrauch von Kindern in Tönning. Michelsens Andeutungen hatten sie wieder geweckt. Konnte es sein, dass Witte ein heimlicher Pädophiler war? Christoph wusste, dass er gegenüber Große Jäger offen reden konnte.

»Ich fühle ganz mit dir«, bestätigte der Oberkommissar. »Es klingt eigenartig, was Michelsen zu erzählen wusste. Wir haben selbst miterlebt, wie Reimers an seinem Sohn hängt. Die beiden sind ein Herz und eine Seele. Wenn er könnte, würde der Bauer seinen Junior schon heute als Jungbauer auf dem Hof einsetzen.«

»Na, na«, relativierte Christoph. »Ich könnte mir aber vorstellen, dass Reimers ausrasten würde, wenn sich jemand an Yannick vergreifen würde.«

»Ich traue ihm zu, dass er das Problem auf seine Weise aus der Welt schafft und den vermeintlichen Unhold biologisch entsorgt. Im wahrsten Sinne des Wortes.«

»Dann ist es aber unlogisch, dass er die Polizei alarmiert hat, als er den Finger fand.«

»Keineswegs«, widersprach Große Jäger. »Er gerät in Panik und ist sich nicht sicher, ob sich im Biokompost nicht weitere Leichenteile finden – immer vorausgesetzt, Witte ist wirklich in die Anlage gesteckt worden. Was ist, wenn er etwas übersehen hat und andere darauf aufmerksam werden? Außerdem handeln Täter nicht immer rational. Mit Sicherheit haben wir es hier nicht mit einem Profi zu tun, sondern mit einem Mörder, der über sein Handeln selbst schockiert ist.«

»Sofern wir einen Mörder haben«, warf Christoph ein.

Der Oberkommissar nickte stumm. Er schwieg, bis sie am Ende der Straße an der außerhalb des Ortes liegenden Grundschule vorbeifuhren.

»Wo willst du hin?«, fragte er Christoph.

Christoph bog rechts ab. »Ich will einmal durch den Ort fahren, um Eindrücke dieser sehr ländlichen Region aufzunehmen.«

»Das mache ich mit jedem Atemzug, seitdem wir in dieser Sache ermitteln«, lästerte der Oberkommissar. »Gemessen an deinem Wohnsitz Nordstrand leben die hier fast auf einer Hochebene«, gab Große Jäger eine Weile später von sich, als sie das Ortsschild passierten. »Tetenbüll liegt zwei Meter über dem Meeresspiegel. Bis das Wasser hierherkommt, seid ihr schon am Schwimmen.«

Christoph zeigte auf das Museum »Haus Peters«, das einen ehemaligen Kolonialwarenladen aus dem Jahre 1820 beherbergte. Dieses Museum wurde nicht nur von vielen Gästen aus Nah und Fern besucht, sondern war ein mehr als lebendiges

Beispiel vergangener Tage, da es noch heute als Verkaufsraum für zahlreiche Produkte diente.

»›Wir wohnen hier nicht nur, sondern wir leben hier‹ lautet der Wahlspruch der Tetenbüller«, sagte Christoph. »Die Menschen identifizieren sich mit ihrer Heimat, fühlen sich dort wohl und engagieren sich für ihren Ort.«

»Nur nicht in Everschopkoog. Zumindest kann man den Eindruck gewinnen. Vielleicht wäre es eine Lösung, wenn das Dorf nach Tetenbüll eingemeindet würde. Immerhin ist Tetenbüll zehnmal so groß.«

Christoph lachte. »Lass das niemanden hören. Tetenbüll hat sechshundert Einwohner.«

»Und ist damit in dieser Gegend fast schon eine Metropole«, ergänzte Große Jäger.

Christoph wendete am Ende der Dörpstraat vor der sechshundertjährigen Kirche St. Anna. Wenig später stellte er seinen Wagen auf dem Parkplatz neben der Schule ab.

Es dauerte eine Weile, bis sie Karen Brunke in der kleinen Schule gefunden hatten. Die junge Lehrerin wies auf den gepflegten Schulgarten.

»Das ist unser grünes Klassenzimmer«, erklärte sie. »Für uns sind alle Räume des Schulgebäudes Stätten, in denen Unterricht stattfindet, sei es die Halle oder die Flure. Wir orientieren uns in der Pädagogik am Motto Maria Montessoris ›Hilf mir, es selbst zu tun‹. Aber Sie sind nicht hier, um sich unsere Schule anzusehen, auch wenn wir um sie kämpfen und bangen, da wir einfach zu wenig Schüler haben und die Schließung droht. Formell sind wir ja auch nur eine Außenstelle der Theodor-Mommsen-Schule in Garding.«

Sie wurden durch eine Horde von Mädchen abgelenkt, die die Lehrerin umringten.

»Frau Brunke! Was machen wir gleich im Sport? Nicht schon wieder Fußball.«

»Doch«, meldete sich ein kleiner Junge aus dem Hintergrund zu Wort, dem zwei Zähne im Oberkiefer fehlten. »Fußball! Fußball!«

»Immer haben die blöden Jungs das Sagen.«

Karen Brunke tröstete die Kleinen. »Das überlegen wir gleich gemeinsam. Ja?«

»Siehst du«, rief eines der Mädchen dem Jungen zu. Dann raste die Meute davon.

»So interessant die Schule und Ihre Arbeit hier sind, wir möchten mit Ihnen als Mutter sprechen.«

Das Erschrecken war ihr deutlich anzumerken. »Ist was mit Yannick?«

»Nein, keine Sorge. Können wir davon ausgehen, dass Sie unser Gespräch vertraulich behandeln?« Christoph sah, wie Große Jäger bei dieser Frage mit den Augen rollte. Wie hätte er es sonst formulieren sollen?

Karen Brunke ging nicht darauf ein. »Was ist mit Yannick?«, fragte sie hastig.

»Ist Ihnen aufgefallen, dass sich jemand in unüblicher Weise Ihrem Sohn genähert hat?«

Sie hielt die Hand vor dem Mund. »Yannick? Mein Gott.«

Große Jäger mischte sich ein. »Mein Kollege meint es nicht so, wie Sie es jetzt missdeuten. Sie wissen, dass wir uns ein Bild von Michel Witte machen müssen. Dazu gehört auch, dass wir etwas über ihn als Person herauszufinden hoffen. Ist er umgänglich? Leicht erregbar? Wie reagiert er auf Gespräche mit Erwachsenen? Oder mit Kindern? Leute, die offenkundige Meinungsverschiedenheiten mit Großen haben, zeigen häufig ein erstaunliches Einfühlungsvermögen gegenüber Kindern. Was Erwachsene über Witte denken, haben wir durch Befragungen einigermaßen herausgefunden. Nun interessiert uns Yannicks Meinung. Er ist das einzige Kind im Dorf, abgesehen von Wittes eigenem Nachwuchs.«

Karen Brunke nickte verständig. »Ach so«, sagte sie.

Dabei entspannten sich ihre Gesichtszüge. Plötzlich straffte sich ihr Körper und nahm eine abwehrende Haltung ein.

»Lassen Sie den Jungen aus dem Spiel. Bei allem Verständnis für Ihre Arbeit, aber Yannick … Nein!«

»Wir haben Spezialisten dafür. Natürlich erfolgt das in Ihrer Gegenwart.«

»Nein!« Das war deutlich. In diesem Moment erklang die Schulglocke.

»Die Pause ist um, ich muss in den Unterricht«, erklärte die Lehrerin kühl. »Auf Wiedersehen.« Dann drehte sie sich um und ließ die Beamten stehen.

»Da haben wir Pech gehabt«, stellte Große Jäger lakonisch fest. »Ich habe aber ein Bauchgefühl, dass die Brunke hellhörig geworden ist. Oder sie weiß mehr, als sie uns gegenüber zugeben will. Ihr liegt einzig das Wohl ihres Kindes am Herzen. Das ist verständlich.« Er schüttelte die Hand aus, als würde er Wassertropfen entfernen wollen. »Wenn da etwas war, dann soll in Yannick nicht die Erinnerung geweckt werden. Wir dürfen nicht vergessen, dass die Frau als Lehrerin vom Fach ist.«

Christoph unterließ es, zu antworten. Große Jäger hatte recht.

Nachdem Große Jäger eine Zigarette geraucht hatte, fuhren sie nach Everschopkoog zurück.

FÜNFZEHN

Gaultiers Haus sah verwaist aus. Es dauerte ewig, bis der Maler öffnete. Er gähnte herzhaft, als er die Beamten erblickte, und unterließ es, die Hand vor den Mund zu halten.

»Was wollen Sie schon wieder?«, fragte er unfreundlich.

»Einen Straftäter verhören«, erwiderte Große Jäger, bevor Christoph antworten konnte.

»Hä?« Dieser frontale Anwurf hatte Gaultiers Lethargie auf Anhieb vertrieben.

»Wollen wir das vor der Tür besprechen?«

Der Maler nickte. »Klar. Oder muss ich Sie reinlassen?«

»Nein«, antwortete Christoph schnell.

»Eben. Ich mag Sie nicht. Ist das strafbar?«

»Da bin ich aber heilfroh, dass Sie mir nicht nachstellen«, schob sich der Oberkommissar wieder in den Vordergrund. »Mir ist meine Gesundheit außerordentlich lieb, insbesondere, wenn es sich um eine so brisante Erkrankung wie HIV handelt.«

»HI … was?«, fragte Gaultier.

Es war ein vergeblicher Versuch, rhetorisch auszuweichen und den Unwissenden zu geben. Sein Mienenspiel verriet alles. In seinen Augen stand Entsetzen geschrieben.

»Herr von Eckstein«, benutzte Christoph den richtigen Namen des Malers. »Wir wissen, dass Sie HIV-positiv sind.«

»Ich?« Gaultiers Augenlider flatterten, als er nervös von einem zum anderen sah, als würde er hoffen, jemand würde »April-April« rufen.

»Das ist Ihre Sache. Es ist bestimmt schlimm, mit einer solchen Diagnose leben zu müssen. Jeder Betroffene hat unser Mitgefühl. Wir sind auch nicht hier, um uns ein moralisches Urteil darüber anzumaßen, auf welche Weise Sie sich angesteckt haben.«

»Wissen Sie, worüber Sie sprechen? Was Sie mir unterstellen?« Gaultier sah den Beamten über die Schulter, als wolle er kontrollieren, ob irgendjemand ihr Gespräch belauschen würde.

»Ist es nicht eine unerhörte Schweinerei, dass Sie in Kenntnis Ihrer Erkrankung mit anderen Menschen ungeschützten Verkehr haben?«, brüllte Große Jäger plötzlich, als wäre ein Vulkan ausgebrochen.

Gaultier zuckte zusammen und riss unwillkürlich die Hände vors Gesicht, als müsse er sich vor Schlägen schützen.

»War das bei Witte genauso?«, fuhr Große Jäger unverändert heftig fort. »Hat er Ihnen auch Vorwürfe gemacht, weil Sie seine Frau und womöglich ihn in Ihrer unkontrollierten Geilheit selbst angesteckt haben?«

»Woher …? Wie kommen Sie …? Witte hat nicht …«, stammelte Gaultier zusammenhangslos. Sein Adamsapfel hüpfte auf und ab. Der unstete Blick wanderte zu den Beamten, wich aber sofort wieder aus, wenn sie ihm in die Augen sahen.

»Das ist fast ein Mordversuch«, fuhr Große Jäger fort. »Dafür werden Sie zur Rechenschaft gezogen.«

»Aber ich … Weiß man schon …?« Erneut waren es die unvollständigen Sätze, die zeigten, wie aufgewühlt der Maler war. Die Anschuldigungen trafen ihn wie Peitschenhiebe.

»Mit wem aus dem Dorf haben Sie alles geschlafen?«

Der Maler fuhr sich mit der Zunge über die Lippen.

»Mit niemandem«, sagte er kaum wahrnehmbar.

»Sie sollten die Wahrheit sagen. Es wird Zeit«, schimpfte Große Jäger.

»Wer hat Ihnen von meiner HIV-Infektion erzählt?«, fasste sich Gaultier schließlich. Dann schien ihm die Erkenntnis gekommen zu sein.

»Sie waren bei Stiefel in Husum, nicht wahr? Dieser krumme Hund. Pure Eifersucht, die den alten Sack umtreibt. Der begreift nicht, dass diese Welt nicht nur aus einem schmalen Korridor besteht, sondern aus einer weiten bunten Wiese, auf der unendlich viel Blumen stehen.«

»Sparen Sie sich Ihre Metaphern«, unterbrach ihn Große Jäger.

Doch Gaultier ließ sich nicht von seinem Verdacht abbringen.

»Stiefel. Du elendiges Stinktier. Na warte.«

»Wollen Sie den Galeristen auch umbringen? So wie Sie es

mit Witte gemacht haben, als er bei Ihnen auftauchte und nach der Erkrankung seiner Frau fragte?«

»Witte, der Trottel. Der hatte doch keine Ahnung. Von nichts. Und was heißt hier Mordversuch? Wenn – ich betone: Wenn! – ich mit Leuten intim war, dann habe ich sie nie gezwungen. Die sind immer freiwillig mit mir ins Bett gegangen. Heute sollte jeder wissen, wie gefährlich das ist. Wo bleibt die Eigenverantwortung? Wer sich auswärts vergnügt, muss ein gewisses Risiko in Kauf nehmen.«

»Darüber haben die Juristen zu befinden«, mischte sich Christoph ein. »Die Rechtsprechung ist anderer Auffassung als Sie. Das ist grob fahrlässige Körperverletzung.«

»Wo waren Sie Montag früh?«, wechselte der Oberkommissar das Thema.

»Weiß ich doch nicht. Ist das von Bedeutung?« Gaultier schien seine Selbstsicherheit langsam zurückzugewinnen.

»Von großer Bedeutung«, erklärte Große Jäger. »Davon hängt es ab, ob Sie die letzten Jahres Ihres Lebens hinter Gitter verbringen.«

»Ich?«

»Ja. Mord wird bei uns hart bestraft.«

»Ich habe doch nicht …« Plötzlich schien ihm etwas einzufallen. »Montag? Da war ich doch bei Stiefel. Den alten Gauner musste ich aus dem Bett holen.«

»Natürlich haben Sie keinen Zeugen dafür«, spottete Große Jäger.

Plötzlich hellte sich die Miene des Malers auf.

»Doch.« Er schlug sich mit der flachen Hand an die Stirn. »Ich war mit Bärbel in Husum.«

»Bärbel Lattmann? Der Lebenspartnerin von Wychzek. Was wollten Sie in Husum?«

»Bärbel meinte, sie würde auch malen. Sie hat mich genervt, bis ich ihr versprochen habe, ein gutes Wort für sie bei meinem Galeristen einzulegen.«

»Erfolgreich?«

Ein zaghaftes Lächeln erschien auf Gaultiers Antlitz. »Wo denken Sie hin. Laie. Die hat weder Talent, noch beherrscht sie irgendeine Maltechnik. Da passt nichts. Ihre Bilder strotzen von Disharmonie.«

Christoph erinnerte sich an Gaultiers eigene Werke, denen er auch nichts hatte entnehmen können. »Warum sind Sie trotzdem nach Husum gefahren?«, fragte er stattdessen.

Jetzt grinste der Maler sogar. »Ich habe ihr einen Gefallen getan. Sie war ausgesprochen dankbar.«

»Und in welcher Weise hat sie das gezeigt?«, fuhr Große Jäger Gaultier an.

Der zog sich in sein Schneckenhaus zurück.

»Jetzt sage ich ohne Anwalt nichts mehr.«

Der Oberkommissar sah Christoph an und zeigte mit dem Daumen auf den Maler. »Der Typ sieht zu viele Krimis im Fernsehen.«

Es half nichts. Gaultier blieb verschlossen wie ein störrisches Kind. Er knallte mit Schwung die Haustür zu.

»Eine verschlossene Tür ist für uns noch lange kein Hindernis«, grummelte Große Jäger. »Der geile Gaul wird sich noch wundern. Er sollte beten, dass sich niemand angesteckt hat.« Verbittert schüttelte der Oberkommissar den Kopf. »Ich finde so eine egoistische Einstellung widerwärtig. Denkt der nur mit seinem Petermännchen?«

»Wir werden die Sache weiterverfolgen«, erklärte Christoph. »Das ist aber ein anderer Fall. Unsere Konzentration gilt der Suche nach Witte.«

Große Jäger stöhnte. »Wir sind hier wirklich auf dem Lande.« Er fuhr mit beiden Armen durch die Luft. »Ein riesiger Heuhaufen, und wir suchen die Stecknadel.«

»Irrtum«, korrigierte ihn Christoph. »Wir suchen nach dem Rest, der zum Finger gehört.« Er seufzte.

»Musst du mir alles nachmachen?« Große Jäger sah ihn an.

»Wir haben jetzt einen schweren Gang vor uns«, sagte Christoph.

Der Oberkommissar nickte bedächtig.

SECHZEHN

Der Wagen rollte noch, als die Haustür aufgerissen wurde und Gesine Witte herausstürmte. Große Jäger entriegelte von innen die Sicherung, die sich automatisch ab einer bestimmten Mindestgeschwindigkeit aktivierte.

Die Frau versuchte zunächst vergeblich, die Autotür zu öffnen. Vorsichtig half der Oberkommissar von innen nach. Dabei achtete er darauf, dass Gesine Witte nicht vom aufschwingenden Wagenschlag getroffen wurde.

»Haben Sie etwas von Michel gehört?«, rief sie atemlos. »Wo ist er? Warum kommt er nicht nach Hause?« Sie bedrängte Große Jäger so, dass er den Volvo nicht verlassen konnte.

»Wir sind mitten in den Ermittlungen«, rief Christoph über das Autodach hinweg, nachdem er ausgestiegen war.

»Warum dauert das so lange? Das kann doch nicht so schwer sein, meinen Mann zu finden.«

Doch, dachte Christoph in einem Anflug von Sarkasmus, im schlimmsten Fall finden wir nur ein paar kleine Teile. Er wusste, dass es für die Angehörigen immer besonders schmerzhaft war, wenn sie im Ungewissen blieben. Eltern verschwundener Kinder litten Höllenqualen und schienen erlöst, selbst wenn man ihnen eine traurige Nachricht überbringen musste. Und im Krieg mochten die Kampfhandlungen noch so unerbittlich sein, man einigte sich auf eine Feuerpause, um die Toten zu bergen. Und in diesem Fall? Christoph mochte den Gedanken nicht zu Ende denken.

Inzwischen war auch Große Jäger ausgestiegen.

»Ich entnehme Ihren Worten, dass sich Ihr Mann nicht gemeldet hat?«, fragte der Oberkommissar.

»Würde ich sonst hier stehen?«, giftete Gesine Witte Große Jäger an.

Christoph umrundete den Volvo. »Wir gehen vielen Spuren nach«, erklärte er. »Wir wissen, dass er am Montagvormittag bei Sönke Michelsen am Porrendeich war.«

»Bei dem?«

»Ja. Von dort ist Ihr Mann vermutlich hierhergefahren. Wo waren Sie zu diesem Zeitpunkt?«

»Wieso ich? Ich bin doch hier. Michel ist verschwunden.«

»Wir möchten wissen, wo Sie am Montag waren. Vormittags«, wiederholte Große Jäger.

»Am Montag?« Es klang geistesabwesend. »Da war ich hier.«

»Den ganzen Tag?«

»Doch … äh … Nein! Ich bin gegen neun nach Kotzenbüll gefahren und habe Gretchen besucht. Wir haben einen Kaffee zusammen getrunken. Ihr Mann liegt im Krankenhaus. Wegen seiner Hüfte.«

»Wie heißt Gretchen mit Zunamen?«

»Holste. Die wohnt in der Dorfstraße.«

»Und dann?«

»Wir haben uns festgeschnackt. ›Mensch, ich muss los‹, habe ich zu Gretchen gesagt. Da war das schon halb eins. Ich bin dann nach Tönning zum Dithmarscher Weg. Gleich vorne, wenn man reinkommt. Da sind die Supermärkte. Da habe ich eingekauft für die ganze Woche.«

»Hat Sie jemand gesehen?«

»Klar«, bestätigte Gesine Witte.

»Wer?«

»Die anderen Kunden. Ich war doch nicht allein da.«

Sie würden diese Angaben prüfen.

»Wann waren Sie zurück?«

»Gegen halb drei.«

»Ist Ihnen etwas aufgefallen?«

»Nein. Was denn?«

Das wusste Christoph auch nicht. »Wenn Ihr Mann vom Kundeneinsatz zurückkommt … Wo lässt er seine gebrauchte Wäsche?« Er wählte bewusst nicht die Vergangenheitsform.

»Wir haben im Badezimmer eine Truhe. Da werfen alle Familienmitglieder die gebrauchte Wäsche hinein.« Der Anflug eines Lächelns zeigte sich auf ihrem blassen Gesicht. »Theoretisch. Die Kinder lassen ihre Kleidung liegen, wo sie sie ausgezogen haben. Da hilft kein Ermahnen. So gehe ich mehrfach in der Woche durchs Haus und sammle die Sachen zusammen.«

»Haben Sie seit Montag gewaschen?«

Gesine Witte sah Christoph verständnislos an. »Nein. Ich verstehe aber nicht, was das Ganze soll.«

Christoph bat sie, gemeinsam die schmutzige Wäsche in Augenschein nehmen zu dürfen. Jetzt zierte sie sich.

»Die ist doch nicht sauber?« Es schien ihr peinlich zu sein.

Christoph blieb hartnäckig. Schließlich ging sie ins Badezimmer voran.

»Entschuldigen Sie«, erklärte Gesine Witte, »normalerweise sieht es hier anders aus. Aber seit gestern ist alles durcheinandergeraten. Ich habe im Augenblick keinen Sinn für den Haushalt.«

Das Badezimmer war für viele Menschen ein Bereich der Intimität. Das galt insbesondere in diesem Fall. Über dem Badewannenrand lag ein Büstenhalter, den die Frau vor den Blicken der Polizisten zu verstecken suchte. Auf der Heizung neben der Toilettenschüssel war ein Gameboy abgelegt.

»Mein Sohn.« Es sollte wie eine Erklärung klingen. Im Waschbecken klebten Reste von Zahnpasta.

Gesine Witte wollte den Deckel des Wäschepuffs öffnen, doch Christoph hielt sie zurück.

»Das macht mein Kollege.«

Große Jäger tauchte in den Wäscheberg ein und beförderte Stück für Stück hervor. Wenn es nicht offensichtlich ein weibliches Kleidungsstück war, begutachteten die beiden Polizisten es von beiden Seiten. Nach kurzer Zeit wurden sie fündig.

»Gehört dieses Hemd Ihrem Mann?«, fragte Christoph.

Gesine Witte, die der Aktion mit roten Ohren beiwohnte, sah erschrocken auf die eingetrockneten Blutflecken, die sich über das Hemd verteilten. Sie hielt sich die Hand vor den Mund.

»Mein Gott«, stieß sie hervor.

Sie fanden noch ein flauschiges Handtuch, dass ebenfalls mit Blutflecken übersät war.

»Wir nehmen die Teile mit«, erklärte Christoph, während die Frau abwechselnd ihn und die Wäschestücke mit weit aufgerissenen Augen ansah.

»Wir haben keine Berufskleidung gefunden«, stellte Christoph fest. »Wo bewahrt Ihr Mann die auf?«

Sie schluckte, und erst beim zweiten Versuch gelang es ihr, zu sprechen.

»Auch hier.« Dann begann sie fieberhaft zu suchen. »Das muss doch da sein«, murmelte sie.

Ihre Bewegungen wurden immer hektischer. Sie riss die Türen des Unterschranks unter der Spüle auf und räumte Waschmittel- und Seifenvorräte aus. Zunächst stellte sie die einzelnen Behältnisse noch auf die Fliesen, dann fegte sie den gesamten Inhalt mit einer Handbewegung aus dem Regal. Sie sprang auf und wollte sich an ein Eckbord heranmachen, in dem sauber gefaltete Handtücher gestapelt waren. Christoph hielt sie am Ärmel fest.

»Da ist nichts. Kann Ihr Mann es in der Werkstatt gelassen haben?«

»Nein«, sagte Gesine Witte. Sie sprach schrill. »Da ist es bestimmt nicht.«

»Können wir einen Blick hineinwerfen?«

»In die Werkstatt?«

Ohne die Beamten anzusehen, stürmte sie aus dem Bad in das kleine Büro, das die Polizisten von ihrem ersten Besuch schon kannten. Sie wühlte in den Schubladen, sah in den Aktenschränken nach und verlor allmählich die Kontrolle über ihre Bewegungen. Schließlich war es nur noch unkoordinierte Hektik ohne jede Systematik.

»Wo ist das Schlüsselbund Ihres Mannes?«, unterbrach Christoph ihr Tun.

Sie drehte sich auf dem Absatz um, stieß Große Jäger rüde zur Seite und rannte förmlich auf den Flur. Dort war ein Brett angebracht, an dessen Haken zahlreiche Schlüssel hingen.

»Nicht da«, sagte Gesine Witte matt. »Weg.«

Die beiden Beamten wechselten einen raschen Blick. Hier war Gefahr im Verzug, deshalb war es wichtig, in die Werkstatt zu sehen.

»Warten Sie hier«, sagte Christoph, ohne ihr seine Absicht zu erläutern.

Er folgte Große Jäger, der bereits das Haus verlassen hatte, und überquerte den Hof Richtung Werkstatt. Alles lag friedlich da. Hier, hinterm Deich, war die Welt noch in Ordnung. Vordergründig, dachte Christoph sarkastisch. Er sah sich um. Niemand beobachtete sie. Währenddessen hatte sich Große Jäger vor der Tür niedergekniet und fingerte am Sicherheitsschloss herum. Christoph sah nicht zu. Es gab Dinge, die er sich nicht aneignen wollte.

Kurz darauf schwang die Tür auf. Nur wenig Licht fiel in den Raum, der früher als Garage genutzt wurde und deshalb fensterlos war. Bis auf einen schmalen Streifen lag alles in einem diffusen Halbdunkel. Es roch. Eine gefühlte Million Fliegen schreckte auf und sirrte um ihre Köpfe. Angewidert schlug Christoph nach ihnen. Er hätte es als ekelhaft empfunden, wenn sich eine von ihnen auf seiner Haut niedergelassen hätte. Gebannt starrten beide auf den schwarzroten Fleck, der sich auf dem Fußboden ausgebreitet hatte.

Langsam beruhigten sich die Insekten und ließen sich wieder auf dem nieder, was früher einmal der Kopf eines Menschen gewesen war.

Die beiden Polizisten sahen auf die zusammengekrümmte Gestalt, die beim Sturz auch noch Verpackungen mit Kleinteilen mitgerissen hatte. Der rechte Arm war erhoben, als hätte der Mann noch versucht, seinen Kopf zu schützen. Vergeblich. Jemand hatte wie wild auf ihn eingeschlagen. Nicht nur einmal, sondern immer wieder.

»Wer hätte das gedacht?«, murmelte der Oberkommissar. »Da jagen wir über ganz Eiderstedt, und er liegt vor unseren Füßen.«

»Moment«, unterbrach ihn Christoph und beugte sich über den Leichnam, ohne dabei Spuren zu verwischen. »Schalte das Licht ein.«

Große Jäger fischte einen Kugelschreiber aus seiner Lederweste und drückte auf den Kippschalter. Die Lampe knackte, flackerte und sprang schließlich an. Kaltes Neonlicht erleuchtete die Szene.

»Das ist wie auf einer Schlachtbank«, stellte Große Jäger fest.

Christoph versuchte unterdessen, das Opfer in Augenschein zu nehmen.

»Fass mal mit an«, forderte er den Oberkommissar auf. Vorsichtig zupften sie an dem schmuddeligen Pullover, der an den Ellenbogen durchgescheuert war, und zogen den Arm hervor, der unter dem Körper verborgen lag.

»Der liegt schon länger hier«, stellte Große Jäger fest. »Die Leichenstarre ist nicht mehr vorhanden. Ich schätze …«

»Seit Montagvormittag. Also achtundvierzig Stunden«, fiel ihm Christoph ins Wort und wies auf die Hand. Die Fingernägel waren ungepflegt, mit schwarzen Rändern versehen und eingerissen. Deutlich zeichneten sich Nikotinflecken ab.

»Alle da«, stellte Große Jäger lapidar fest. Es waren fünf Finger.

Gemeinsam zupften sie am zweiten Arm, dessen Hand unter dem Kopf lag. Wild flog der Fliegenschwarm auf, als die Hand unter dem zerschmetterten Kopf hervorkam. Sie sahen auf die Hand, die Finger.

»Was geht hier vor?«, fragte Christoph laut.

»Das möchte ich auch gern wissen«, fügte Große Jäger an. Der Tote hatte alle Finger an dieser Hand.

»Wer ist das? Und wem gehört der Finger in der Biogasanlage?«, fragte Christoph laut. »Bei dem Zustand der Leiche können wir nicht einmal ein Foto machen und den Dorfbewohnern zeigen. So, wie der hier zugerichtet ist …«

Christoph zog trotzdem sein Smartphone hervor und schoss eine Reihe von Aufnahmen, darunter auch welche, die sich auf die Kleidung konzentrierten, auf der keine Blutflecken zu erkennen waren.

»Aha«, sagte Große Jäger und zeigte auf eine Wand. Dort war eine große Lochwand angeschraubt, an der sorgfältig ausgerichtet Werkzeuge hingen. Damit alles am richtigen Platz deponiert werden konnte, waren auf der Lochwand die Silhouetten der Gegenstände aufgezeichnet.

»Was macht ein Elektriker mit einer großen Rohrzange?«, fragte Große Jäger.

»Ich stelle mir vor, dass er die für den Anschluss von Waschmaschinen, Boilern und ähnlichen Geräten benötigt. Zum Beispiel auch für Geschirrspüler.«

»Kann sein«, stimmte der Oberkommissar zu und sah sich um. »Die ist nirgends zu sehen. Wenn die Abbildung zutrifft, ist die Zange ein richtiger Kawenzmann. Könnte sie das Tatwerkzeug sein?«

»Denkbar. Aber wer schlägt zu und nimmt die Tatwaffe mit? Dass der Täter sich eines zufällig vorhandenen Werkzeugs bedient, zeugt davon, dass die Tat nicht geplant war. Aber das Werkzeug mitzunehmen … Das deutet auf eine gewisse Kaltblütigkeit hin.«

»Oder Konfusion«, gab Große Jäger zu bedenken, bevor er sich umdrehte und die Werkstatt verließ.

Christoph hörte ihn telefonieren. Zu gern hätte er sich umgesehen, die Taschen des Toten geleert, die Hände und Arme nach Abwehrverletzungen untersucht, aber er wollte der Spurensicherung nicht vorgreifen.

Er folgte Große Jäger ins Freie und sog die frische Seeluft tief in die Lungen, als müsse er sie bis in die Spitzen auslüften. Plötzlich stutzte er und kehrte noch einmal in den Raum zurück. Fast hätte er es übersehen. Neben der Werkbank lagen eine blaue Arbeitshose und eine gleichfarbige Jacke. Auf der Brusttasche war ein gelber Pfeil gestickt. Darunter stand der Schriftzug: Elektro-Witte-Meisterbetrieb. Doch nicht das interessierte Christoph, sondern das Blut, mit dem die Montur getränkt war. Er hatte keinen Zweifel, dass Michel Witte mit diesem Arbeitsanzug auf Montage gewesen war.

Nach Michelsens Aussage hatte sich Witte beim Öffnen der Schuppentür mit der Axt verletzt. Dann war der Elektriker nach Hause gefahren und hatte versucht, das Blut zu stoppen und sich zu reinigen. Hiervon zeugte das Handtuch. Die ebenfalls in Mitleidenschaft gezogene Arbeitskleidung musste Witte in der Werkstatt entsorgt haben. Aber was war dann geschehen?

Es war immer noch unklar, wem der Ringfinger gehörte. Hatte Witte bei sich zu Hause eine weitere Auseinandersetzung gehabt und das Opfer, das sie in der Werkstatt gefunden hatten, dabei getötet? Das könnte der Grund dafür sein, weshalb sich

Witte trotz der schweren Verletzung nicht in ärztliche Behandlung begab und versteckt hielt. Wo konnte der Mann sein?

Große Jäger kehrte zurück und tippte sich an die Stirn.

»Die haben mich gefragt, ob ich nicht ganz dicht bin. Kiel ist im Einsatz. Die sind unabkömmlich. Jetzt rollt die Spurensicherung aus Lübeck an. Fehlt nur noch, dass der Innenminister ein offizielles temporäres Leichenfundverbot für uns Husumer ausspricht. Mehr Ressourcen haben wir nicht mehr in Schleswig-Holstein. Sonst müssten wir Amtshilfe aus Hamburg, Frankfurt oder Kopenhagen anfordern.«

Christoph berichtete von seiner Entdeckung und der darauf fußenden Vermutung.

»Da ist etwas dran«, pflichtete ihm der Oberkommissar bei.

Sie wurden durch Schritte abgelenkt, die sich näherten. Gesine Witte schleppte sich in ihre Richtung.

»Haben Sie etwas gefunden?«, fragte sie matt.

Christoph lief ihr entgegen, breitete die Arme aus und fasste sie vorsichtig an den Schultern. Sie leistete keinen Widerstand, als er sie umdrehte und Richtung Wohnhaus zurückschob.

»Was ist da?«

»Etwas, das die Polizei interessiert.«

»Michel?« Ihre Stimme vibrierte.

»Wenn Ihr Mann sich für eine Weile zurückziehen möchte … Wo würde das sein? Haben Sie ein Ferienhaus?«

»Ich verstehe nicht. Wieso zurückziehen? Das heißt, Sie haben Michel nicht in der Werkstatt …« Sie sprach es nicht aus.

»Es sieht nicht so aus«, sagte Christoph vage.

Gesine Witte verstand nur, dass Christoph nicht »es ist Ihr Mann« gesagt hatte. Die Anspannung schien von ihr abzufallen.

Christoph erinnerte sie an seine Frage. »Haben Sie Verwandte? Familie? Gute Freunde?«

Die Frau starrte nur auf ihre Finger. »Bitte?«, fragte sie geistesabwesend.

Geduldig wiederholte Christoph sein Anliegen.

»Doch. Ja.«

»Können Sie mir Namen und Adresse geben?«, bat Christoph.

»Ja.« Dann schwieg sie.

Er ließ ihr Zeit, bevor er eindringlicher sagte: »Sie wollten mir ein paar Namen und Adressen nennen.«

Gesine Witte drehte den Kopf in seine Richtung. Dennoch sah sie durch ihn hindurch.

»Ich weiß es nicht«, sagte sie kaum wahrnehmbar. Sie wurden durch Große Jäger abgelenkt, der erschien und nach dem Autoschlüssel für den Firmenwagen fragte.

»Am Schlüsselbrett müsste einer hängen.« Müde hob sie ihren rechten Arm um wenige Zentimeter in die Höhe.

Nachdem der Oberkommissar wieder verschwunden war, räusperte sich Christoph.

»Können Sie mir eine Kundenliste ausdrucken?«

Sie sah Christoph mit fragendem Blick an, stand aber wortlos auf. Er folgte ihr ins Büro. Routiniert startete Gesine Witte den Computer und tätigte ein paar Eingaben. Wenig später spuckte der Drucker eine Liste aus. Dann kehrten sie in die Wohnküche zurück. Gesine Witte ließ sich auf die Küchenbank fallen.

»Ich kann es Ihnen leider nicht ersparen«, begann Christoph leise. Die Frau schien ihn nicht gehört zu haben. Deshalb wiederholte er es etwas lauter. Als sie ihn ansah, erklärte er:

»Es gab die Auseinandersetzung zwischen Ihrem Mann und Gaultier. Der Grund dafür waren Sie.«

Sie wischte sich mit dem Handrücken über die Augen.

»Sehen Sie mich doch an. Können Sie sich vorstellen, dass mir ein Mann seine Aufmerksamkeit schenkt? Michel ist ein grundsolider Familienvater. Wir wissen, was wir an ihm haben. Fleißig. Liebevoll. Er ist seinen Kindern ein guter Freund. Michel ist immer für uns da, wenn man ihn braucht. Das alles hier hat er geschaffen. Er rackert sich ab, damit es uns an nichts fehlt.«

»Und plötzlich taucht dort jemand auf, der Sie in eine andere Welt entführt.«

»Das habe ich zuerst gar nicht mitbekommen. Ich habe Roger Gaultiers Bemerkungen als dummes Geschwätz abgetan, mich darüber amüsiert, dass mir jemand Komplimente macht. Und dann einer wie er. So ein alter Knabe. Er hat mich dazu gebracht, mich selbst im Spiegel zu betrachten, mich so zu sehen, wie meine Familie es nie getan hat. Zunächst habe ich geglaubt, Roger hätte den Blick, wie ihn nur Maler haben können, doch dann hat es mich berührt. Irgendwie.« Sie verschränkte die Arme vor der Brust und schüttelte sich leicht.

Nach einer ganzen Weile fuhr sie stockend fort. »Roger mit seiner Erfahrung hat mir eine ganz andere Welt gezeigt. So etwas hätte Michel nie mit mir gemacht. Sagen Sie«, dabei sah sie Christoph aus tränenverschleierten Augen an, »hat eine Frau wie ich nicht auch ein Anrecht darauf, einmal im Leben – *einmal* – so etwas zu erleben?« Sie holte ein Taschentuch hervor und schnäuzte sich. Dann senkte sie den Blick. Ihr Finger zeichnete unsichtbare Figuren auf die Tischplatte. »Verachten Sie mich jetzt?«, fragte sie, ohne Christoph anzusehen.

»Ich fälle keine Urteile, schon gar keine moralischen. Mich interessieren die Hintergründe, um mir ein Bild von den Beteiligten zu machen. Lieben Sie Gaultier?«

Erschrocken sah sie auf. »Lieben? Um Gottes willen. Nein! Mein Mann. Meine Kinder. Mein Leben. All das würde ich nie aufgeben.« Sie tupfte sich die Augen ab. »Es war doch nur ein Traum. Ein schöner«, fügte sie leise an.

»Wie hat Ihr Mann davon erfahren?«

»Der weiß es nicht. Nicht konkret. Schon gar nicht, was alles passiert ist. Er glaubt, es wäre nur ein Techtelmechtel. Sonst würde er sich sofort scheiden lassen. So etwas geht hier nicht hinterm Deich. Und was soll dann aus den Kindern werden? Aus mir? Wo soll ich dann hin?«

Christoph war sich nicht sicher, ob Witte wirklich nichts gewusst hatte. Sonst hätte der Mann nicht so harsch reagiert.

»Wussten Sie von Gaultiers Krankheit?«

»Er ist gesund. Sonst könnte er das nicht durchstehen.«

»Gaultier hat Ihnen nichts gesagt?«

»Die kleinen Wehwehchen haben nichts zu bedeuten.« Plötzlich stutzte sie. »Ich spreche von Michel.«

»Nein. Gaultier. Hat er Ihnen gegenüber seine Krankheit erwähnt?«

»Welche Krankheit?«

»Frau Witte. Sie sollten einen Arzt Ihres Vertrauens aufsuchen und mit dem offen über das Vorgefallene sprechen. Bitten Sie den Mediziner, eine Blutuntersuchung zu machen.«

Wieder traf ihn der verschleierte Blick. »Was für eine Untersuchung?«

Christoph kämpfte mit sich. Es war nicht sicher, dass sich Gesine Witte angesteckt hatte. Würde er von HIV sprechen, könnte das bei ihrer ohnehin angeknacksten Psyche ein erneutes Erdbeben auslösen. Andererseits musste er die Frau warnen. Sonst wäre er verantwortungslos.

»Als Sie mit Gaultier intim waren … Haben Sie Verhütungsmittel benutzt?«

Sie lachte bitter auf. »Ich nehme die Pille. Noch ein Kind können Michel und ich uns nicht leisten. Dafür sind wir inzwischen zu alt.«

»Ich meine, ob Sie Kondome benutzt haben?«

Entrüstung zeigte sich in ihrem tränenverquollenen Gesicht.

»Sagen Sie mal. Sie stellen aber intime Fragen.«

»Bitte, Frau Witte. Es ist wichtig«, bat Christoph.

Sie faltete die Hände wie zum Gebet und versenkte sie in ihrem Schoß. Dann drehte sie den Kopf zur Seite und vermied jeden Blickkontakt.

»Nein. Damit kenne ich mich nicht aus. Außerdem sagte ich doch, dass ich die Pille nehme«, flüsterte sie.

»Wer ist Ihr Hausarzt?«

Sie nannte den Namen eines Arztes in St. Peter-Ording.

»Sprechen Sie mit ihm. Wenn Sie möchten, kann ich auch gern ein Vorgespräch mit Ihrem Doktor führen«, bot er an.

»Das möchte ich nicht. Was soll mein Arzt davon halten?«

»Ist es Ihnen lieber, einen neutralen Arzt aufzusuchen? Ich könnte Ihnen zu Frau Dr. Krempl in der Engen Straße in Garding raten«, empfahl Christoph.

Obwohl Heidi Krempl nicht promoviert war, benutzte Christoph den akademischen Grad für das bessere Verständnis. Informell könnte Große Jäger die Medizinerin vorwarnen. Das war nicht konform mit dem Datenschutz, aber hier ging es um das Wohlergehen eines Menschen.

»Ich weiß nicht«, sagte Gesine Witte unsicher.

»Vorsichtshalber. Es ist besser, sich von einem Arzt untersuchen zu lassen, wenn man sich ungeschützt mit einem Fremden eingelassen hat. Sie kennen die Empfehlung sicher aus dem Fernsehen.«

»Da sprechen die nur von AIDS. ›Gib AIDS keine Chance‹ heißt die Werbekampagne. Aber das gibt es doch hier nicht, nicht bei uns auf Eiderstedt.«

Sie wurden durch das Klingeln des Telefons abgelenkt. Hastig sprang Gesine Witte auf.

»Vielleicht ist das Michel«, sagte sie. »Ganz bestimmt.« Sie stolperte, fing sich aber wieder und presste das Telefon ans Ohr. »Michel?« Es klang wie ein Aufschrei.

»Ach du«, sagte sie enttäuscht, als sich der Teilnehmer gemeldet hatte. Dann lauschte sie eine Weile. Plötzlich wurde ihr ohnehin blasses Gesicht kalkweiß. Irgendwie schaffte sie es, den Apparat auf die Arbeitsfläche zu legen, bevor sie taumelte und sich dabei ans Herz griff.

In diesem Moment kehrte Große Jäger in die Küche zurück. Mit einer Behändigkeit, die man ihm bei seiner Figur nicht zugetraut hätte, sprang der Oberkommissar in Richtung Gesine Witte und fing die Frau auf, bevor sie zu Boden stürzte.

»Was ist hier los?«, fragte er überrascht.

»Das Telefon«, erklärte Christoph und griff zum Hörer, während Große Jäger die Frau vorsichtig auf den Boden legte und in die stabile Seitenlage brachte.

Mit einem Seitenblick gewahrte Christoph, dass sich der Kollege um Gesine Witte kümmerte. Er selbst nahm den Hörer in die Hand.

»Hallo? Gesine? Bist du noch da?«, hörte er eine Frauenstimme.

»Wer ist da?«, fragte Christoph. Ihm kam die Stimme bekannt vor.

»Oh. Und wer sind Sie?«

»Johannes. Polizei Husum.«

Sofort wurde aufgelegt.

Christoph wählte die Notrufnummer und forderte einen Rettungswagen an.

»Ist die Patientin bewusstlos?«, fragte der Mann aus der Leitstelle in Harrislee.

Christoph bestätigte es.

»Gut. Dann schicken wir auch den Notarzt aus Tönning.«

Christoph kniete sich zu Große Jäger auf den Küchenfußboden.

Gesine Witte war immer noch kalkweiß. Ihre Stirn war schweißig. Während Große Jäger der Frau zusprach, fühlte Christoph den Puls. Er war kaum ertastbar und ging rasend schnell. Was hatte man der Frau am Telefon erzählt?

Obwohl es nur kurze Zeit dauerte, bis der Notarzt eintraf, kam es Christoph wie eine Ewigkeit vor. Die Minuten dehnten sich zu gefühlten Ewigkeiten.

Christoph war froh, dass er die Verantwortung dem Mediziner und seinem Rettungsassistenten übergeben konnte. Trotz aller Schulungen blieb in solchen Situationen stets ein Gefühl der Verunsicherung.

»Hallo, Waltraud«, begrüßte Große Jäger die Rettungsassistentin und ihren Kollegen, die mit dem Rettungswagen kurz darauf vorfuhren.

»Hier waren wir doch erst gestern«, stellte Frau Nommensen fest. »Wir haben die Frau nach Tönning gebracht.«

»Es wäre besser gewesen, man hätte sie dort behalten«, erwiderte Christoph. Er wusste die Patientin beim Rettungsdienst gut aufgehoben.

»Wir haben noch etwas zu erledigen«, sagte er zu Große Jäger und forderte ihn auf, mitzukommen.

»Ich habe mir den Firmenwagen angesehen«, berichtete Große Jäger unterwegs. »Auch da findet sich viel Blut rund um den Fahrersitz. Das deutet darauf hin, dass Witte nach dem Malheur auf dem Porrendeich zu sich nach Hause gefahren ist.«

»Schließt man dann seinen Wagen ab?«, fragte Christoph nachdenklich.

»Wir sollten jemanden fragen, der sich auch einen Finger abgehackt hat und dann nach Hause gefahren ist«, schlug Große Jäger augenzwinkernd vor.

»Wir wissen, dass Witte im Zorn zu Gewaltausbrüchen

neigt. Er hat sich mit Gaultier geprügelt und mit Michelsen. Beide Zeugenaussagen klingen glaubwürdig. So ist nicht auszuschließen, dass er nicht mehr Herr seiner Sinne war und den Unbekannten erschlagen hat. Dafür spricht, dass alle Anzeichen auf eine Tat im Affekt hindeuten. Wir müssen zunächst herausfinden, wer der Tote ist.«

»Hm«, grummelte Große Jäger. »Kann jemand mit einem abgehackten Finger so zuschlagen? Das war ja wie im Rausch.«

»Das ist eine Frage, die nur schwer zu beantworten ist. Wenn jemand durch außergewöhnliche Ereignisse bis in die Haarspitzen mit Adrenalin vollgepumpt ist, spürt er keine Schmerzen und ignoriert auch einen abgetrennten Finger. Wir können davon ausgehen, dass es Witte gelungen ist, die Blutung vorübergehend zu stoppen.«

»Wir müssen uns Namen und Adressen von Leuten besorgen, bei denen Witte untergeschlüpft sein könnte.«

»Ich werde Hilke anrufen«, sagte Christoph, als sie auf Reimers' Hofplatz fuhren. Dort herrschte immer noch der gleiche hektische Betrieb der Spurensicherer.

»Ach, Christoph«, rief ihm Klaus Jürgensen zu, doch Christoph winkte ab.

»Gleich.«

Er eilte ins Wohnhaus und verzichtete darauf, zu klingeln oder zu klopfen. Sie trafen die Familie in der Küche beim Essen an. Mit einem Seitenblick registrierte Christoph, dass es Frikadellen mit Salzkartoffeln und Erbsen und Wurzeln gab. Alles schwamm in einer braunen Soße. Yannick saß vor einem Teller mit Nudeln und Tomatensoße. Mit seiner Gabel traktierte er eine Frikadelle.

Christoph baute sich vor Reimers' Mutter auf.

»Sind Sie noch ganz bei Trost?«, schrie er sie an.

Die Frau war erschrocken mit ihrem Stuhl zurückgewichen. Die Beine des Sitzmöbels schurrten über die Fliesen.

Der Bauer sprang auf. »Was zum Teufel …?«, rief er.

Christoph streckte den Arm in seine Richtung. »Sie halten sich da raus«, brüllte er.

Reimers wollte den Tisch umrunden, aber Große Jäger hielt seinen Arm wie eine Schranke davor.

»Ganz ruhig«, sagte der Oberkommissar in normaler Lautstärke. Er hatte den Landwirt nicht berührt, aber das Einschreiten zeigte Wirkung.

Mariechen Reimers hatte die Augen aufgerissen und den Mund weit geöffnet. Entsetzt starrte sie Christoph an. Sie konnte den Blick nicht von ihm wenden. Es wirkte, als wäre sie hypnotisiert.

»Was haben Sie da angestellt?« Es war schon ein paar Oktaven leiser, aber immer noch laut genug, um die Frau zu beeindrucken.

»Ich hab … ich …«, stotterte die Mutter des Landwirts.

»Sie haben keine Vorstellung, was Sie angerichtet haben.«

Reimers stützte sich mit beiden Händen auf der Tischplatte ab, während Yannick angstvoll »Oma« rief.

»Was soll meine Mutter getan haben?« Der Bauer war immer noch erregt.

»Das sollte sie Ihnen selbst erklären. Oder Sie lesen es, wenn die Anzeige ins Haus schneit.«

Reimers beugte sich jetzt über den Tisch hinweg vor, dass Karen Brunke mahnte: »Pass auf. Du landest mit deinem Hemd im Mittagessen.«

Doch das interessierte Reimers nicht. »Mutter«, sagte er scharf, und seine Augen funkelten böse.

Alle sahen Mariechen Reimers an. Die ließ ihren Blick von einem zum anderen wandern.

»Ich hab doch nur das erzählt, was er da«, dabei zeigte sie auf Christoph, »vorhin gesagt hat. Du warst doch dabei, mein Junge.«

Reimers hieb mit der Faust auf die Tischplatte, dass die Teller in die Höhe hüpften.

»Verdammt noch mal. Rück endlich raus damit, was du gesagt hast. Was läuft hier?«

»Ja, aber«, begann Mariechen Reimers zaghaft. »Der Kommissar hat doch selbst gesagt, dass Witte sich an kleine Kinder heranmacht.«

Klatschend schlug sich Reimers mit der flachen Hand an die Stirn. »Bist du noch ganz schussecht?«

»Hör mal, wie sprichst du mit mir. Ich bin deine Mutter«, empörte sie sich.

»Du bist eine blöde Kuh.«

»Herr Reimers«, versuchte Christoph, den Landwirt zu bremsen, obwohl er selbst mehr als verärgert über die Altbäuerin war.

»Wem haben Sie etwas erzählt?« Christoph atmete tief durch und war zur gemäßigten Lautstärke zurückgekehrt.

»Ich habe mit Bärbel gesprochen. Und mit der Matuschka.«

»Und warum haben Sie Gesine Witte angerufen?«

Noch einmal wanderte Mariechen Reimers' Blick reihum.

»Ich wollte sie vorwarnen, falls sie es von irgendjemand anders hört. Ich dachte, es ist doch besser, wenn sie es von mir erfährt.«

Christoph seufzte. »Was haben Sie erzählt?«

»Nur das, was Sie gesagt haben. Dass die Polizei sich dafür interessiert, warum Witte mit kleinen Kindern rummacht.«

»Rummacht?« Christoph war entsetzt. Dieses Wort war nie gefallen.

»Das haben Sie doch gesagt«, behauptete Mariechen Reimers kess.

Christoph drohte ihr mit dem Zeigefinger, bevor er das Haus verließ. »Das letzte Wort ist noch nicht gesprochen.«

»Mein Sohn hat einen guten Anwalt«, rief sie den Polizisten hinterher.

Kopfschüttelnd stapften die beiden über den Hofplatz und suchten Klaus Jürgensen. Sie fanden ihn in einer Gruppe von fünf jungen Beamten der Eutiner Einsatzhundertschaft. Der kleine Hauptkommissar nickte ihnen zu und schloss seine Erläuterungen ab, die er den Beamten vortrug. Dann kam er zu ihnen herüber.

»Ihr veranstaltet ja Tabula rasa«, begann er. »Ich habe gehört, dass ihr mittlerweile die gesamte Spurensicherung des Landes beschäftigt.«

Große Jäger wedelte mit der Hand. »Wenn du ein bisschen zügiger arbeiten würdest, statt hier herumzustehen und Reden an dein Volk zu halten, hättet ihr auch die anderen Tatorte mit abdecken können. Überhaupt ... Wie siehst du aus.« Er zupfte am Schutzanzug des Spurensicherers. »Wird Mutti nicht böse, wenn du so nach Hause kommst? Darfst du den ganzen Tag im Matsch spielen?«

»Ihr habt eure Leichen nicht im Griff. Erkläre denen doch einmal, dass sie sich zum Sterben geordnet irgendwo hinlegen sollen.«

»In Reih und Glied?«, fragte Große Jäger.

»Das reicht«, erwiderte Jürgensen. »Platz habt ihr ja genug. In Großstädten stapeln sich die Leichen übereinander.«

»Das heißt, der letzte zukünftige Tote erklimmt den Berg?«

Bevor Jürgensen antworten konnte, mischte sich Christoph ein. »Das ist makaber.«

»Wie unser ganzer Job«, fügte Jürgensen an. »Wir haben etwas gefunden.«

»Mensch«, empörte sich Große Jäger gekünstelt. »Da hält uns der Kerl im Schnack auf.«

»Das ist Taktik«, erwiderte Jürgensen. »Sonst macht ihr womöglich noch eine weitere Baustelle auf.«

Dann wurde er ernst und forderte die beiden auf, ihn zum Fahrzeug der Kriminaltechniker zu begleiten. Dort holte er aus einer Kiste eine durchsichtige Tüte hervor, die mit dem Fundort und der exakten Zeitangabe beschriftet war. Er reichte sie Christoph. Der packte sie vorsichtig am Zipfel und hielt sie so, dass der Oberkommissar ebenfalls einen Blick darauf werfen konnte.

»Interessant«, stellte Große Jäger fest, nachdem er das Objekt ausgiebig begutachtet hatte. »Aber weiter führt es uns noch nicht. Eine Gürtelschnalle kann jedem gehören.«

»Fragt doch die Ehefrau, ob es Wittes ist«, schlug Jürgensen vor.

Christoph erklärte ihm, warum Gesine Witte derzeit als Gesprächspartnerin nicht zur Verfügung stand.

»O verdammt«, war alles, was Jürgensen anzumerken hatte.

»Ich werde ein Foto davon machen.«

»Haben wir schon erledigt«, sagte der Spurensicherer. »Soll ich es dir auf das Smartphone schicken?«

Wenig später konnte Christoph die Gürtelschnalle auf dem Display betrachten. Große Jäger musterte immer noch das Original.

»Sieht mitgenommen aus«, stellte er fest. »Verbeult und zerschrammt. Das ist nicht verwunderlich. Reimers hat uns geschildert, welchen Wirkungsgrad die Messer im Feststoffeintrag haben.«

»Mehr habt ihr noch nicht?«, wandte sich Christoph an Jürgensen.

»Sisyphus hatte einen einfachen Job gemessen an dem, was wir hier machen.«

Christoph klopfte Jürgensen auf die Schulter. »Danke, Klaus.« Dann wandte er sich an Große Jäger. »Wir haben noch den Toten aus der Elektrowerkstatt.«

»Kommt gleich«, erklärte der Oberkommissar und marschierte mit der Gürtelschnalle zum Wohnhaus der Familie Reimers.

Christoph rief auf der Dienststelle an.

»Euch darf man auch nicht allein aufs Land lassen«, kommentierte Hilke Hauck Christophs Bericht über den neuen Fund.

»Wir benötigen eine Auskunft über Michael Witte aus Everschopkoog. Außerdem bitte ich dich, hierherzukommen. Wir haben Wittes Kundenliste. Die dort verzeichneten Adressen müssten besucht werden. Ich möchte wissen, wann Witte zuletzt beim jeweiligen Kunden war, ob es dort Kinder gibt und wie der Elektriker sich denen gegenüber verhalten hat.«

Er erklärte, dass Witte sich angeblich auffällig für Kinder zu interessieren schien.

»Ich bringe Martje mit«, sagte Hilke Hauck. »Für einen allein ist es zu viel.«

Christoph stimmte dem Vorschlag zu.

SIEBZEHN

Ihre nächste Station war der Hof von Biesterfeldt. Der knurrige Mann hantierte an einer Egge und schlug mit wuchtigen Schlägen auf das Gerät ein. Das Echo des metallischen Klangs brach sich an der Hauswand und ebbte zurück zur Holzscheune, deren Wand den Ton verschluckte. Biesterfeldt sah auf und unterbrach seine Arbeit.

»Haben Sie Witte, den alten Kinderficker, endlich erwischt?«, fragte er.

»Wilderich!«, rief Christoph und konnte seinen Kollegen gerade noch am Saum der Lederweste festhalten.

Mit einem Ruck befreite sich der Oberkommissar, aber der kurze Moment hatte gereicht, um seine Wut zu bremsen. Er stellte sich so dicht vor Biesterfeldt, dass sich die Fußspitzen berührten.

»Wenn du Landei noch einmal so etwas von dir gibst«, fluchte Große Jäger, »dann reiß ich dir die Zunge heraus. Dann kannst du mich nicht einmal mehr am Arsch lecken.«

Noch einmal erklang laut das mahnende »Wilderich!«.

Biesterfeldt zuckte zusammen. Er machte keine Anstalten, die Tropfen des leichten Sprühnebels von Große Jägers Aussprache aus dem Gesicht zu wischen. Erschrocken wich der Landwirt zwei Schritte zurück. Sein ganzer Körper bebte.

»Haben Sie das gesehen? Gehört?«, rief er und zeigte mit ausgestrecktem Zeigefinger auf den Oberkommissar, während er Christoph ansah.

»Ich weiß nicht, was Sie meinen«, erwiderte Christoph in ruhiger Tonlage.

»Eine Krähe hackt der anderen kein Auge aus.« Biesterfeldts Stimme klang keifig wie die eines alten Waschweibes.

»Die Krähe hackt aber auf Ungeziefer und Geschmeiß ein.« Große Jäger hatte seinen Zorn immer noch nicht besänftigt.

Christoph hielt Zeige- und Mittelfinger der Rechten so, als würde er eine Zigarette halten und diese zum Mund führen.

Dann wies er mit dem Daumen über die Schulter Richtung Auto.

Blitzschnell warf Große Jäger die Arme in die Höhe und krallte die Hände zusammen. Dabei zog er eine Grimasse. Er wies Ähnlichkeiten mit King Kong auf.

»Grrrh!«, erschreckte er Biesterfeldt, bevor er sich umdrehte, um die von Christoph angeordnete Beruhigungszigarette zu rauchen.

»Sie sollten jede Äußerung dieser Art unterlassen. Das ist Verleumdung und kann strafrechtlich verfolgt werden.«

»Das sagt doch jeder hier im Dorf.«

»Wer ist jeder?«

»Alle eben.«

Christophs Befürchtungen hatten sich bewahrheitet. Der Virus, den Mariechen Reimers in Umlauf gebracht hatte, war schneller durch Everschopkoog gelaufen, als er sich das hatte vorstellen können.

Christoph ermahnte den Mann noch einmal dringend, solche Äußerungen zu unterlassen und sich nicht an einer Hetzkampagne zu beteiligen.

»Wir suchen einen Mann, schon älter, etwa ein Meter siebzig.«

»Dreckig?« Biesterfeldt leckte sich mit der Zunge über die Lippen.

»Er wirkt nicht, als würde er im Büro arbeiten.«

»Hier aus dem Dorf?«

»Möglich.«

Biesterfeldt legte die Stirn in Falten. »So etwas haben wir hier nicht. Das könnte höchstens Lude Böhner sein, der alte Penner.«

»Können Sie nicht normal über Ihre Mitmenschen reden?«

»Das ist kein *Mit*mensch, noch nicht einmal ein *Mensch*. Der alte Sack klaut wie ein Rabe. Der gehört weggesperrt. Ich hab ja was gegen die Araber, aber manches ist bei denen in Ordnung. Ist okay, wenn die Dieben die Hände abhacken.«

»Oder Nachbarn die Finger?«

»Von mir aus auch das. Böhner ist so einer. Ich möchte nicht wissen, wie oft der schon in eines der Häuser eingestiegen ist.

Dabei ist es hier seit Generationen üblich, die Türen unverschlossen zu halten.«

»Waren Sie auch schon Opfer?«

»Klar.«

»Haben Sie die Polizei gerufen und Anzeige erstattet?«

»Ich?« Biesterfeldt lachte schrill auf. »Ich habe ihm eine Ladung Schrot in den Arsch geschossen.«

»Das ist Körperverletzung. Wo ist die Waffe?«

»Ich darf das«, behauptete Biesterfeldt. »Ich meine, eine Schrotflinte haben. Ich bin Jäger.« Er zeigte auf das Haus. »Das Gewehr ist ordnungsgemäß in einem Stahlschrank eingeschlossen. Bei mir herrscht Ordnung, Herr Kommissar.«

»Wann haben Sie Herrn Böhner zuletzt gesehen?«

»Das ist kein *Herr*. Der nicht. Der klaut, säuft, lebt von Hartz IV. Ein richtiger Sozialschmarotzer.«

»So wie Sönke Michelsen vom Porrendeich?«

»Hören Sie auf mit dem. Auch so einer. Der ist doch nicht ganz dicht mit seinen Phantasien. Der soll lieber was Gescheites arbeiten, als hier mit dieser Ökoscheiße herumzutönen.«

»Und gegen Michelsen haben Sie sich mit Ihrem Bürgermeister verschworen?«

»Mit Witte? Der ist doch doof wie ein Zaunpfosten. Der Bürgermeister und Michelsen stecken unter einer Decke. Die wollen uns Landwirte plattmachen.« Biesterfeldt fuhr sich mit dem Handrücken am Hals entlang und deutete die Geste des Halsabschneidens an.

Christoph war irritiert. Alles deutete auf ein vergiftetes Verhältnis zwischen dem Naturschützer vom Porrendeich und Witte hin. Und plötzlich sollten die beiden gemeinsame Interessen haben? Das passte nicht zueinander.

»Wo wohnt Böhner?«

Biesterfeldt streckte die Hand aus. »'n Stück die Straße runter. Können Sie nicht verfehlen. Die Bruchhütte. Wird Zeit, dass die abgefackelt wird. Wäre nicht verkehrt. Schließlich bezahlen wir jedes Jahr an die Freiwillige Feuerwehr in Tetenbüll, damit sie uns mitversorgt. Die haben aber noch nie einen Einsatz bei uns gehabt.«

Christoph kehrte zum Auto zurück. Große Jäger hatte sich gegen den Volvo gelehnt und rauchte. Vor seinen Füßen lagen bereits mehrere zertretene Kippen.

»Fertig?«

Christoph nickte.

»Gut. Dann gehe ich jetzt zu ihm.«

»Du bleibst hier.«

»Zehn Minuten.«

»Nix da.«

»Fünf.« Große Jäger sah Christoph mit einem Dackelblick an und klatschte mit den Händen. Kinder benutzen diese Geste, um »Bitte, bitte« zu sagen.

»Wir haben einen Namen. Das könnte vielleicht unser Toter sein.«

Sofort war Große Jäger abgelenkt und forderte Christoph auf, zu berichten.

»Gleich«, sagte Christoph und ließ sich in Flensburg mit Oberstaatsanwalt Dr. Breckwoldt verbinden.

»Sie wirbeln Eiderstedt derzeit aber mächtig durcheinander. Kein Wunder, dass die bei der Kreisreform gar nicht nach Nordfriesland, sondern nach Eiderstedt wollten«, sagte der Staatsanwalt und hörte sich Christophs Bitte an.

»Gut«, antwortete er und seufzte tief. »Sie bekommen einen Durchsuchungsbeschluss für das Haus von Heinrich Biesterfeldt. Wir konfiszieren seine Waffen und bringen sie zur KTU nach Kiel. Allmählich verstehe ich das Ansinnen mancher Berliner Politiker, die Bundeswehr auch innerhalb Deutschlands einzusetzen. Sie verbrauchen aktuell ja alle Ressourcen der Polizei für sich.«

»Oh, ja.« Große Jäger schlug sich mit der Faust in die offene linke Handfläche. »Die Durchsuchung werde ich durchführen.«

»Das glaube ich nicht«, erwiderte Christoph.

»Despot«, zischte der Oberkommissar.

Böhners Haus hätte man auch ohne Beschreibung finden können, wenn man Biesterfeldts Erläuterungen zu dem Mann wörtlich nahm. Es lag unterhalb der Straße direkt in der Marsch.

»Dazu gehört Gottvertrauen, so zu bauen«, stellte Große Jäger fest, als sie auf das Grundstück abbogen. »Das ist eine alte Landarbeiterkate. Da haben schon immer die armen Leute gewohnt. Andere schütten erst eine Art Warft auf, um nicht die ganze Feuchtigkeit ins Haus zu bekommen. In der Hütte muss es doch überall klamm sein.«

Das Dach war mit Moos besetzt, die Ziegel von der salzigen Luft zerfressen. Die Rahmen der Fenster mit Einfachverglasung hatten seit Jahrzehnten keine Farbe mehr gesehen. Wenn es einmal einen Garten rund ums Haus gegeben haben sollte, war der ebenfalls vor Generationen aufgegeben worden.

»Wir sprechen von der Energiewende, von Wärmedämmung und Stromsparen. Und in dieser Hütte pfeift der Wind durch alle Löcher. Ich möchte wetten, das Haus bekommst du nie warm.«

Christoph stimmte Große Jäger zu, auch, als der vorschlug, es gleich am Hintereingang zu versuchen. Ein Element des vierteiligen Glaseinsatzes in der Tür war zerbrochen und notdürftig mit einer Lage Karton abgedichtet. Dort, wo in anderen Türen das Schloss angebracht war, gähnte ein Loch.

Der Oberkommissar stieß die Tür mit der Fußspitze auf.

»Böhner?«, rief er in die Dunkelheit hinein. Keine Antwort. Der kleine Flur lag im Halbdunkeln. Große Jäger rümpfte hörbar die Nase. »Wer behauptet, es würde hier muffig riechen, lügt. Es stinkt erbärmlich.«

In der Tat hing ein beißender Geruch nach Katzenurin in der Luft.

»Mist«, fluchte der Oberkommissar, als er über leere Flaschen stolperte, die Böhner einfach in den Weg gestellt hatte. Sie fielen um und rissen wie Kegel andere mit. »Warum trinkt der Bier aus Flaschen? Ich denke, solche Figuren schlürfen aus der Dose.«

»Das musst du mit Trittin diskutieren, dem Vater des Dosenpfands«, antwortete Christoph, dessen Hand suchend eine Wand abtastete und einen Aufputzschalter fand. Er betätigte ihn. Es blieb dunkel.

»Die Birne«, stellte Große Jäger fest, stieß eine weitere Tür mit der Fußspitze auf und versuchte, dort das Licht anzuschalten.

Auch dieser Versuch war vergeblich. »Dem haben sie den Saft abgedreht.«

Das Chaos, das sich ihnen in dem Zimmer bot, war unbeschreiblich. Zum Teil war der Müll in Plastiktüten verstaut; was nicht hineinpasste, lag daneben. Die Schuhsohlen gaben ein schmatzendes Geräusch von sich, wenn sie sich vom klebrigen Linoleum lösten. Hier galt mit Sicherheit nicht der Satz: Da kann man vom Fußboden essen.

»Das ist ein richtiger Messie«, kommentierte Große Jäger.

Im Raum stand ein Campingtisch, davor ein Stuhl, bei dem die Sitzfläche aufgerissen war und die Polsterung nach außen quoll. Der Aschenbecher auf dem Tisch war übergelaufen. Was nicht mehr hineinpasste, lag rund um das Gefäß.

Das Bett in der Ecke hatte nur noch drei Beine. Die Position des vierten nahmen Ziegelsteine ein. Bettdecke und Bezug waren zerwühlt. Christoph wandte sich ab, als er in der Wäsche deutlich die Spuren menschlicher Ausscheidungen erkannte.

Große Jäger hatte den Raum verlassen und war wieder zurückgekehrt.

»Sein ganzes Leben scheint sich hier abgespielt zu haben. Im ausgeschalteten Kühlschrank gibt es Pilzkolonien. Und die Toilette möchtest du gar nicht erst sehen.«

Christoph öffnete die Tür des windschiefen Schranks. Dort fanden sich zwei Konservendosen, eine Hühnersuppe und einmal Heringsfilet in Tomatensoße. Daneben lag ein Stapel Papier. Er sah ihn flüchtig durch. Neben ungeöffneten Briefen des Stromversorgers und der Agentur für Arbeit fand er weitere Schreiben, in denen Böhner die Kürzung des Arbeitslosengelds II mitgeteilt wurde, weil er wiederholt der Meldepflicht nicht nachgekommen war.

Plötzlich stutzte Christoph. Er fand eine Mitteilung des Husumer Kaufhauses C.J. Schmidt über den Stand des Kundenkontos. Das Schreiben war an Bärbel Lattmann adressiert. Ein Anschreiben war an Günter Wychzek gerichtet. Dem Schreiben sei die neue Gesundheitskarte beigefügt, teilte die Techniker Krankenkasse mit. Von Karl Nielsen fanden sich Kontoauszüge; eine Ansichtskarte von einem »Klaus«, der von einem tollen Urlaub berichtete, kam aus Abu Dhabi. Die Matuschkas hatten diese Nachricht nie erhalten. Heinrich Biesterfeldt wird auch nicht begeistert gewesen sein, dass ihm der Tierarzt eine Mahnung geschickt hatte, nachdem die Originalrechnung nicht beglichen wurde, weil sie bei Böhner gelandet war.

»Der Typ scheint systematisch die Briefkästen seiner Nachbarn leer geräumt zu haben«, stellte Große Jäger fest, der Christoph über die Schulter sah und mitlas.

»Besonders dies hier ist brisant.« Christoph wedelte mit der Benachrichtigung eines Onkologen aus Flensburg. »Ob Böhner die Brisanz überhaupt verstanden hat, die in diesem Schreiben steckt?« Christoph überflog den Text. »Darauf hat Wychzek sicher händeringend gewartet. Der Arzt bestätigt, dass die Untersuchung negativ war und Wychzek kein Prostatakarzinom hat.«

Christoph überwand seine Abscheu und kniete sich vor dem Bett nieder. Unter der Liegestatt hatte Böhner weiteres Diebesgut versteckt.

»Der muss einen Stich gehabt haben«, stellte Große Jäger fest, als Christoph eine angebrochene Packung Moosvernichter zutage beförderte, eine zerkratzte Handschaufel für den Garten, ein halb volles Glas mit Senf. So ging es weiter.

»Das sind lauter obskure Dinge, die er sich zusammengeklaut hat. Alles ohne Wert.«

»Wer weiß, was im Kopf eines solchen Menschen vorgeht?«, seufzte der Oberkommissar.

»Hast du eine Zahnbürste gefunden? Das könnte für die Bestimmung der DNA von Bedeutung sein.«

Große Jäger lachte auf. »Du bist lustig. So etwas existiert in diesem Haushalt nicht.«

Beide sahen auf das verschmutzte Bett. Sie nickten einander zu und zogen mit spitzen Fingern das Bettlaken ab. »Die werden sich freuen in Kiel«, stellte Christoph fest. »Aber warum wurde Böhner erschlagen? Und das auf so ungewöhnliche Weise? Da muss jemand einen mächtigen Zorn auf ihn gehabt haben.«

»Witte hatte nur Negativerlebnisse hinter sich. Die Auseinandersetzung mit Michelsen, der ihn in den Schuppen gesperrt hat, die Verletzung, sein *Outing* als Pädophiler ... Da sind ihm die Sicherungen durchgebrannt. Und als er nach Hause kommt, erwischt er Böhner beim Klauen. Das war zu viel. In rasender Wut schnappt er sich den nächstbesten Gegenstand und schlägt zu. Bäng. Bäng.« Große Jäger ahmte die Schlagbewegungen nach.

»Trotzdem habe ich Zweifel«, widersprach Christoph. »Wo ist Witte abgeblieben? Gut. Er muss sich verstecken, als ihm bewusst wird, was er unkontrolliert angerichtet hat. Aber wohin ist er geflüchtet? Wo hat er Unterschlupf gefunden? Die Autos stehen vor der Tür. Gesine Witte hat ein Alibi. Die Tochter auch. Hat ihn einer der Nachbarn gefahren? Wir müssen alle noch einmal besuchen.«

»Nicht schon wieder«, stöhnte Große Jäger. Dann zeigte er auf Christoph. »Diesmal informierst du aber die Spurensicherung.«

»Das können die Lübecker mit übernehmen«, entschied Christoph. »Wenn sie mit der Leiche in Wittes Schuppen fertig sind.«

»Die werden begeistert sein«, sagte Große Jäger. »Andererseits ... Lübeck. Die kommen doch von der Ostküste. So haben die die einmalige Chance, ihren Aufenthalt an der Nordsee zu verlängern. Vielleicht sind die uns dafür sogar dankbar«, fügte er mit einem verschmitzten Lächeln an.

ACHTZEHN

Günter Wychzek und Bärbel Lattmann zeigten sich nicht begeistert, als die Beamten sie erneut besuchten.

»Allmählich wird es lästig«, erklärte der ehemalige Hütteningenieur.

»Uns ist es genauso lästig zu ermitteln, was in diesem Dorf vor sich geht«, knurrte Große Jäger.

»Wir haben einen Toten gefunden, der offenkundig Opfer eines Gewaltverbrechens geworden ist«, begann Christoph.

»Hier bei uns?« Ungläubig sah Wychzek ihn an. »Wer denn?«

»Wir vermuten, dass es Ludwig Böhner ist.«

»Lude Böhner, der alte Strauchdieb? Ist er …?« Wychzek brach ab, um erneut anzusetzen. »Ist er es, der in Reimers' Biogasanlage gefallen ist?«

»Nein. Ludwig Böhner ist auf andere Weise getötet worden.«

Wychzek schluckte, während Bärbel Lattmann die Hand vor den Mund hielt und »mein Gott« murmelte.

»Böhner war allgemein als unzuverlässig bekannt«, sagte Christoph.

»Die stinkende Ratte hat geklaut wie ein Rabe.«

»Wir haben in Böhners Nachlass Diebesgut gefunden, darunter auch Briefe.«

Wychzek hieb mit der Faust auf die Sessellehne. »Das habe ich mir doch gedacht. Der Nichtsnutz hat die Briefkästen ausgeräumt. Wir alle haben uns gewundert, dass Post verschwunden ist. Da waren nie Wertsachen dabei. Wer verschickt heute noch so etwas? Aber es ist ärgerlich und macht Mühe, wenn Sie die Post nicht erreicht.«

Christoph berichtete vom Fund der Gesundheitskarte.

»Was habe ich Stress mit denen gehabt. Die haben mir nicht geglaubt. ›Das ist noch nie vorgekommen‹, hat man mir erzählt.«

»Es gab noch einen zweiten wichtigen Brief, den Böhner abgefangen hat.«

Wychzek beugte sich vor. »So? Was denn?«

»Das Dokument ist uns zufällig in die Hände gefallen. Ich kann Ihnen versichern, dass wir den Inhalt vertraulich behandeln«, begann Christoph vorsichtig und erzählte vom Brief des Onkologen.

Wychzek schlug als erste Reaktion die Hände vors Gesicht. »Das ist unfassbar. Da geht es um das Intimste überhaupt, was einem Menschen widerfahren kann, und dann liest Böhner die Post. Bei dem Getratsche in diesem Nest geht das doch herum wie ein Lauffeuer.«

Christoph ließ dem Mann ein wenig Zeit. »Zum einen ist es eine gute Nachricht, die Sie erhalten haben, außerdem …«

»Gute Nachricht?«, fuhr Wychzek dazwischen und tippte sich an die Stirn. »Muss das jeder in Everschopkoog wissen, dass ich nicht mehr kann … Ich meine, als Mann«, fügte er kaum wahrnehmbar an.

Bärbel Lattmann legte ihre Hand fürsorglich auf seinen Unterarm, aber er zog ihn sofort zurück.

»Günter. Das weiß doch niemand. Es geht auch keinen etwas an. Und glaube mir, ich habe es dir oft gesagt: Es gibt Wichtigeres auf der Welt. Außerdem ist in diesem Punkt das letzte Wort noch nicht gesprochen. Du musst nur zum Doktor gehen.«

»Pah!«, brauste Wychzek auf. »Du bekommst doch keinen Termin beim Facharzt in Husum. Nicht einmal einen Notfall behandeln die Urologen. Tolle Gegend, die wir uns für den Lebensabend ausgesucht haben.«

Bärbel Lattmann sah Christoph an. Die Ratlosigkeit stand ihr ins Gesicht geschrieben. »Wir richten es uns hier schön ein. Die Landschaft ist einmalig, die Leute sind nett, es ist das, wovon wir immer geträumt und wofür wir lange gespart haben.«

»Und? Da kloppen die Idioten lauter Windspargel in die Landschaft. Das surrt und braust, der Schlagschatten stört und das alles auch noch bei einer durch und durch korrupten Clique.«

Christoph wurde hellhörig.

»Korruption?«

»Da spricht keiner drüber«, schimpfte Wychzek. »Das geschieht hinter vorgehaltener Hand. Kopplungsgeschäfte, Einmalzahlungen in die Infrastruktur und dubiose Spenden.«

»Können Sie mir ein konkretes Beispiel nennen?«

»Ich sagte doch, dass alles hinter den Kulissen geschoben wird. Haben Sie eine Ahnung, wie viele daran beteiligt sind? Was meinen Sie, warum die sich gegen Zugereiste wehren und lieber unter sich bleiben möchten.«

»Haben Sie deshalb für das Bürgermeisteramt kandidiert?«

Wychzek atmete hörbar aus. »Da kommen Sie doch nicht gegen an.« Er zeigte mit Daumen und Zeigefinger einen zwei Zentimeter breiten Spalt. »Nicht so viel Luft bleibt da. Witte ist nicht der Hellste. Deshalb haben sie den vorgeschoben. Sicher. Er hat auch eigene Interessen. Ist das keine Korruption?«

»Und Witte ist bestochen worden?«

Wychzek sprang auf und lief unruhig im Zimmer auf und ab. Er nahm einen Kerzenleuchter von der Anrichte hoch, als hätte er ihn jetzt erst entdeckt, drehte ihn um und besah sich die Unterseite.

»Ob an Witte, einen anderen oder an die Gemeinde gezahlt wird. Das ist doch gleich. Korruption bleibt Korruption.«

»Welche Vorteile hätte Everschopkoog gehabt?«, fragte Christoph.

»Das muss …«, setzte Wychzek an und brach ab. Er ruderte mit dem Arm in der Luft. »Das ist doch egal.«

»Nee, nee«, meldete sich Große Jäger zu Wort. »Solche Fälle möchten wir gern verfolgen. Also. Raus mit der Sprache.«

Jetzt setzte Wychzek sich wieder. »Bin ich Ihr Hiwi? Ich will mir doch nicht den Mund verbrennen. Schließlich müssen wir hier leben.« Er wies mit dem ausgestreckten Zeigefinger auf die beiden Beamten. »Sie nicht.«

Bärbel Lattmann zupfte am Tischläufer, obwohl der akkurat lag.

»Günter ist heute durch den Wind«, sagte sie. »Nehmen Sie das nicht für bare Münze.« Erneut legte sie ihre Hand auf seinen Unterarm. Diesmal ließ er es zu. »Du redest dich noch um Kopf und Kragen. Überall siehst du Gespenster. Natürlich wollen die Leute hier ihr Schäfchen ins Trockene bringen. Wer will das nicht. Aber deshalb sind das doch keine Gangster, Günter. Denk doch mal an die Energiewende. Die Kernkraftwerke sind abgeschaltet, Kohle will keiner, und wo soll der Strom herkommen?«

»Doch nicht aus der ›Windkraftrepublik‹ Schleswig-Holstein«, schimpfte Wychzek. »Was da geschoben wird! Aber auf mich hört ja keiner.«

Bärbel Lattmann lachte verbittert in Richtung der Polizisten. »Günter will im Alleingang aus dem Land wieder einen Rechtsstaat machen.«

»Da ziehen wir am selben Strang«, unterbrach Christoph den Ausflug in die Energiepolitik. »Wir möchten gern wissen, wer Böhner ermordet hat.«

Wychzek kniff die Lippen zusammen, dass sie nur noch einen schmalen Strich bildeten. »Was ist das für ein Kaff! Der eine Dorfganove wird ermordet. Der andere verschwindet spurlos.«

»Mit dem anderen *Ganoven* meinst du aber nicht Witte?« Bärbel Lattmann war anzumerken, dass ihr Wychzeks Wortwahl nicht gefiel.

»Wen sonst? Soll ich sagen, dass es auf alle Everschoopköger zutrifft? Dabei haben wir unerwähnt gelassen, dass Witte sich auch an kleine Kinder herangemacht hat. Iiigiit.«

»Wer hat das behauptet?«, meldete sich Große Jäger zu Wort.

»Ist doch egal.«

Der Oberkommissar klopfte mit den Knöcheln auf die Tischplatte.

»Das ist nicht egal. Wie sagt man bei Ihnen im Ruhrgebiet? Nun aber Butter bei die Fische.«

Erstaunen zeigte sich auf Wychzeks Gesicht. Er fragte aber nicht nach, woher Große Jäger den Slang kannte.

»Los. Ich möchte eine Antwort«, blieb der Oberkommissar hartnäckig.

Mit einer minimalen Geste zeigte der Mann auf seine Partnerin. »Sie hat das gesagt.«

Bärbel Lattmann fühlte sich sichtlich unbehaglich, als sie von allen angesehen wurde.

»Die Matuschka hat mir das erzählt«, druckste sie herum.

Christoph war immer wieder erstaunt, welche Ausprägungen der Begriff »Dorfgemeinschaft« zeigte. Offenbar reduzierte er sich darauf, schlechte Nachricht weiterzutragen. Dass in den kleinen Dörfern nichts geheim blieb, hatte zwei Seiten. Die negative zeigte sich an diesem Beispiel. Es gab auch das Positive, dass niemand unfreiwillig isoliert blieb, kaum jemand aus der sozialen Gemeinschaft ausgeschlossen wurde, selbst wenn es Sonderlinge wie Böhner, Gaultier und der stets mit unflätigen Formulierungen um sich werfende Biesterfeldt waren. Sicher gehörte auch eine lebende Dorfzeitung wie Mariechen Reimers dazu.

»Ist da etwas dran an dem Gerücht? Ich meine mit Witte und den Kindern?« Wychzek klang neugierig. Wenn er sich auch über die sogenannten »Einheimischen« mokierte, hatte er sich zumindest in diesem Punkt ihre Gewohnheiten angeeignet.

Große Jäger rückte an Wychzek heran.

»Um wie viel haben Sie Ihr Konto überzogen?«

Zunächst öffnete sich der Mund einen Spalt, dann schloss Wychzek ihn wieder. »Was soll das heißen? Das muss ich doch nicht erzählen, oder?«

Große Jäger klopfte ihm kumpelhaft auf die Handfläche.

»Nein. Das bleibt Ihr Geheimnis. Und wir reden nicht über den Stand unserer Ermittlungen. Sie müssen aber erzählen, wann Sie Böhner das letzte Mal gesehen haben.«

Wychzek zog die Stirn kraus. »Das weiß ich nicht so genau. Es ist schon eine Weile her. Es gibt hier keine Promeniermeile oder ein Shoppingcenter, in dem man sich begegnet. Ich habe ihn früher einmal erwischt, wie er ums Haus rumgeschlichen ist. Da habe ich ihm klargemacht, dass er sich hier kein zweites Mal sehen lassen soll. Sonst droht ihm Ungemach.«

»Und diese Drohung haben Sie wahrgemacht?«, fragte Große Jäger.

»Bin ich verrückt? An so einem Dreckfink mache ich mir nicht die Hände schmutzig. Meine Ermahnung damals hat Wirkung gezeigt.«

Große Jäger lächelte versonnen. Das schien Wychzek zu irritieren.

»Offensichtlich hat sich Böhner das nicht zu Herzen genommen. Sonst hätte er nicht Ihre Post stibitzt.«

»Die kann er auch dem Briefträger gestohlen haben.«

»Kaum«, widersprach der Oberkommissar. »Die Post wird mit dem Auto ausgeliefert. Wissen Sie, mit wem Böhner Umgang pflegte? Hatte er Freunde? Angehörige? Hat ihn jemand besucht?«

»Uns interessierte der Mann nicht«, erklärte Wychzek mit fester Stimme.

»Gesine Witte hat ihm manchmal etwas zugesteckt«, mischte sich Bärbel Lattmann ein. »Und Michel Witte hat ihn gelegentlich mit Handlangerdiensten beschäftigt. Mal dies, mal jenes.«

Große Jäger tat, als müsse er angestrengt überlegen, was er noch fragen könnte. Christoph lächelte innerlich. Dieses Verhalten signalisierte dem Gegenüber, dass er mit seinem Latein am Ende sei. Die Konzentration ließ dann gewöhnlich nach, man nahm den Oberkommissar nicht mehr ernst. So schlichen sich Fehler ein. Christoph hatte oft Gelegenheit gehabt zu beobachten, wie diese Methode zum Erfolg führte. Er sah an der nachlassenden Körperspannung, dass auch Wychzek darauf hereinfiel.

»Wo waren Sie am Montagvormittag?« Die Frage kam unvermittelt und überraschend.

»Am Montag? Am Vormittag? Wo wir waren?«, wiederholte Wychzek. Dem erfahrenen Polizisten signalisierte dieses Verhalten, dass der Befragte Zeit benötigte, um sich die Antwort zu überlegen. »Wir waren hier. Zu Hause.«

»Was haben Sie gemacht?«

»Das weiß ich doch nicht mehr.« So erging es vielen Menschen. Es war eine Frage, die selten spontan beantwortet werden konnte. »Ich habe Zeitung gelesen. Die Husumer Nachrichten«, fiel dem Mann schließlich wieder ein.

»Sonst nichts?«

Er schüttelte den Kopf. »Ich habe viel Zeit, seit ich nicht mehr berufstätig bin.«

»Und Sie?« Große Jäger sah Bärbel Lattmann an.

»Montags kümmere ich mich immer um den Haushalt. Ich habe ja jede Menge Zeit. Den lieben langen Tag lang.«

Christoph hatte eine ganze Weile schweigend zugehört.

»Langweilen Sie sich manchmal?«, fragte er die Frau.

Ihrem Gesichtsausdruck war anzusehen, dass sie die Frage nicht verstand. Sie benötigte eine Weile, um zu antworten.

»Es ist ein ganz anderes Leben als früher. Wenn Sie morgens rausmüssen, bei Dunkelheit und schlechtem Wetter, dann freuen Sie sich auf die Zeit, wenn die Maloche vorbei ist. Aber später … Dann hat man plötzlich viel Zeit.«

»Es ist ein Unterschied, ob man hier im Urlaub ist oder ständig wohnt. Man hat kein soziales Umfeld, keine Freunde. Und die Sehenswürdigkeiten, die der Urlauber aufsucht, sind nach einer Weile auch vertraut und uninteressant«, sagte Christoph.

Bärbel Lattmann nickte zustimmend. »Genau. Das haben wir vielleicht falsch eingeschätzt. Nicht wahr, Günter?«

Wychzek reagierte nicht darauf.

»Deshalb hat Günter auch angefangen, sich für die Kommunalpolitik zu interessieren. Er hätte Zeit, sich da hineinzuknien. Sie hören es, wie er sich Gedanken macht. Aber das verstehen die Leute nicht.«

Ihr Partner brummte etwas Unverständliches, das wie eine Zustimmung klang.

»Wir nehmen uns die Freiheit, lange zu schlafen. Dann frühstücken wir ausführlich. Mit allem Drum und Dran.«

Nur für Christoph verständlich grummelte Große Jäger: »Und dann meckern die. Unsereiner muss in aller Herrgottsfrühe aus den Federn, wenn andere noch schlafen.«

Christoph unterließ es, darauf einzugehen. Der Oberkommissar hatte einen Arbeitsweg von drei Minuten. Trotzdem war er stets der Letzte, der zum Dienst erschien. Er erklärte Wychzek und seiner Partnerin, dass sie sich melden sollten, wenn ihnen noch etwas einfiele. Seine Visitenkarte, die er auf den Tisch legte, blieb unbeachtet.

»Ja, ja«, knurrte Wychzek.

Im Auto rief Christoph die Dienststelle in Husum an.

»Ludwig Böhner, dreiundfünfzig«, zählte die Kollegin auf, »kein Eintrag bei uns. Er ist nicht vorbestraft. Allerdings wurde schon einmal gegen ihn ermittelt wegen Landfriedensbruch. Er stand öfter im Verdacht, kleinere Diebstähle begangen zu haben, aber ist nie verurteilt worden. Man hat auch schon einige Male einen Platzverweis gegen ihn ausgesprochen wegen Randalierens in der Öffentlichkeit, zum Beispiel an der Tine und im Husumer Schlosspark, aber sonst ist nichts.« Die Mitarbeiterin bot Christoph an, ein Foto auf sein Smartphone zu senden.

»Gern.«

»Im Übrigen fühle ich mich hier recht einsam«, klagte sie. »Alle sind unterwegs.«

Was hätte Christoph antworten sollen? Nordfriesland war nicht der Hort der Schwerkriminalität. Dennoch wurden auch hier Straftaten verübt. Und fünfundzwanzig Mitarbeiter in der Kripo für ganz Nordfriesland, das eine Ausdehnung von fast einhundert Kilometern hatte, die sich zudem auf drei Dienststellen in Husum, Niebüll und Westerland verteilten, das war nicht üppig. Die Personaldecke war knapp bemessen, insbesondere wenn man bedachte, dass zu der Fläche, die fast dem Saarland entsprach, auch noch fünfzehn Inseln und Halligen gehörten. Es war ein schwieriges Revier in einer pittoresken Landschaft. Trotzdem hätte Christoph seine Aufgabe mit keiner anderen tauschen wollen.

Als sie an Wittes Haus vorbeifuhren, stand dort ein Streifenwagen des Husumer Bezirksreviers. Selbst die Kollegen mussten inzwischen aushelfen. Christoph stoppte abrupt und fuhr auf das Grundstück. Er hatte den dunkelblauen Mercedes Kombi entdeckt und hielt neben dem Fahrzeug.

»Moin«, grüßte er den Mann in der Edeljeans, dem Sporthemd, dem gelbem Pullover und dem leichten Blouson.

Dr. Hinrichsen sah kurz auf und erwiderte den Gruß.

»Ah, der *Doc*«, sagte Große Jäger.

Dr. Hinrichsen praktizierte in Husums Schlossgang. Der Allgemeinmediziner half der Polizei als Rechtsmediziner vor Ort, damit man nicht bei jedem Todesfall die Kieler anfordern musste. In der Praxis des Arztes hatte Christoph seine Frau kennengelernt, die dort als Arzthelferin tätig war.

Dr. Hinrichsen beugte sich wieder über das Opfer, besah sich die Hände und das zertrümmerte Gesicht.

»Da hat jemand kräftig zugeschlagen«, sagte er kopfschüttelnd.

»Wann ist der Tod eingetreten?«, wollte Große Jäger wissen.

»Am Dienstag um elf Uhr vierunddreißig. Vielleicht auch eine halbe Minute später.«

»Uns würde es reichen, wenn Sie eine ungefähre Zeitangabe machen könnten. So genau muss es nicht sein.«

Dr. Hinrichsen sah den Oberkommissar an.

»Mein Butler schleppt noch die komplette Laborausstattung nach Everschopkoog. Ich kann nur exakt feststellen, dass der Mann tot ist.«

»Das hätte ich auch mit ein paar Semestern Medizin weniger feststellen können«, knurrte Große Jäger.

»Dann sehen Sie es ja selbst.«

»Multiple Traumata«, stellte Große Jäger fest.

»Oh«, stöhnte Dr. Hinrichsen auf. »Das ist mehr als doppelt gemoppelt. Der Begriff ›Trauma‹ umfasst das gesamte Verletzungsgeschehen. Wenn Sie sich in den Finger schneiden, ist das allerdings kein Trauma, sondern eine Läsion.«

»Ich habe nicht so viele Jahre Latein gehabt wie Sie«, erklärte der Oberkommissar.

»Trauma ist nicht lateinisch, sondern altgriechisch«, belehrte ihn Dr. Hinrichsen.

»Die Griechen liegen mir noch weniger.«

Der Arzt zeigte auf das Gesicht des Opfers. »Da hat jemand mit einem stabilen Gegenstand auf ihn eingeschlagen. Der Täter muss ein wenig größer gewesen sein, da die Schläge oberhalb der Stirn trafen. Die *Sutura frontalis*, das ist der vordere obere Teil des *Neurocraniums*, also des Hirnschädels, ist regelrecht zertrümmert worden. Wie viele Schläge es waren, kann ich nicht sagen. Der *Lobus frontalis* ist dabei …«

»Danke, das reicht«, unterbrach Große Jäger. »Es soll keine medizinische Vorlesung werden.«

»Könnte man, nur als Vermutung, annehmen, dass der Täter wie wild auf das Opfer eingeschlagen hat?«, fragte Christoph.

»Ihre Bestätigung – *Mutmaßung*«, korrigierte er sofort, »wäre hilfreich. Wir könnten dann davon ausgehen, dass der Täter im Zustand hochgradiger Erregung getötet hat. Das war nicht geplant und vorbereitet.«

»Nach kaltblütiger Planung sieht es nicht aus«, bestätigte Dr. Hinrichsen. »Die genaue Todesursache kann ich Ihnen aber nicht nennen. Dazu muss sich die Rechtsmedizin äußern, wenn sie ihn hier seziert haben.«

Das verstand Christoph. Er zeigte dem Arzt das Bild Böhners auf dem Smartphone.

»Mit ein wenig Phantasie und unverbindlich … Könnte das unser Opfer sein?«

Dr. Hinrichsen betrachtete abwechselnd das Bild und den Toten.

»Mit großer Wahrscheinlichkeit würde ich das bejahen. Charakteristisch ist die an der Spitze leicht nach oben gebogene Nase. Auch die Nasenflügel weisen Ähnlichkeiten auf. Sie sind breit.«

»Wie Nüstern«, warf Große Jäger ein.

»Würde das Schönheitsideal der Westküste erklären«, gab Dr. Hinrichsen mit Blick auf Große Jägers Nase zur Antwort.

Es war eine weitere Bestätigung der Vermutung, dass Ludwig Böhner vor ihnen lag. Endgültige Gewissheit würde erst die DNA ergeben.

»Wir haben noch eine weitere ungewöhnliche Bitte«, sagte Christoph. »Können wir prüfen, ob das Opfer im Bereich des Gesäßes früher einmal mit Schrot beschossen wurde?«

Dr. Hinrichsen sah Christoph erstaunt an. Erst als ihm erklärt wurde, dass der Bauer Biesterfeldt sich rühmte, auf Böhner geschossen zu haben, verstand er die Bitte.

»Ich möchte wenig verändern, sonst wirkt sich das negativ auf die Spurenlage aus.« Mit spitzen Fingern versuchte der Arzt, dem bäuchlings liegenden Toten ein wenig die Hose herunterzuziehen.

»Pfui«, sagte er unvermittelt. Auch Große Jägers Mund entrang sich ein »Äh! So ein Schwein!«.

»Wir müssen das jetzt nicht kommentieren«, mahnte Christoph.

Dann sahen die drei Männer die gesprenkelten Narben.
»Sie könnten recht haben«, erklärte Dr. Hinrichsen. »Auf jeden Fall gebe ich es an die Rechtsmedizin weiter. Die können das genauer untersuchen. Nachdem sie den Leichnam gründlich gesäubert haben«, fügte er leise an.
Christoph nahm sich vor, eine gegen Biesterfeldt gerichtete Anzeige über diesen Vorgang aufzunehmen.

NEUNZEHN

Auf Christophs Handy meldete sich der Leiter der Itzehoer Spurensicherung. Hauptkommissar Mehlbeck hatte sich mit den Lübecker Kollegen abgestimmt, die aufgrund von Mehlbecks Anregung in Wittes Firmenwagen Fingerabdrücke vom Lenkrad abgenommen hatten.

»Wir werden sie in Kiel mit denen vergleichen lassen, die wir hier vor Ort von Michelsen gescannt haben«, fuhr Mehlbeck fort.

»Damit könnten wir feststellen, ob Michelsen in Wittes Auto gesessen hat.«

»So würde ich das sehen«, bestätigte Mehlbeck.

Große Jäger sah auf die Uhr.

»Man müsste bei Scotland Yard arbeiten«, grummelte er. »Die haben um diese Zeit *Teatime*. Und wir? Eifrig wie die Preußen.«

»Möchtest du wirklich in England leben?«, fragte Christoph. »Das englische Pfund ist auch nichts mehr wert.«

»Dann würde ich so lange verhandeln, bis mir die Dienstbezüge nicht mehr in Pfund, sondern in Kilo ausgezahlt werden«, kalauerte der Oberkommissar.

Christoph fuhr zum Porrendeich. Wie oft war er in den letzten zwei Tagen über die Straßen hinter dem Deich gefahren? Er warf einen Blick auf den Kilometerzähler und erschrak. Für viele Bundesbürger, die jenseits der Elbe oder gar des Mittellandkanals lebten, war Schleswig-Holstein ein schmaler Grünstreifen zwischen Hamburg und Dänemark.

Erst wenn man sich im Land bewegte, stellte man fest, wie weitläufig die Region war. Und hier in Nordfriesland erlebte man die Weite hautnah. Wenn es nicht nebelig war, regnete oder in der dunklen Jahreszeit das Tageslicht nur wenige Stunden die Szene erhellte. Dafür kann man in den Sommermonaten bis kurz vor Mitternacht ohne Licht im Freien sitzen, während man in Bayern lange vorher das Flutlicht einschalten muss, dachte er vergnügt und stellte fest, dass Große Jäger ihn vom Beifahrersitz aus beobachtete.

»Was lässt dich schmunzeln?«, fragte der Oberkommissar. Ihm war Christophs heiterer gedanklicher Ausflug nicht entgangen. Es war immer wieder erstaunlich, was für eine hervorragende Beobachtungsgabe Große Jäger besaß.

»Ich habe mir gerade vorgestellt, dass nach Dienstschluss ein liebevoll zubereitetes Abendbrot auf mich wartet«, log er.

»Mich quälst du, indem du mir die Mittagspause versagst, und jetzt noch dies als Sahnehäubchen. Ich dachte immer, du wärst Erster Hauptkommissar. Irrtum. Du bist der Folterknecht der Polizeidirektion Husum.«

Christoph begann, ein paar Takte vom Gefangenenchor aus »Nabucco« zu pfeifen. Große Jäger stimmte mit »La-la-la« ein und trommelte dazu mit den Fingerspitzen auf dem Armaturenbrett. Sie schafften es, zwei Textzeilen zu »musizieren«, bevor sie abbrachen.

»Im Unterschied zu Manfred Krug und Charles Brauer haben wir bei zwei Stimmen und einer Schlagzeugbegleitung gleich drei arhythmische Takte erzeugt«, stellte Christoph belustigt fest.

Es war wohltuend, während der Fahrt einmal nicht über den Fall und dessen Begleitumstände zu sprechen.

Der blau-silberne Streifenwagen und der unscheinbare Mercedes Vito der Spurensicherer waren von einer Gruppe Einheimischer umlagert, die lebhaft miteinander diskutierten und ihre Neugierde auf die beiden Neuankömmlinge konzentrierten.

»Was sind das für welche?«, hörte Christoph jemanden fragen.

»Kripo?«, riet ein anderer, immerhin als Frage formuliert.

»Bild-Zeitung«, sagte Große Jäger vernehmlich.

Ein Raunen ging durch die Gruppe.

»Hättste gedacht, dass wir hier mal in der Zeitung stehen?«, meldete sich der Erste.

»Wieso dürfen die dahin und wir nicht?«, interessierte seinen Nebenmann.

Der andere lachte. »Weil einer wie du nicht mal für die Schülerzeitung schreiben durfte.«

Hauptkommissar Mehlbeck war ein hochgewachsener Mann mit einer stattlichen Figur. Ein Vollbart zierte das Gesicht. Der vorgewölbte Bauch verriet, dass Mehlbeck mit Sicherheit ein Freund der rustikalen Dithmarscher Küche war.

»Husum?«, fragte der Hauptkommissar zur Begrüßung. Dass er nicht die Hand anbot, war professionell. Nachdem Christoph genickt hatte, erläuterte Mehlbeck noch einmal den Stand der Erkenntnisse.

»Wo ist Michelsen?«, fragte Christoph.

Der Hauptkommissar nickte in Richtung des Wohnhauses. »Drin.«

Michelsen hockte wie ein Häuflein Elend auf dem Sofa und sah den Beamten entgegen. Vor ihm stand ein überquellender Aschenbecher, daneben eine Plastikflasche Bier. Er warf den Polizisten einen müden Blick zu.

»Ich verstehe das alles nicht.« Es klang resigniert.

Große Jäger setzte sich auf einen Hocker, der im Raum stand, während Christoph stehen blieb.

»Blöde, was?«, begann der Oberkommissar. »Die doofe Polizei bekommt es doch heraus.«

»Heh?« In Michelsens Gesicht stand die Ratlosigkeit. Seine Mimik war wie ein offenes Buch.

»Sie haben uns belogen.«

Michelsen zeigte auf sich. »Ich?«

»Wir hatten zuerst Käpt'n Blaubär in Verdacht«, sagte Große Jäger locker. Christoph erkannte, dass Michelsen ihn nicht verstand.

»Was ist geschehen, nachdem Sie die Auseinandersetzung mit Witte hatten?«, fragte Christoph.

Michelsen wiederholte seine frühere Darstellung.

»Und dann haben Sie Wittes Leiche zu ihm in die Werkstatt gefahren?«

»Ja, spinn ich denn?«, brauste der Mann auf.

»Das versuchen wir herauszufinden.«

Es irritierte Michelsen, dass die beiden Beamten im Wechsel

fragten. Ruckartig drehte er jeweils den Kopf in Richtung des Sprechenden.

Während er noch Christoph anstierte, erklärte der Oberkommissar: »Wir haben Ihre Fingerabdrücke in Wittes Firmenwagen gefunden. Der Elektriker war nach seinem Ausbruch aus Ihrem Schuppen so schwer verletzt, dass er gar nicht mehr in der Lage war, selbst zu fahren.«

Das entsprach nicht dem tatsächlichen Erkenntnisstand. Es war lediglich eine Vermutung.

»Was weiß ich denn.« Michelsen war laut geworden. »Plötzlich war er weg.«

»Wo haben Sie ihn gelassen?«

Es dauerte eine Weile, bis der Mann sich zu Christoph umdrehte.

»Wen? Witte? Mensch! Wie oft soll ich das noch sagen! Der ist abgehauen.«

»Und Ihre Fingerabdrücke im Auto?«

»Ach!« Michelsen winkte ab.

Christoph trat einen Schritt näher an ihn heran.

»Wie soll ich von diesem Nest Everschopkoog wieder nach Hause kommen?«, fiel Michelsen plötzlich ein.

»Haben Sie ein Fahrrad?«, wollte Große Jäger wissen.

»Klaro.«

»Das hätten Sie in Wittes Caddy legen können. Falls Sie das gemacht haben …« Christoph zeigte in Richtung Fenster. »Die Kollegen von der Spurensicherung finden das heraus.«

Michelsens Gesicht hellte sich plötzlich auf. Er schlug sich mit der flachen Hand gegen die Stirn.

»Ich war im Stress. Kein Wunder bei dem, was da abgelaufen ist. Meine Nachbarin hat immer hinten aus der Tür rübergeguckt. Mit Sicherheit hat die was mitgekriegt. Außerdem war der Idiot nicht leise. Der hat getobt und gebölkt. Das mussten doch alle auf dem Porrendeich mitbekommen haben, was hier abgegangen ist. Hier bleibt doch nichts verborgen.«

Das war in Everschopkoog nicht anders, überlegte Christoph. Ob es hier auch eine ›Mariechen Reimers‹ gab? Vermutlich traf man solche Mitbürger überall an.

»Ich wollte kein Aufhebens machen. Die sind alle nett hier. Gute Nachbarschaft. Es lebt sich gut hier. Trotzdem. Darum habe ich Wittes Auto um die Ecke gefahren und hinterm Schuppen geparkt, sodass es nicht jeder sofort sehen konnte.«

Michelsen sprang auf und wanderte im Raum auf und ab. »Was ist das kompliziert. Ich war sauer. Wegen der Kinder. Und weil Witte so aggressiv ist.« Er fuchtelte mit der Hand in der Luft herum. »Außerdem hat er nicht begriffen, wie wichtig die Umwelt ist.«

Die beiden Beamten ließen die Ausführungen unkommentiert. Es schien, als würde Michelsen weitersprechen wollen. Doch der lief im Zimmer hin und her, nahm etwas vom Sideboard in die Hand, stellte es wieder zurück, warf einen Blick in die Fernsehbeilage der Zeitung und wurde zusehend nervöser.

»Das ist die Wahrheit«, rief er schließlich. »Ich muss besoffen gewesen sein, als das alles passiert ist.«

»Sie meinen, Sie wollten Witte nicht erschlagen«, baute ihm Christoph eine Brücke.

»Ja. So ist es. Mir ist der Faden gerissen.«

Erneut herrschte eine Weile Stille.

»Wo haben Sie Witte gelassen?«, fragte Große Jäger schließlich.

Michelsen unterbrach seine Wanderung.

»Woher soll ich das wissen?«

»Uns interessiert, wo Sie die Leiche deponiert haben, nachdem Sie Witte getötet hatten.«

Der Mann blieb stehen.

»Witte getötet? Wieso denn? Ich? Das ist doch lachhaft.«

»Sie haben doch eben gestanden, Witte mit der Axt niedergeschlagen zu haben.« Christoph sprach leise.

Michelsen starrte Christoph mit blutunterlaufenen Augen an. Es lag fast etwas Irres in diesem Blick. Dann holte er tief Luft. Seine Augen wanderten im Raum umher. Christoph bemerkte die Spannung, die sich aufbaute. Er wollte hochspringen, aber Michelsen war schneller. Mit einem Satz erreichte der Mann die Tür und schlug sie hinter sich zu. Große Jäger versuchte ebenso wie Christoph, hinterherzueilen. Das ungestüme Vorwärtspreschen des Oberkommissars behinderte beide an der Tür. Als sie schließlich die Außentür erreichten, überquerte Michelsen den Hofplatz und lief zur rückwärtigen Grundstücksgrenze.

»Halt!«, rief Christoph. »Bleiben Sie stehen.«

Dadurch wurden die beiden uniformierten Beamten aufmerksam und versuchten, Michelsen den Weg abzuschneiden.

Christoph war als Erster am Ende der Wiese. Hinter dem Haus lief ein Weg entlang, von dem es zu anderen Grundstücken abging. Michelsen rannte in einer der Fahrspuren, die in der Mitte durch einen Grünstreifen getrennt waren. Christoph versuchte mit weit ausholenden Schritten, dem Mann zu folgen. Große Jägers Keuchen in seinem Rücken war nicht mehr zu hören. Der Oberkommissar war nur ein kurzes Stück hinterhergehastet und hatte sehr schnell die Sinnlosigkeit seines Tuns erkannt.

Sosehr Christoph sich auch anstrengte, die Distanz zu Michelsen verringerte sich nicht. Neben ihm tauchte ein Schatten auf, und einer der Streifenbeamten überholte Christoph. Mit langen Sätzen sprintete er dem Flüchtenden hinterher.

Michelsen hatte den Knick am Ende der Siedlung erreicht. Insgesamt waren sie vielleicht einhundert Meter gelaufen, als Michelsen mit den Armen ruderte und scharf nach rechts abbog. Er setzte seine Flucht auf dem Randstreifen eines Feldes fort. Christophs Lungen rasselten. Er spürte, wie ihm das Herz bis zum Hals schlug. Wie hatte es Große Jäger einmal ausgedrückt? »Hinterherlaufen ist nicht mehr meine Aufgabe.«

Das traf allmählich auch auf ihn selbst zu.

Ein weiterer Knick begrenzte das Feld nach etwa hundert Metern. Hier verzögerte Michelsen sein Tempo. Ihn trennten nur noch wenige Meter von dem uniformierten Polizisten, der ihn wie ein Raubtier von hinten ansprang. Beide kamen zu Fall, aber der Beamte reagierte schneller und fixierte Michelsen mit routiniertem Griff auf dem Boden. Dann hatte Christoph die Stelle erreicht. Er rang nach Luft; auch Michelsen keuchte atemlos.

»Hab dich«, sagte der Kollege von der Streife und legte dem Mann Einmalfesseln an. Dann sah er Christoph fragend an.

»Wir nehmen Sönke Michelsen mit nach Husum«, sagte Christoph. Sein Atem ging immer noch stoßweise.

»Warum denn?«, fragte Michelsen, der mit Hilfe des Polizisten wieder auf die Beine gekommen war.

Christoph ersparte sich eine Antwort.

Gemeinsam trotteten sie den Weg zurück. An der Weggabelung erwarteten sie Große Jäger und der zweite Streifenpolizist. Der Oberkommissar griente. Er hatte die Fäuste in die Hüften gestemmt.

»Das habe ich auch schon mal schneller gesehen«, lästerte er.

»Im Unterschied zu dir bin ich hinterhergerannt«, erklärte Christoph.

»Ich wollte dir nicht das Erfolgserlebnis streitig machen«, sagte Große Jäger lachend. »Das hätte dich sonst frustriert, wenn ich dich auch noch überholt hätte.«

Sie überließen Michelsen der Streifenwagenbesatzung, nachdem Christoph eingewilligt hatte, dass der Mann unter Aufsicht ein paar persönliche Dinge zusammenpacken durfte.

ZWANZIG

Große Jäger war dankbar, als sie zum kleinen Restaurant am Tetenbüllspiekerhafen fuhren. Christoph war überzeugt, dass der Oberkommissar die Currywurst mit Pommes gegen kein mehrgängiges Menü eines Sternekochs getauscht hätte. Gierig verschlang er das Essen.

»Noch ein paar Minuten später und ich wäre ein Totalausfall geworden«, erklärte er dabei.

Christoph ließ ihm auch noch Zeit, das Essen mit einer seiner geliebten Zigaretten zu krönen. Danach suchten sie das Haus der Familie Witte auf. Dort wurden sie von der ratlosen und mit der Situation überforderten Tochter empfangen.

»Ich weiß gar nicht mehr, was los ist«, sagte Lena Witte und hatte Schwierigkeiten, ihre Stimme unter Kontrolle zu halten. »Wo ist mein Vater?«

Christoph erkundigte sich zunächst, wo sich die Mutter befand.

»Die ist in Husum«, sagte die junge Frau. »Was haben wir gemacht, dass das alles über uns hereingebrochen ist?« Sie begann, leise zu weinen.

»Wie geht es Ihrer Mutter?«, fragte Große Jäger mit einfühlsamer Stimme.

»Beschissen«, antwortete sie knapp.

»Können Sie uns eine Aufstellung mit Namen von Verwandten und Freunden geben?«, bat Christoph.

»Ja, aber nicht jetzt.« Sie wischte sich mit der Hand durch das Gesicht. »Ich bin völlig durch den Wind.«

Christoph versuchte, ihr vorsichtig die Hand auf die Schulter zu legen, aber sie wich aus.

»Nicht. Ich will das nicht.«

Es war ein Spagat zwischen der Notwendigkeit, alle Aspekte bei den Ermittlungen zu berücksichtigen, und der Kunst, dabei nicht blindlings im Interesse der Aufklärung menschliche Seelen zu zerstören.

»Ist Ihr Vater ein guter Vater?«, fragte Christoph. Er wählte bewusst die Gegenwartsform, um nicht im Unterbewusstsein der jungen Frau weitere Ängste zu schüren.

»Wie soll ich das beantworten?« Sie war unsicher. Ihr war anzumerken, dass sie überlegte, was die Polizei hören wollte.

»Hat er sich mit Ihnen und Ihrem Bruder beschäftigt? Mit Ihnen gespielt? Gesprochen? Sich Ihre Sorgen und Nöte angehört?«

»Können Eltern das überhaupt noch? Mein Vater arbeitet viel. Kaum jemand kann sich vorstellen, wie schwierig es für kleine selbstständige Handwerker ist. Und wenn er nicht beim Kunden oder in der Werkstatt war, um dort Reparaturen zu vollenden, dann saß er am Schreibtisch und musste Papierkram erledigen. Da blieb wenig Zeit für die Familie, zumal er sich auch noch für das Gemeinwohl engagiert. Hat jemand von denen da draußen, die nur meckern und alles besser wissen, eine Vorstellung davon, welche Arbeit dahintersteckt? Würde das alles hier noch funktionieren, wenn nicht Frauen und Männer in Vereinen und in der Kommunalpolitik tätig wären? Die Freiwillige Feuerwehr? Die Landfrauen? Der Sportverein?«

Große Jäger räusperte sich. »Das klingt wie ein Zeitungsartikel.«

»Davon weiß ich nichts. Ich lese keine Zeitung. Das hat mein Vater gesagt. Und der muss das wissen. Schließlich ist er einer von den Blöden, die sich für andere aufreiben. Ich habe nie gehört, dass jemand gesagt hat ›Danke, Michel‹.«

»Darüber war Ihr Vater sehr erbost? Kann er leicht ärgerlich werden? Neigt er zu Zornausbrüchen?«

»Das ist Quackikram, was Sie da sagen. Er ist die Güte in Person.«

»Ist er ein strenger Vater?«

Lena Witte musterte Christoph kritisch.

»Wie meinen Sie das?«

»Sitzt die Hand lose – also gibt es schon mal eine Ohrfeige?«

»Von Papa?« Sie prustete verächtlich. »Wer erzählt so einen Mist?«

»Hm.« Christoph spitzte die Lippen. »Er kuschelt eher.«

»Auch nicht. Dazu war keine Zeit. Was wollen Sie eigentlich? Wir sind unterschiedlicher Meinung. Meine Eltern sind in manchen Dingen nicht mehr aktuell. Das ist in der Musik so. Die sind in den achtziger Jahren des letzten Jahrhunderts stehen geblieben. Mein Vater hat auch kein Smartphone. Damit kann er nicht umgehen. Sie sind eben von gestern. Aber das sind alle Leute ab vierzig.«

Christoph lächelte amüsiert. Auch Große Jäger zeigte einen Anflug von Heiterkeit. Lena Witte bemerkte ihren Fauxpas.

»Ich nehme das nicht zurück«, sagte sie trotzig.

»Ihr Vater ist bei seinen Kunden sehr beliebt«, begann Christoph. »Besonders die Kinder mögen ihn.«

Sie nickte versonnen. »In die ist er immer ganz vernarrt. Er hat immer ein paar Süßigkeiten in seiner Werkzeugbox. Aber nicht nur deswegen … Er hat einen echt guten Draht zu Kindern.«

»Jungs oder Mädchen?«

»Kinder. Egal, ob Junge oder Mädchen. Mein Vater spielt auch mit Mädchen Fußball. Er ist in dieser Hinsicht voll emanzipiert.«

»Blieb zwischen Beruf, Familie und politischem Amt noch Zeit für die Verwaltung des Familienvermögens?«, wollte Christoph wissen.

Lena Witte starrte ihn fragend an.

»Welches Vermögen?«

»Zum Beispiel die Grundstücke?«

Sie entspannte sich. »Ach, die paar Wiesen.« Dann zuckte sie die Schultern. »Keine Ahnung. Darum habe ich mich nie gekümmert.«

»War das Aufgabe Ihrer Mutter?«

Jetzt schüttelte sie heftig den Kopf. »Das macht Papa ganz allein. Um all diese Dinge kümmert nur er sich.« Plötzlich schien ihr etwas Wichtiges einzufallen. »Sagen Sie mir endlich, wo er steckt? Er muss doch nach Hause kommen.« Sie zeigte auf den Fußboden. »Solange Mama nicht da ist, muss sich doch jemand um die Dinge kümmern. Wer soll nach meinem Bruder gucken? Die Wäsche machen? Der Kühlschrank wird auch leerer. Wo steckt er nur?« Die letzte Frage brachte sie trotzig vor, fast wie ein kleines Kind. »Er soll machen, dass er hier eintrudelt.«

Christoph fiel es schwer, sich nichts anmerken zu lassen. Er erinnerte Lena Witte noch einmal an die Liste mit den Namen der Verwandten und Freunde.

»Da hab ich kein Nerv für. Das kann doch Papa machen, wenn er wieder da ist«, sagte sie. »Ich bin echt durch den Wind geschossen.«

»Sie dürfen sich jederzeit bei uns melden«, bot ihr Christoph zum Abschied an.

»Das sollen meine Eltern machen«, sagte sie.

Christoph atmete tief durch, als sie zum Volvo zurückkehrten.

»Das ist jetzt schon schlecht um die Familie bestellt«, sagte er. »Wir haben Widersprüchliches über Witte gehört. Ist er jähzornig? Aufbrausend? Oder waren seine Wutausbrüche nur Reaktionen auf unglückliche Umstände? Schließlich wurde ihm auch viel zugemutet. Ist etwas wahr an dem Gerücht, dass er sich in nicht angemessener Weise Kindern genähert hat? Stört jemanden das kommunalpolitische Engagement des Elektrikers, oder geht es schlicht um seine Frau?«

»Das sind die Fragen, die auch mich beschäftigen«, pflichtete Große Jäger ihm bei und fasste sich an die Stirn. »Wer wirft einen abgehackten Finger in den Fermenter? Gut – wenn es ein Unfall war, aber entsorgt man dann auch den Ehering?«

Christoph hielt inne und blieb stehen.

»Der Ehering! Wenn Witte wirklich übertrieben jähzornig war und sich vom Ehering als Symbol trennen wollte, ihn aber nicht vom Finger abbekam … Kann ein Mensch so weit gehen, dass er Selbstverstümmelung betreibt? Schließlich stand er voll im Stress. Die Auseinandersetzung mit Michelsen, eventuell hat Michelsen gedroht, Wittes Hinwendung zu Kindern an die große Glocke zu hängen, all das kann zu einem unkontrollierbaren Zustand führen.«

Große Jäger wiegte nachdenklich den Kopf. »Sicher wird Witte mit Stresshormonen bis unter die Haarspitzen vollgepumpt gewesen sein. Dann verprügelt man seine Ehefrau, die Kinder, den Hund oder jemanden, der zufällig des Weges kommt, aber man hackt sich nicht den Finger ab.«

»Den *Ring*finger«, präzisierte Christoph.

»Trotzdem …«

»Nicht selten treiben außergewöhnliche Situationen labile Menschen in den Suizid. Ist es da so abwegig, an eine selbst herbeigeführte Verletzung wie diese zu denken?«

»Unmöglich ist gar nichts, wenn Menschen beteiligt sind«, meinte der Oberkommissar. »Wir sollten …«

»Das habe ich auch vorgehabt«, unterbrach ihn Christoph.

EINUNDZWANZIG

Sie fuhren erneut zum Reimers'schen Hof. Der Volvo rollte noch, als Jürgensen ihr Kommen entdeckte und ihnen entgegenlief.

»Was hat unser zweibeiniger Spürhund?«, fragte Große Jäger, bevor sie das Auto verließen. Laut fuhr er fort: »Na, Klaus? Deine permanente Erkältung? Kommst du, um zu fragen, ob noch jemand Papiertaschentücher für dich hat?«

Der Hauptkommissar ging nicht auf den Anwurf ein. »Wir haben etwas gefunden«, sagte er. Stolz schwang in seiner Stimme mit.

»Was?«, kam es wie im Chor von Christoph und Große Jäger.

Jürgensen klang ein wenig atemlos. »Ein Stück Knochen. Könnte vom Becken stammen. Außerdem einen Wirbelknochen. Ich bin kein Pathologe, daher weiß ich nicht, aus welchem Teil der Wirbelsäule, zumal es nur ein Bruchstück ist. Ein Querfortsatz ist noch relativ gut erhalten, der zweite abgebrochen. Dafür ist der Dornfortsatz erkenntlich. Ich würde vermuten, dass es ein Brustwirbel ist. Ach ja – einen Zahn haben wir auch herausgefiltert.«

Christoph warf Große Jäger einen Blick zu. Aus dessen Mimik sah er, dass der Oberkommissar den gleichen Gedanken hatte. Im Fermenter war ein ganzer Mensch verschwunden. So viele Zufälle gab es nicht.

»Könnte jemand einen Tierkörper entsorgt haben? Habt ihr schon den Bauern danach gefragt?«

Jürgensen maß Christoph mit einem langen enttäuschten Blick. »Es gibt ja viele verrückte Dinge, die Menschen für ihre vierbeinigen Begleiter machen, aber einen Hund oder eine Katze mit einer Goldfüllung im Zahn?«

Es war eine kleine Hoffnung, an die Christoph sich geklammert hatte. Noch gab es keine Beweise, aber alles deutete darauf hin, dass sie Michael Witte gefunden hatten. Zumindest den Hinweis darauf, wo er geblieben war.

Christoph schüttelte sich instinktiv und sah zur Einfüllvorrichtung der Anlage. Nein! Einen Unfall konnte man ausschließen. Es gab für Witte keinen Grund, am helllichten Tag dort oben herumzuturnen, ohne dass Reimers darüber informiert war.

Der Bauer hätte sofort die Anlage abgeschaltet, bevor das Opfer in die Nähe der alles zerstörenden scharfen Messer gelangt wäre. Das wäre eine normale Reaktion gewesen. Aber handelte ein Vater so, wenn er einen bösen Verdacht hegte, wenn er von dem Gedanken beseelt war, der Unglückliche im Feststoffeintrag könnte sich in widerwärtiger Weise seinem Sohn genähert haben?

Wenn es kein Unfall war – wer hatte Witte dann dort oben hineingeworfen? Lebte Witte noch, und war er unter unbeschreiblichen Qualen ums Leben gekommen? Oder wollte jemand den toten Witte entsorgen? Was für eine Vokabel, schalt Christoph sich selbst.

»Wir sollten jemanden in Wittes Haus schicken«, schlug Christoph vor. »Der sollte dort Fingerabdrücke sichern, die wir mit denen vom zuerst gefundenen Körperglied vergleichen können.«

Er wusste, dass diese Auswertung nur beim Landeskriminalamt in Kiel stattfinden konnte. Dort gab es die Experten für Daktyloskopie, die eine solche Maßnahme durchführen konnten.

Jürgensen sicherte es zu.

»Außerdem ist Dr. Hinrichsen kurz hier gewesen«, ergänzte der Spurensicherer noch. »Wir haben ihm die Fotos gezeigt. Euer Doktor hat gemeint, dass an der Trennfläche des Fingers kein sauberer Schnitt zu erkennen ist. Nichts deute auf ein Messer oder gar ein Skalpell hin, auch nicht auf eine glatte Abtrennung wie zum Beispiel mit einem Beilhieb. Dafür war es zu – wie sagte er? – zerfleddert. Man muss es sich so vorstellen, als wenn jemand mit einer groben Säge …«

»Ist gut, Klaus«, unterbrach ihn Große Jäger. »Wir werden das zur rechten Zeit ausführlich im Bericht der Rechtsmedizin wiederfinden.«

Christoph reichte es ebenfalls. Er stellte sich nach der Beschreibung von Reimers die rotierenden Messer vor. Wichtig war die Anmerkung dennoch. Sie war ein weiterer Beweis dafür, was hier geschehen war. Trotz aller Zweifel, die ihn zwischendurch immer wieder geplagt hatten, war der immense Aufwand, den sie hier betrieben, gerechtfertigt. Durfte man überhaupt wirtschaftliche Betrachtungen anstellen, wenn es um ein Menschenleben ging?, dachte er bitter. Leider gab es solche Überlegungen, sonst würde man nicht verwerfliche Diskussionen darüber führen, bis zu welchem Alter es sich »lohnen würde«, bestimmte Operationen durchzuführen.

»Wir sollten die Ergebnisse für uns behalten«, sagte Christoph. »Die Familie Witte hat schon viel Leid erdulden müssen. Ich möchte nicht, dass irgendein Klatschmaul in epischer Breite Spekulationen über Witte und sein mutmaßliches Ende unter die Leute bringt.«

»Michael Witte war nicht sehr beliebt im Ort«, stellte Große Jäger fest.

Christoph runzelte die Stirn. »Das würde ich so nicht bestätigen. Er war keine Integrationsfigur und hatte die Gabe, in aufgestellte Fettnäpfchen hineinzutreten. Er wollte zeigen, dass er unabhängig und überparteilich ist und sich nicht von irgendeiner Seite vereinnahmen lässt. So wirkte es, als wäre er gegen alles.«

Dem Bürgermeister war sein ehrliches Bemühen zum Nachteil geworden, dachte Christoph. Sein Bestreben, für die Bewohner des Dorfes das Optimum zu erzielen, verkehrte sich ins Gegenteil. Er konnte es niemandem recht machen.

»Es könnte aber auch eine Auseinandersetzung zwischen den rivalisierenden Gruppen im Dorf gewesen sein, zwischen den sogenannten Einheimischen und den Zugezogenen«, sagte Christoph laut. »Als Bürgermeister sollte Witte doch über den Dingen gestanden haben. Wie heißt es nach einer Wahl oft so schön? Ich bin der Ortsvorsteher für *alle* Bürger.«

Christoph erläuterte dem Oberkommissar seine Idee, dass Witte sich mit seiner unbeholfenen Art Feinde gemacht haben könnte.

Große Jäger ließ den Kopf kreisen, als würde er eine gymnastische Übung absolvieren. »Denen hier traue ich mittlerweile alles zu. Im Fermenter verschwinden lassen und die Überreste als Wirtschaftsdünger auf die Felder ausbringen. Nennt man es die *Saat der Gewalt*?«

Christoph knuffte seinem Kollegen in die Seite.

»Du hast heute aber die Jacke mit den schwarzen Gedanken übergestreift.«

Große Jäger grinste. »Nur heute?«

ZWEIUNDZWANZIG

Sie machten sich noch mal auf den Weg zu Roger Gaultier. Der Kunstmaler zeigte sich wenig erfreut, als die Polizei erneut bei ihm auftauchte. Er war grau im Gesicht. Dunkle Ringe umrahmten seine Augen. Die Wangen waren eingefallen. Wie gut, dachte Christoph, dass Große Jäger den Mann nicht danach fragte, ob er die letzte Nacht durchgesumpft hatte. Mit der linken Hand hielt sich Gaultier am Türrahmen fest, die rechte lag auf der Türklinke. Es wirkte so, als würde er sich abstützen.

»Ich will nicht mit Ihnen reden.« Die Stimme klang müde.

»Das ist kein Wunschkonzert«, sagte Große Jäger ohne ein Wort der Begrüßung. »Wollen wir eine Stehparty veranstalten? Halten Sie das in Ihrem Alter noch durch?«

Gaultiers Augen flatterten nervös. Er trat einen Schritt zur Seite und gab den Weg ins Haus frei.

Das Atelier sah aus, als hätte es jemand durchwühlt und alles irgendwo hingeworfen.

»Gab es einen ungebetenen Besucher?«, fragte Große Jäger. »Sie haben Glück gehabt, dass der die Farbe nicht ausgekippt oder über Ihre Bilder gegossen hat. Andererseits ...« Er legte eine Kunstpause ein. »Die Bilder hätten danach sicher auch nicht anders ausgesehen. Kennen Sie den Fall, dass in Schweden die Akademie der Künste zusammen mit der Kulturredaktion der angesehensten Tageszeitung einen Wettbewerb für die sogenannte neue Malerei ausgerufen hat? Preisträger sollte ein Fünfjähriger werden, dessen Mutter aus Spaß ein Bild des Sohnes eingereicht hatte. Ich verstehe – zugegeben – nichts von Malerei, aber sind Sie schon über dieses Stadium hinaus? Oder ist das noch ein embryonaler Zustand? Ich meine – in der künstlerischen Entwicklung. Ihr Liebesleben scheint hingegen in die Phase der Senilität einzumünden.«

Gaultier öffnete den Mund, als müsse er nach Luft schnappen. Der Oberkommissar stoppte ihn mit einer Handbewegung.

»Gleich dürfen Sie reden. Darum bitten wir sogar.«

»Ihre Denke ist nie über die Dekadenz der Bourgeoisie hinausgekommen.« Gaultiers Worte kamen langsam über die Lippen. Die Stimme klang brüchig. »Sie ächten Menschen, die HIV-positiv sind. An Aids Erkrankte wollen Sie auf eine Art Leprainsel wegsperren.«

»Nein«, mischte sich Christoph ein, »aber wir erwarten, dass Menschen mit HIV verantwortungsvoll damit umgehen. Dazu gehört, dass andere keinen Risiken ausgesetzt werden, zumindest nicht unwissend, sonst ergeben sich strafrechtliche Konsequenzen. Gehen Sie davon aus, dass gegen Sie ein Ermittlungsverfahren eingeleitet wird.«

Wenn es möglich war, wurde das fahle Gesicht noch blasser.

»Wollen Sie mich in den Dreck ziehen? Mich in aller Öffentlichkeit bloßstellen?«

»Die Entscheidung darüber treffen nicht wir beide«, erwiderte Christoph. »Die Verantwortung dafür, wie sich die Dinge entwickelt haben, lag bei Ihnen. Haben Sie jemals darüber nachgedacht, wie sich die Frauen fühlen, mit denen Sie ungeschützten Verkehr hatten? Die Sie möglicherweise angesteckt haben? Die ihrerseits wiederum unwissend andere mit in diesen Teufelskreis einbezogen haben?«

»Ich bin nicht für die Promiskuität der Dorfbevölkerung verantwortlich.«

Christoph war entsetzt über so viel Kaltschnäuzigkeit. Wenn eine Frau, die in einer Partnerschaft lebte, Gaultiers Versuchungen erlegen war, bedeutete das zwar einen Fehltritt, aber noch lange kein ausschweifendes Sexualleben mit häufig wechselnden Partnern. So schätzte er die Frauen aus Everschopkoog nicht ein.

»Warum können andere Leute nicht auch diskret sein?«, fragte Gaultier. »Böhner war bei mir und hat mich angeschnorrt. Er wisse um etwas sehr Wichtiges und Intimes. Für eine Flasche Fusel hat er es verraten. Wychzek kann nicht mehr. Er ist impotent. Fragen Sie mich nicht, woher Böhner das wusste. Vielleicht hat er bei seinen Streifzügen durch die Gärten des Dorfes am Schlafzimmerfenster gelauscht. Hier bei mir habe ich ihn auch gelegentlich erwischt, wie der alte Spanner sich an anderer Leute Lust aufgeilen wollte.«

Christoph unterließ es, Gaultier darüber aufzuklären, dass Böhner das Postgeheimnis gebrochen hatte.

»Haben Sie sich auch an diesem persönlichen Unglück Wychzeks erheitern können?«, wollte Christoph wissen. »Oder wie haben Sie daraus Kapital geschlagen?«

»Ich doch nicht persönlich. Da verfrachtet der Frührentner Wychzek eine lebenslustige Frau in diese Einöde hinterm Deich. Hier gibt es doch nichts außer Natur und dem ZDF. Abwechslung finden Sie hier kaum. Was machen Männer, wenn ihre Frauen nicht mehr können? Die fahren ins Bordell. Und Frauen?«

»Die kommen zu Ihnen?«, riet Christoph.

Gaultier nickte. Auf seinem eingefallenen Gesicht zeigte sich ein schmierig wirkendes Lächeln.

»Sie haben sich an Bärbel Lattmann herangemacht.«

Noch immer stand das Lächeln auf Gaultiers Antlitz.

»Das war nicht schwierig. Halten Sie jemandem, der gerade die Wüste durchquert hat, einen Becher frisches kühles Wasser hin. Meinen Sie, der verschüttet es? Es wäre doch schade, wenn eine so lebenslustige und attraktive Frau wie Bärbel hier versauern müsste. Abgesehen davon, sollte mir Wychzek dankbar sein. Ich habe ihm doch nichts weggenommen. Nur mal so – rein hypothetisch: Wenn Bärbel weiter durstig geblieben wäre, bestünde doch die Gefahr, dass sie Wychzek verlässt. Das würde ihn wirklich treffen. Die Hütte hinterm Deich, in der alle Ersparnisse stecken, die Brücken hinter sich abgebrochen und keine Baupläne, um hier Neues zu errichten … Das ist eine emotionale Sackgasse. Warum war Wychzek so versessen darauf, sich politisch zu betätigen? Er hat sicher den gleichen Ehrgeiz wie Witte, aber das falsche Thema. Und Witte, mag er dumm sein wie sonst was, steht ihm im Wege. Keiner will Wychzek als Bürgermeister. Vielleicht klappt es, wenn Witte weg ist.«

Christoph schüttelte unwillkürlich den Kopf. Konnte hier das Motiv liegen? Doch wie passte die Ermordung von Böhner ins Bild?

»Lesen Sie manchmal Zeitung?«, fuhr Gaultier fort. »Drüben, auf der anderen Seite des Heverstroms, ist mitten in der Legislaturperiode der verdienstvolle Bürgermeister verstorben. Über alle Parteigrenzen hinweg hat man einstimmig seinen Stellvertreter zum Nachfolger gewählt.«

»Ja – so funktioniert das bei uns auf Nordstrand«, sagte Christoph versonnen. »Und mit diesem Beispiel wollen Sie mir erklären, dass dies hier in Everschopkoog nicht möglich ist. Hier herrscht Hauen und Stechen.«

»So ist es«, stimmte Gaultier zu.

Große Jäger rückte ein wenig dichter an den Maler heran.

»Nun möchte ich wissen, ob Sie nicht doch mit der Information über Dinge hausieren gegangen sind, die Böhner Ihnen zugetragen hat oder die Ihnen Damen des Ortes im Liebesrausch ins Ohr geflüstert haben. Und da wir schon einmal bei Offenbarungen sind, können Sie auch gleich berichten, wo Sie am Montag waren, nachdem Sie von Ihrem Freund Stiefel aus Husum zurückgekehrt sind. Also?«

Große Jäger zückte den abgegriffenen Lederkalender aus seiner Gesäßtasche. Es musste ein Jahrgang Ende des letzten Jahrhunderts sein. Der Oberkommissar war überzeugt, dass Zeugen oder Verdächtige eingeschüchtert würden, wenn »die Polizei etwas notierte«. Das machte Eindruck auf das Gegenüber, selbst wenn Große Jäger dort noch nie etwas eingetragen hatte.

Gaultier sah den Oberkommissar an. Er schwieg. Seine Augen schienen wie gebannt auf Große Jägers Nasenspitze fixiert zu sein. Nach einer ganzen Weile setzte der Oberkommissar nach.

»Ich hatte Ihnen eine Frage gestellt. Schweigen führt Sie nicht weiter.«

Doch über Gaultiers Lippen kam kein Ton. Reglos saß er vor den beiden Polizisten und stierte sie fast unbeweglich an. Den linken Mundwinkel hatte er in einer verächtlich wirkenden Weise herabgezogen, das linke Augenlid fast geschlossen. Lässig hatte er sich ein wenig zur Seite abknicken lassen.

Christoph wusste, dass man in solchen Situationen Geduld haben musste. Irgendwann gab jemand nach. Sie hatten mehr

Erfahrung als der Verhörte. Deshalb ließen sie Gaultier gewähren. Der erwies sich als hartnäckig. Kaum wahrnehmbar war der Wimpernschlag. Kein Muskel zuckte im Gesicht. So viel Nervenkraft hätte er dem Maler nicht zugetraut. Man musste wohl so kaltblütig sein, um sich über die Gefährlichkeit einer Ansteckung hinwegzusetzen und in Kenntnis der eigenen Erkrankung mit anderen intim zu sein. Minuten verstrichen, ohne dass Gaultier sich rührte.

Große Jäger wurde es zu bunt.

»Hallo? Sind Sie noch da? Wir sind es.« Er bewegte seine Hand vor Gaultiers Gesicht. »Auch wenn Sie sich in einen Trancezustand versetzen … Wir bleiben am Ball.«

Tatsächlich schien Gaultier sie nicht mehr wahrzunehmen. Als Große Jäger sich ein wenig zur Seite bewegte, blieb der Maler wie versteinert sitzen.

»Da stimmt etwas nicht«, sagte Christoph.

Auch Große Jäger schien es bemerkt zu haben. Christoph bewegte seinen Zeigefinger vor Gaultiers Augen.

»Herr von Eckstein?«, sprach er ihn mit seinem bürgerlichen Namen an. »Ist alles in Ordnung?«

Gaultiers linke Gesichtshälfte sah aus, als hätte sie sich unmerklich verschoben und wäre ein Stück nach unten gerutscht. Der Mundwinkel hing herab. Jetzt lief Sabber zwischen den Lippen hervor, suchte sich den Weg über das Kinn und troff auf Gaultiers Brust. Kaum merklich folgten die Augen in Zeitlupe Christophs Finger, obwohl er ihn ganz langsam am Gesicht vorbeiführte.

»Verdammt«, sagte Große Jäger, griff nach Gaultiers linker Hand und drückte sie leicht. Sie lag schlaff in der des Oberkommissars. Nachdem er es mit der rechten versucht hatte und dort leichten Widerstand spürte, sah er Christoph an. Der nickte.

»Schlaganfall.« Christoph wählte die Notrufnummer und forderte den Notarzt und einen Rettungstransportwagen an. Er gab auch seinen Verdacht durch.

Sie wechselten einen hilflosen Blick. »Was macht man in einem solchen Fall?«, fragte Große Jäger.

Christoph war ebenfalls ratlos.

Große Jäger wühlte sein Handy hervor und wählte einen Teilnehmer über eine Kurzwahltaste an, wie Christoph registrierte.

»Ich bin's«, sagte er knapp. »Wir haben hier einen akuten Schlaganfall. Vermutlich. Der Notarzt ist informiert. Können wir irgendetwas unternehmen in der Zwischenzeit?«

Der Oberkommissar musste nichts erklären. Christoph wusste, dass er mit Heidi Krempl, der Ärztin aus Garding, sprach. Die Antwort bestand nur aus wenigen Worten. Große Jäger steckte das Handy weg.

»Wir sind machtlos«, erklärte er.

Christoph musterte Gaultier. Vorsichtig ergriff er dessen rechte Hand. Mit dem Daumen fuhr er sanft über den Handrücken.

»Hilfe ist unterwegs, Herr von Eckstein«, sagte er mit ruhiger Stimme. »Der Arzt wird gleich da sein.«

Mit einem kaum wahrnehmbaren Zwinkern bestätigte der Maler, dass er Christoph verstanden hatte.

Die folgenden Minuten dehnten sich zu einer Ewigkeit. Gaultier hockte auf dem Stuhl, während Große Jäger sich hinter ihn gestellt hatte und mit beiden Händen die Schultern fixierte, damit der Mann nicht herabfiel. Christoph redete auf Gaultier an, während er weiter die Hand hielt und sie sanft streichelte. Es war ein merkwürdiges Gefühl, dem Kranken Mut zuzusprechen, zu versuchen, ihn durch Körperkontakt zu beruhigen. Was mochte in dessen Verstand – Christoph wollte nicht von Hirn sprechen – vorgehen? Was passiert in einem Menschen, der plötzlich die Kontrolle über seinen Körper verloren hat?

Auch wenn der Maler gewissenlos riskiert hatte, andere Menschen mit einer unheilbaren Krankheit anzustecken, berührte es Christoph, wie willenlos er jetzt vor ihm saß, ungewiss, welche Folgen dieser Schlaganfall mit sich bringen würde. Christoph war Polizist, weil er auch nach vielen Dienstjahren immer noch an die Gerechtigkeit glaubte, aber an eine irdische, die von einem Gericht vollzogen wurde. Auge um Auge … Das war nicht seine Welt.

Sie hörten den Rettungstransportwagen erst, als er vor dem Haus hielt und die Türen aufschlugen. Große Jäger ging der

Besatzung entgegen. Christoph hörte Waltraud Nommensens Stimme.

»Ist es nicht einfacher, wenn wir hinter euch herfahren?«, sagte die Einsatzleiterin. »So oft, wie wir Einsätze bei euch hatten?«

Sie traten in den Raum, und Große Jäger hatte keine Gelegenheit mehr zur Antwort.

Mit wenigen Worten verständigten sich die beiden Rettungsassistenten.

»Wann kommt der Notarzt?«, fragte Christoph.

»Der kommt nicht.«

»Bitte?« Christoph war überrascht.

»Beim Apoplex kann der Notarzt vor Ort nichts machen, wenn keine lebensbedrohlichen Vitalitätsstörungen vorliegen. Sonst würden wir ihn nachfordern. Der Patient muss so schnell wie möglich in eine *Stroke Unit*. Deshalb bringen wir ihn nach Husum. Ein Schlaganfall kann durch ein Gerinnsel ausgelöst werden, aber auch durch eine Einblutung ins Gehirn. Im ersten Fall wird versucht, das Gerinnsel medikamentös aufzulösen. Das wäre aber tödlich, wurde man das Lösungsmittel vor Ort verabreichen, wenn es sich um eine Hirnblutung handeln würde. In diesem Fall wird das Krankheitsbild nur noch verstärkt bei einem die Blutgerinnung mindernden Mittel. So!« Mehr Zeit für eine Erklärung hatten sie nicht.

Die beiden Rettungsassistenten versorgten Gaultier, indem sie ihn auf der Trage fixierten und in ihren Mercedes schoben. Während der Kollege ins Führerhaus kletterte, stieg Waltraud Nommensen in den Kofferaufbau, um den Patienten während des Transports zu versorgen und die Vitalfunktionen kritisch im Auge zu behalten.

Christoph sah dem rot-weißen Fahrzeug des Rettungsdienstes nach, als es auf die Landesstraße hinterm Deich einbog und Richtung Husum entschwand.

»Haben wir Gaultier bei der Konfrontation mit dem, was wir ihm vorwerfen, und vielleicht sogar mit dem, was wir noch nicht vorbringen konnten, so erschüttert, dass ihn der Schlag getroffen hat?«

Christoph hob ein wenig hilflos die Schultern.

»Auf diese Frage werden wir kaum eine Antwort bekommen. Mal sehen, ob Hermann von Dirschau die für uns hat.«

DREIUNDZWANZIG

Sie fuhren am Deich entlang Richtung Marschenbüll.

Der lang gestreckte Ort, der fast nur aus einer Straße bestand, wirkte wie ausgestorben. Am Ortseingang warf Christoph einen Blick auf das Haus der Familie Brehm, vor dem damals der Mob gewütet hat, als man Frieder Brehm fälschlicherweise des Mordes an der kleinen Lisa und ihrer Mutter verdächtigte.

Der Dorfkrug sah verlassen aus. Irgendwann war er geschlossen worden und teilte das Schicksal anderer Gastwirtschaften, die früher der gesellschaftliche Mittelpunkt der Dörfer waren. Das Anwesen von Dirschaus machte immer noch einen repräsentativen Eindruck. Es wirkte wie ein Gutshaus, obwohl es auf Eiderstedt keine Gutshöfe gab.

Christoph parkte vor dem Haupteingang. Wenig später standen die beiden vor der kunstvoll verzierten Tür und warteten darauf, dass jemand öffnete.

Christoph war erstaunt, als er die Frau sah, die ihnen gegenüberstand und ebenso verblüfft schien. Ihr war anzusehen, dass sie die beiden Beamten erkannte, im Augenblick aber nach der Verbindung suchte. Plötzlich war ein Erkennen in ihrem Blick zu sehen.

»Polizei?« Den letzten Hauch Unsicherheit versteckte sie hinter einer Frage.

Christoph nickte und nannte seinen und Große Jägers Namen, während ihm der der Frau nicht einfiel. Sie war immer noch leicht rundlich und hatte eine frische Gesichtsfarbe, auch wenn man ihr die inzwischen vergangenen Jahre ansah. Sie war damals als Mitarbeiterin in der Verwaltung von Dirschaus tätig gewesen.

»Sie sind immer noch als Buchhalterin hier beschäftigt?«

Sie zögerte mit der Antwort.

»Ich kümmere mich immer noch um das Kaufmännische«, sagte sie. Langsam tauchten in Christoph die Erinnerungen auf. »Frau, äh … Frau, äh … Frau Remmelt«, fiel ihm plötzlich ein.

»Römelt«, korrigierte sie. Sie hätte damals eine wichtige Zeugin sein sollen, hatte aber geschwiegen. Ihr Schwiegervater war Bürgermeister des Ortes gewesen.

»Wie geht es Ihrem Schwiegervater?«

»Der ist im Pflegeheim«, sagte sie.

»Und Ihrer Familie?«

Sie druckste ein wenig herum.

»Wir leben getrennt. Mein Mann versorgt die Kinder.«

»Und Sie?«

Sie zögerte, bis sie schließlich ganz leise erklärte:

»Hermann, also Herr von Dirschau und ich – wird sind jetzt zusammen.«

»Ist Herr von Dirschau zu sprechen? Wir haben ein paar Fragen an ihn.«

»Kleinen Moment«, bat sie und schloss die Tür.

»Die lässt uns wie ein paar Traktatverkäufer der Zeugen Jehovas vor der Tür stehen«, beschwerte sich Große Jäger und wollte sich eine Zigarette anzünden. Christoph hinderte ihn daran. Der Oberkommissar murmelte etwas von »Grundrecht auf freie Entfaltung der Persönlichkeit«, unterließ es aber zu rauchen.

Die Tür wurde wieder geöffnet, und Frau Römelt teilte ihnen mit, dass Herr von Dirschau nicht daran interessiert sei, mit den Mördern seines Sohnes zu sprechen.

Große Jäger wollte aufbegehren, aber Christoph erklärte in ruhigem Ton: »Teilen Sie dem Herrn bitte mit, dass wir ihn morgen früh um acht Uhr zur Einvernahme auf der Husumer Polizeidirektion erwarten. Sollte er nicht erscheinen, werden wir veranlassen, dass er zwangsweise vorgeführt wird.«

Die Frau erschrak. Bevor Christoph sich umdrehen konnte, sagte sie: »Warten Sie einen Moment. Ich werde noch einmal mit ihm reden.«

Sie schloss erneut die Tür. Als sie zurückkehrte, bat sie die beiden Beamten ins Haus und führte sie in die Bibliothek, ohne ihnen einen Platz anzubieten.

Von Dirschau ließ sie eine Viertelstunde warten, bevor er den Raum betrat. Ohne ein Wort zu verlieren, ging er zur Bar, griff einen großen Cognacschwenker und schenkte sich einen Cognac Vieux ein. Christoph schätzte, dass die Flasche sicher fünfzig Jahre alt und ein Vermögen wert war.

Von Dirschau ließ das Glas in seiner Handfläche kreisen, steckte die Nase hinein und sog hörbar das Aroma ein. Dabei schloss er genießerisch die Augen. Dann führte er das Glas an die Lippen, trank davon und ließ den Cognac im Mund hin- und herrollen.

»Das wird ein Nachspiel haben«, begann er schließlich. Er musste nicht ausführen, dass er sich über den Besuch der Polizisten beschweren wollte. Obwohl Christoph sich vor den verbalen Drohungen nicht fürchtete, war Vorsicht geboten. Von Dirschau war Landtagsabgeordneter und sein Einfluss seit damals noch gewachsen.

»Und?«, fragte er schließlich mit herablassend wirkendem Ton.

»Sie haben gebündelte Interessen im Bereich der erneuerbaren Energie, die hinsichtlich Konzentration und Wirkung nicht das Gefallen aller Involvierten finden«, begann Christoph mit einer gewollt geschraubten Formulierung.

Er sah an von Dirschaus Augen, dass diese Finte wirkte. Sein Gegenüber sortierte die Worte und setzte sie in seine Alltagssprache um. Das dauerte nur Bruchteile von Sekunden, aber es zwang von Dirschau zur Vorsicht.

»Sprechen Sie mich als Unternehmer oder als Politiker an?«

Das war eine unbeabsichtigte Vorlage für Christoph.

»Wenn Sie nachfragen, stellt sich bei mir der Verdacht ein, dass Sie nicht immer die Grenze bei der Interessenabwägung finden.«

Der Vorwurf zeigte Wirkung.

»Wollen Sie mir etwas unterstellen?«

»Gibt es Anlass dafür?«

»Ich bin nicht bereit, auf dieser Basis weiter mit Ihnen zu kommunizieren.«

»Schön.« Christoph tat, als würde er sich zum Gehen wenden. »Dann werden wir Sie auf unsere Dienststelle vorladen. Wenn Sie Ihren Anwalt mitbringen, findet der im Staatsanwalt einen adäquaten Gesprächspartner.«

»Ach«, mischte sich Große Jäger scheinbar gedankenverloren ein. »Wenn Sie sich beschweren wollen, können Sie das gleich coram publico machen. Wir werden dafür sorgen, dass Frau Eichbusch und Frau Julian vor der Tür des Vernehmungszimmers warten.«

Von Dirschau schreckte auf. »Das sind zwei Redakteurinnen der Husumer Nachrichten.«

Große Jäger nickte gelassen.

»Sie kennen sich gut aus in den Medien.«

»Wir haben von einem Zeugen gehört, dass Sie Meinungsverschiedenheiten mit mehreren Einwohnern Everschopkoogs haben«, fuhr Christoph dazwischen.

Von Dirschau zog eine Augenbraue in die Höhe.

»So? Mit wem denn?«

»Das würden wir gern von Ihnen hören, um es mit unserer Liste abzugleichen.«

Der Mann füllte noch einmal Cognac nach und stierte in das Glas, das in seiner Handfläche lag.

»Nicht jeder versteht die Zeichen der Zeit. Dörfliche Gemeinschaften wie Everschopkoog haben keine Zukunft. Nicht umsonst überlegt man in Kiel, den Anachronismus dieser Minigemeinden zu beseitigen. Warum sollen die Dörfer Eiderstedts nicht zu einer Gemeinde fusionieren?«

»Everschopkoog und Tönning als Vororte von St. Peter-Ording?«, fragte Christoph spitz.

»Sie denken engstirnig, haben keine Visionen.« Von Dirschau sah in sein Glas.

»Und Sie verstehen nicht, was den Menschen Heimat bedeutet«, rief Große Jäger dazwischen.

»Jedenfalls nicht das, was sich ein beschränkter Geist wie Witte darunter vorstellt. Das ist Kleinstaaterei. Sie können sich den globalen Herausforderungen nicht stellen, wenn Ihr Denken nur wenige Hektar umfasst und an der engen Gemeindegrenze endet.«

»Und deshalb musste Witte weg?«, fragte Christoph.

»Solche Geister blockieren den Fortschritt.«

»Der darin besteht, dass man aus wirtschaftlichen Interessen ohne Rücksicht auf die Menschen oder die Natur das Land ausbeutet und planlos Windenergieanlagen hinpflanzt?«

Von Dirschau nippte schlürfend an seinem Cognac.

»Es geht um das große Ganze.«

»Und deshalb stören Leute wie Witte, Reimers oder Michelsen?«

»Sie haben noch welche vergessen. Zum Beispiel Wychzek. Der kratzt seine paar Euro zusammen, kommt hierher und glaubt, er sei der König. Witte – der verstand nicht, wohin die Reise geht. Reimers – hat der Sie vor seinen Karren gespannt, weil ich ihm Pachtland abgejagt habe? Der Große frisst den Kleinen. Das ist Naturgesetz. Und Michelsen, der Ökospinner. Über den etwas zu sagen, dafür ist mir meine Zeit zu schade.«

»Sie haben also einen Krieg mit den Everschopkögern vom Zaun gebrochen?«, fragte Große Jäger.

»Das klingt ziemlich martialisch«, sagte von Dirschau.

»In diesem Krieg hat es Opfer gegeben«, stellte Christoph fest.

»Krieg – Opfer.« Von Dirschau schüttelte den Kopf. »Ihr Sprachgebrauch gefällt mir nicht.«

»Schön. Führen wir die Unterhaltung im schlichten Hochdeutsch weiter«, sagte Große Jäger und sah demonstrativ auf von Dirschaus gepflegte Hände. »Sie haben uns schon vor acht Jahren bei der ersten Begegnung klargemacht, dass Sie landwirtschaftlicher Unternehmer sind und andere arbeiten lassen. Gilt das auch für den Fall, dass Sie unliebsame oder unbeugsame Leute aus dem Weg räumen wollen?«

Es zeigte sich, dass von Dirschau über politische Erfahrung verfügte. Während andere Leute bei einem solchen Vorwurf erschrocken reagiert hätten, blieb der Mann gelassen. Zumindest zeigte er keine Regung.

»War das jetzt ein Statement aus Absurdistan?«

»Kommen Ihre Hilfstruppen für die schmutzige Arbeit aus dieser Region?«, konterte Christoph. »Ich erinnere mich, dass Sie damals illegal Leute aus dem Osten beschäftigt hatten.«

»Das war eine administrative Lappalie, die auf dem Verwaltungsweg geklärt wurde.«

»Eine nette Umschreibung für Sozialversicherungsbetrug«, höhnte Große Jäger.

»Vorsicht!« Von Dirschau drohte dem Oberkommissar mit dem Zeigefinger.

»Wir möchten eine Aufstellung aller Leute, die sich derzeit auf Ihrem Hof aufhalten. Vergessen Sie dabei auch die nicht, die *nur zu Besuch* da sind«, sagte Große Jäger.

»Worauf wollen Sie eigentlich hinaus?«

»Wir suchen einen feigen hinterhältigen Mörder, der aus niederen Beweggründen gehandelt hat«, sagte Christoph.

»Und da wollen Sie sich bei mir umsehen? Lächerlich.«

»Die Polizei ist kleinlich. Sie interessiert sich nicht nur für den Ausführenden, sondern auch für den potenziellen Auftraggeber, den Nutznießer aus der Tat«, fügte Große Jäger an.

»Und da haben Sie mich im Verdacht?«

»Grundsätzlich erst einmal sehen wir uns jeden an. Sie werden es nicht glauben, aber die Mehrzahl der von uns im Zuge einer Ermittlung geprüften Personen ist unschuldig. Und wir freuen uns über jeden, von dem wir den Hauch des Verdachts nehmen können.« Große Jäger sah noch einmal auf die Hände von Dirschaus. »Können Sie überhaupt noch mit einem Trecker umgehen? Wissen Sie, wie man einen Radlader bedient?«

»Wofür halten Sie mich? Natürlich bin ich dazu in der Lage.«

Christoph verstand den Hintergrund dieser Frage. Witte – lebendig oder tot – musste oben in den Feststoffeintrag gebracht worden sein und von dort mit der Silage durch die rotierenden Messer … Christoph setzte den Gedanken nicht fort. Auch ein kräftiger Mann hätte Probleme, einen menschlichen Körper über eine instabile Leiter dort hoch zu tragen. Dazu bedurfte es technischer Hilfsmittel, zum Beispiel eines Radladers.

»Haben Sie eigentlich eine Biogasanlage?«, wechselte Christoph das Thema.

»Ich verhalte mich ökologisch korrekt und versorge mit meiner Einrichtung das halbe Dorf mit Wärme. Wenn manche Bewohner nicht so borniert wären, könnte ich ganz Marschenbüll abdecken. Wir hätten dann eine perfekte Umweltbilanz.«

»An der es sich vortrefflich verdienen lässt«, knurrte Große Jäger.

Von Dirschau überhörte es. Er stand auf.

»Ich bekomme meine Stunden nicht vom Staat bezahlt. Nur wer sich regt, kann etwas bewegen. Falls Sie weitere Fragen haben sollten, wenden Sie sich an mein Büro oder meinen Anwalt.«

»Noch eine Frage«, sagte Christoph auf dem Weg zur Haustür. »Kennen Sie Ludwig Böhner?«

»Kennt er mich?«

Es gab keine Worte der Verabschiedung. Von Dirschau führte sie zur Tür und schloss diese grußlos hinter ihnen.

»Dass der Typ nicht gut auf uns zu sprechen ist, kann ich verstehen«, meinte Große Jäger, als sie wieder im Auto saßen und Richtung Husum fuhren. Nach einer Weile überlegte er es sich aber anders. »Nee. Eigentlich begreife ich es doch nicht. Wo gibt es nettere Polizisten als uns?«

»Nicht jeder teilt deine Meinung.«

Der Oberkommissar rekelte sich im Sitz. »Kann sein. Aber in der Menschheitsgeschichte gab es immer Leute, die sich geirrt haben.«

»Gehören wir auch dazu«, sagte Christoph, »wenn wir von Dirschau zum Kreis der Verdächtigen zählen? Wenn es von Dirschau an einer Fusion der Gemeinden gelegen ist, war ihm Witte im Wege. Wenn sich von Dirschau einige Dörfer einverleiben könnte …«

»Eh! Wo leben wir denn? Auch wenn er große Ländereien besitzt und Mitglied des Landtags ist, entscheidet er nicht darüber.«

»Wie stark ist das Interesse an der Kommunalpolitik in der Bevölkerung? Bei Bürgermeister- oder Landratswahlen beträgt die Wahlbeteiligung häufig keine dreißig Prozent. Darum sind Leute mit Engagement wie Witte wichtig. Das stört natürlich Figuren wie von Dirschau, die nicht ungehindert ihre Interessen im Hintergrund verfolgen können.«

»Glaubst du wirklich, dass das ausreichend für einen Mord ist?«, gab Große Jäger zu bedenken.

»Es geht hier auch um große Beträge. Wir haben vermutlich gar keine Vorstellung von dem, was sich dort bewegen lässt. Wychzek erzählte von Korruption, Kopplungsgeschäften und Einmalzahlungen. Das alles erfolgt hinter der vorgehaltenen Hand. Wir sollten uns einmal dafür interessieren, welche Spenden von Dirschau in jüngster Zeit getätigt hat. Vielleicht entdecken wir, dass er dabei zielgerichtet vorgegangen ist.«

»Und wer soll in der Öffentlichkeit auftreten und sagen, der Herr Landtagsabgeordneter meint es gar nicht wohltätig, sondern dahinter steckt ein nüchternes Kalkül?«

»Ist es die Aufgabe von Leuten unserer Besoldungsklasse, darüber nachzudenken?«, erwiderte Christoph.

»Mir geht es nicht aus dem Sinn«, blieb Große Jäger hartnäckig. »Witte ermordet, weil er sich gegen eine Einverleibung seines Heimatdorfes sträubt?«

»Er ist nicht allein. Es gibt noch ein anderes ›kleines gallisches Dorf‹ auf Eiderstedt.«

Große Jäger grinste. »Du meinst Oldenswort. Die schlucken auch nicht alles, was ihnen präsentiert wird, und beäugen vieles kritisch.«

»Ich verstehe nur nicht, wie der Mord an Ludwig Böhner ins Bild passt«, sagte Christoph.

VIERUNDZWANZIG

Auf der Dienststelle widmete sich Christoph notgedrungen anderen Aufgaben, denn die Husumer Kripo wurde mit Fällen überhäuft. Die Bandbreite von zu verfolgenden Straftaten wie Körperverletzungen und Einbruchdiebstählen, Sachbeschädigungen und Betrug, Bandenkriminalität und Verstöße gegen das Betäubungsmittelgesetz stellten eine große Herausforderung für die Frauen und Männer in der Kriminalpolizeistelle und ihre Ableger in Niebüll und Westerland dar.

Er war über drei Stunden mit dem Aktenstudium beschäftigt gewesen und hatte mit seinen Mitarbeitern über andere Fälle gesprochen, als Hilke Hauck und Martje Sünnschien zurückkehrten. Die blonde Kommissarin machte einen erschöpften Eindruck. Mit einem Stoßseufzer ließ sie sich an Christophs Schreibtisch nieder.

Hilke berichtete von ihren Besuchen bei Wittes Kunden.

»Natürlich haben wir nicht alle angetroffen. Nur etwa die Hälfte war zu sprechen. Die Mehrheit waren ältere Leute ohne Kinder. In zwei Fällen gab es erwachsene oder fast erwachsene Kinder im Haushalt. Martje hat überhaupt keine Familie mit kleineren Kindern angetroffen, ich eine. Dort konnte man mir überhaupt nichts zu Wittes Verhalten gegenüber den Kleinen sagen. Der Mann hat sich nicht mit ihnen beschäftigt.« Dann ging ein Strahlen über ihr rundes Gesicht mit den Sommersprossen. »Ich bin aber auf zwei Kunden gestoßen, für die Witte öfter tätig war. Die Theodor-Mommsen-Schule in Garding und die Kindertagesstätte in Oldenswort. Es war nicht einfach, Ansprechpartner zu finden. Ich habe mit dem Schulleiter und dem Hausmeister gesprochen, weil Letzterer Wittes Kontaktperson war. Manche Schüler kannten Witte vom Ansehen. Er hat bei passender Gelegenheit schon mal ein oder zwei Minuten mitgekickt, wenn die Schüler während der Pause Ball spielten. Hier im ländlichen Bereich kennt man sich, sodass er auch in kleine Gespräche verwickelt wurde. Wenn ich es mit meinen eigenen Worten zusammenfasse, war Witte bei den Schülern beliebt. Er ist nie jemandem zu nahe gekommen. Es gab keine Auseinandersetzungen, Streit oder Aggressionen. Man mochte ihn wegen seiner sympathischen Art und Weise.«

»Und die Kindertagesstätte in Oldenswort? Dort sind kleine Kinder.« Automatisch fiel Christoph der kleine Yannick Reimers und das Mädchen vom Porrendeich ein.

»Es hat eine Weile gedauert, bis ich die Leiterin ermittelt hatte und sie bei sich zu Hause aufsuchen konnte. Sie war sehr zurückhaltend, und es bedurfte einiger Überredungskünste, sozusagen von Frau zu Frau oder Mutter zu Mutter, bis sie damit herausrückte, dass man überlegt hatte, künftig einen anderen Elektriker zu beauftragen. Witte kam immer mit einem Sack voll Süßigkeiten in Oldenswort an. Das hatten die Kinder schnell spitzbekommen. Deshalb hatten die Erzieherinnen ihn gebeten, keine Süßigkeiten mehr zu verteilen. Das widersprach der Erziehungsarbeit in der Kita. Aber Witte hat sich nicht daran gehalten.«

»War erkennbar, ob Witte die Süßigkeiten als Mittel zum Zweck einsetzte, um sich das Vertrauen der Kinder zu erschleichen? Hat er sich ihnen in auffälliger Weise genähert? Die Kinder kannten ihn. Für sie war er kein Fremder, sondern der gute Onkel, wenn er ihnen außerhalb der Kita begegnete.«

»So sieht es nicht aus. Witte war wohl ein Kindernarr. Er hat schon mal Spielzeug oder ein Klettergerüst repariert, auch wenn das nicht seine Aufgabe war. Die Leiterin der Tagesstätte sagte, dass seine Augen immer ein besonderes Leuchten bekamen, wenn er dort arbeiten musste. Er hat ihr gesagt, dass Kinderlärm für ihn wie eine Symphonie wäre und er nicht verstehen könne, dass in manchen Orten Nachbarn gegen Kindereinrichtungen rechtlich zu Felde zogen. Sie wären für ihn nicht nur ein Geschenk Gottes, sondern unser aller Zukunft. Nie! – die Frau betonte es ausdrücklich – nie hat Witte sich auch nur einem Kind in einer Art und Weise genähert, die das Misstrauen der Erzieherinnen geweckt hätte. Nach allem was Martje und ich herausgefunden haben, steht fest, dass Witte außerordentlich kinderlieb, aber auch nicht im Entferntesten pädophil war.«

Christoph ließ das Gehörte auf sich einwirken.

»Und wenn du mich fragst – als Mutter –, so bin ich der festen Überzeugung, dass die Beobachtungen der Erzieherinnen, aber auch die der Leute von der Theodor-Mommsen-Schule keinen Zweifel an der Redlichkeit Wittes lassen.«

Wie schnell bekam jemand einen schlechten Ruf, überlegte Christoph. Das Mobbing gegen Witte blieb nicht ohne Auswirkung auf die Familie. Wie ein Lauffeuer verbreitete sich so ein Gerücht, angetrieben von der Sensationsgier der Menschen. Es würde schwer sein, die Nachricht von Wittes Unschuld in gleicher Weise zu verbreiten. Schlechte Nachrichten oder eine üble Nachrede waren viel publicityträchtiger als die Rehabilitierung. Was für ein Wort. Schließlich schien Wittes Unschuld als erwiesen.

Große Jäger, der Hilke Haucks Bericht mitgehört hatte, stimmte Christoph zu. Dann ließen sie sich Sönke Michelsen vorführen. Die wenigen Stunden im Keller der Polizeidirektion hatten auf den Mann Eindruck gemacht. Das Gesicht wirkte fast eingefallen, als er den Raum betrat. Er nahm vorn auf der Kante des Stuhls Platz und knetete nervös die Finger. Die Zungenspitze fuhr mehrfach über die Lippen.

»Was haben Sie uns zu beichten?«, fragte Große Jäger, der sich auf der Schreibtischkante niedergelassen hatte und auf Christoph zeigte. »Mein Kollege ist ganz schön sauer, dass er über halb Eiderstedt hinter Ihnen her hetzen musste. Das mag er gar nicht gern. Das bringt Ihnen mindestens zwei Jahre zusätzlich ein.« Dabei grinste er und zwinkerte Michelsen vertraulich zu.

Michelsen war das Erschrecken anzusehen.

»Zusätzlich? Wozu denn? Ich habe doch nichts getan.«

»Das nennst du *nichts*?« Große Jäger war zum jovialen »Du« übergegangen. »Für *nichts* bist du aber verdammt schnell weg gewesen.«

»Mir sind die Nerven durchgegangen. Mannomann.« Er hielt sich beide Fäuste an die Stirn. »Da steht ständig die Polizei auf der Matte. Da dreht man bei durch. Und als ihr nun wieder aufgekreuzt seid, da habe ich Reißaus genommen.«

»So ganz ohne Grund flüchtet niemand«, gab der Oberkommissar zu bedenken.

»Na ja, so ganz in Ordnung war das ja nicht, was ich verzapft habe.«

Die beiden Beamten wechselten einen raschen Blick.

»Das meine ich auch«, sagte Große Jäger in freundschaftlich klingendem Plauderton. »Jemanden um die Ecke bringen ist nicht okay.«

»Nee«, pflichtete Michelsen bei. Plötzlich stockte er.

»Seid ihr mall? Ich habe doch keinen umgebracht. Dass ich Witte welche verpasst habe und ihn in den Schuppen eingesperrt … Das war nicht richtig. Aber er hat angefangen«, begehrte Michelsen auf. »Ehrlich. Noch mal würde ich das nicht machen. Aber mir stand das bis hier.« Er fasste sich an die Gurgel. »Die Sache mit den Kindern … Da werde ich wild. Diese Schweine.«

»In diesem Punkt haben Sie sich geirrt. Michael Witte war ausgesprochen kinderlieb. Das aber im allerbesten Sinne. Er hat sich nie in irgendeiner Weise Kindern genähert, die auch nur einen Hauch anstößig gewesen wäre. Ganz im Gegenteil.«

»Aber …«, stammelte Michelsen. »Es sah doch so aus.«

»Das ist ein Problem. Es ist gut, dass Mitbürger ein wachsames Auge auf das Wohl der Kleinen haben und Auffälligkeiten registrieren. Das darf aber nicht so weit gehen, dass eine regelrechte Treibjagd auf unschuldige Menschen gestartet wird.«

»Es ist doch richtig, wenn sich Eltern dagegen wehren, dass Kinderschänder in ihrer Nähe einziehen.«

Es war ein schwieriges Thema. Christoph wollte es nicht vertiefen. In Everschopkoog hatte man zu Unrecht Michael Witte diffamiert. Darunter litt auch seine Familie. Und in Emden hatte man zur Hetzjagd auf den Falschen aufgerufen und wollte sogar die örtliche Polizei stürmen, als man zunächst einen unschuldigen Jugendlichen verdächtigte, ein kleines Kind in einem Parkhaus vergewaltigt und ermordet zu haben.

»Hat von Dirschau dich beauftragt?«, fragte Große Jäger beiläufig.

»Dieser Arsch. Mit dem habe ich nichts am Hut. Bestimmt.

Außer dass ich Witte erwischt habe, ist nichts geschehen. Tut mir leid.« Michelsen machte einen zerknirschten Eindruck. »Ich würde es gern ungeschehen machen. Sorry.«

»Verhalten Sie sich das nächste Mal kooperativer«, sagte Christoph und entließ Michelsen.

Die beiden Beamten lachten. Sie hatten selten jemanden so schnell das Büro verlassen sehen.

»So fix wie Michelsen bin ich nicht«, erklärte Große Jäger, »aber ich werde jetzt auch Feierabend machen. Auf mich wartet mein Hund.«

»Der ist doch bei seiner Tagesmutter gut aufgehoben«, entgegnete Christoph.

»Klingt da Neid aus deinen Worten? Wirst du auch so freudig begrüßt, wenn du nach Hause kommst? Springt Anna dich auch an?«

»Die Frage lasse ich unbeantwortet. Zumindest wedelt sie nicht mit dem Schwanz.«

Christoph nahm einen leeren Kollegblock und begann, sich Notizen zu machen. Er brachte seine Erinnerungen zu Papier, versuchte sie zu strukturieren und verknüpfte einzelne Punkte miteinander. Dann strich er sie wieder und sortierte sie unter anderen Überschriften neu. Er füllte Seite um Seite, aber auch die zusammengeknüllten Blätter im Papierkorb wurden immer mehr. Zwischendurch brühte er sich einen Darjeeling auf und vergaß, den Kurzzeitmesser zu stellen. Als er an seinen Tee dachte, hatte er keine Ahnung, wie lange der mittlerweile gezogen hatte. Nach dem ersten Schluck verzog er das Gesicht.

»Den kann man auch zum Imprägnieren von Holzpfosten nutzen«, sagte er zu sich selbst. Dann fuhr er in seiner Arbeit fort, bis sein Handy ihn aus den Gedanken riss.

»Aus welcher Kneipe soll ich dich abholen?«, fragte Anna spitz. »Weißt du, wie spät es ist? Du kannst sicher nicht mehr fahren.«

Er erklärte ihr, dass er noch im Büro sei und den heutigen Tag aufarbeite.

»Hat das nicht Zeit bis morgen? Deine Täter laufen dir nicht davon.«

Christoph versicherte ihr, sich in Kürze auf den Heimweg zu begeben. Er wollte nur noch eine Sache abschließen.

Plötzlich stutzte er. Dann suchte er in seinen Notizen, fand andere Stellen, die er miteinander verglich, prüfte es noch einmal und holte einen Textmarker aus der Schublade. Er markierte sich eine Notiz, ergänzte sie um einen Kommentar in Rot und legte zufrieden die Papiere zur Seite.

Da war sie, die Nadel im Heuhaufen, nach der die Polizei so oft suchte. Er glaubte, sie gefunden zu haben. Erfreut wählte er Große Jägers Telefonnummer. Dort sprang sofort der Anrufbeantworter an. Auch auf dem Handy war der Oberkommissar nicht erreichbar.

Christoph beschloss, nach Hause zu fahren.

FÜNFUNDZWANZIG

Hilke Hauck hatte irritiert geguckt, als Christoph sie in ihrem Büro aufsuchte und um einen Kaffee bat.

»Bist du deines Tees überdrüssig?«

Er hatte ausweichend geantwortet und vermieden zu erzählen, dass er unruhig geschlafen hatte. Immer wieder war er hochgeschreckt, weil ihn der Fall nicht losließ. War das wirklich die Lösung, die er gestern glaubte, gefunden zu haben? Zum Glück wurde er durch andere Aktivitäten abgelenkt, die ihn forderten.

Die Tür flog auf und knallte gegen die Wand. Sie bekam einen kräftigen Stoß und fiel anschließend mit einem Krachen ins Schloss zurück. Christoph sah auf.

Ohne ihn eines Blickes zu würdigen, steuerte Große Jäger seinen Stuhl an, ließ sich darauf fallen, zog die Schublade hervor und versenkte seine Füße darin.

Christoph hatte es aufgegeben, einen Morgengruß zu erwarten. Stattdessen fing er lauthals an zu lachen. Es dauerte nicht lange, bis der Oberkommissar über die Schulter »Is was?« brummte.

»Willst du heute zur Bank und einen Kleinkredit aufnehmen?«, fragte Christoph.

Als Antwort zeigte ihm Große Jäger über die Schulter, ohne sich dabei umzudrehen, den Stinkefinger.

Große Jägers Haare standen unordentlich vom Kopf ab, wie frisch gewaschen. Dafür sprach auch der fehlende Fettschimmer, der sonst dem Haarschopf einen besonderen Glanz verlieh. Die Bartstoppeln wirkten wie ein halbwegs gepflegter Dreitagebart, aus der Jeans waren zwar noch nicht alle Flecken entfernt, die sich dort im Laufe der Jahre eingenistet hatten. Aber die Hose war eindeutig mit Seifenlauge in Berührung gekommen.

Zum ersten Mal, seit er dem Oberkommissar begegnet war, trug Große Jäger ein unifarbenes Hemd. Es war in einem für

Christophs Geschmack grauenvollen Flieder gefärbt. Aber – irgendwie vermisste Christoph doch das Holzfällerhemd.

»Sag nichts«, drohte Große Jäger, der auch im Rücken Augen zu haben schien.

Immerhin hatte er seine Lederweste mit dem Einschussloch behalten.

»Du musst nichts erklären«, prustete Christoph. »Du kommst direkt aus Garding.«

Statt einer Antwort streckte Große Jäger den Daumen in die Höhe.

Bevor sich der Oberkommissar mit einem Kaffee versorgen konnte, überfiel ihn Christoph mit den Neuigkeiten.

Gebannt hörte Große Jäger zu. Dann pflichtete er Christoph bei.

»Komm, wir machen uns auf den Weg.«

Der erwachte Jagdeifer ließ ihn sogar das morgendliche Heißgetränk vergessen.

Christoph folgte dem für Ortsfremde verwirrenden Verlauf der Einbahnstraßen und hatte wenig später Glück, dass er in der engen Straße am Husumer Markt einen Parkplatz fand. Gegenüber lag das Ensemble der Bürgerhäuser, die den zentralen Platz umschlossen. In den Geschäften war noch nicht die übliche rege Betriebsamkeit ausgebrochen, die klassizistische Marienkirche erhob sich am östlichen Rand, und rund um die Tine, Husums Wahrzeichen, hatten Marktbeschicker ihre Stände aufgebaut. Es war Donnerstag.

Sie suchten die Geschäftsstelle der Husumer Nachrichten auf, die in einem schmucken Gebäude am Markt untergebracht war. Eine Mitarbeiterin hörte sich die Bitte der Beamten an und führte sie zum Leiter des Verlagshauses.

Herr Christiansen war ein freundlicher Mann, dem sie erneut ihre Bitte vortrugen.

»Selbstverständlich können wir Ihnen in diesem Punkt weiterhelfen«, entschied er und verschaffte sich die erbetenen Informationen. Nach wenigen Minuten verließen sie das Büro der Zeitung und kehrten zum Volvo zurück.

»Donnerwetter«, freute sich Große Jäger. »Da passt ein Stein zum anderen.«

»Es sieht gut aus«, stimmte Christoph zu. Er war ebenfalls optimistisch, auch wenn er nicht zu den überschwänglichen Reaktionen neigte, die dem Oberkommissar eigen waren.

Die Fahrt durch die Köge war Christoph mittlerweile mehr als vertraut, so oft wie sie die Strecke in den letzten Tagen zurückgelegt hatten.

Auf dem Reimers'schen Hof herrschte das schon gewohnte geschäftige Treiben. Es wirkte, als hätte sich das Team eingespielt und würde routiniert das Auspumpen des Fermenters weiter verfolgen.

»Seid ihr auch schon aufgestanden?«, begrüßte sie Klaus Jürgensen. »Landpolizist müsste man sein. Dann könnte man morgens spät aus den Federn kriechen.«

»Irrtum, Klaus«, korrigierte ihn Große Jäger. »Hast du schon einmal davon gehört, dass man im ländlichen Bereich mit den Hühnern aufsteht? Morgens, wenn der Hahn kräht?«

»Das mag auf die Menschen zutreffen, aber sicher nicht auf dich.«

»Zweiter Irrtum.« Große Jäger grinste. »Du hast noch nie darüber nachgedacht, wer den Hahn weckt?«

Jetzt lachte auch Jürgensen. »Willst du mir erzählen, dass du das bist?«

Der Oberkommissar nickte und versuchte dabei, ernsthaft auszusehen. Es misslang.

»Okay«, sagte Jürgensen. »Wenn du aus der Kneipe nach Hause kommst, weckst du den Hahn, um dich anschließend aufs Ohr zu legen.« Dann räusperte er sich, was in ein dreimaliges Niesen überging.

Große Jäger klopfte ihm auf die Schulter.

»Du wirst allmählich alt, Klaus. Früher hast du mehr als drei Mal geschafft.«

Jürgensen wurde ernst.

»Es ist schwierig, hier fündig zu werden. Das Zeug, das wir abpumpen, stinkt nicht nur fürchterlich, es ist auch nur mühsam zu kontrollieren. Ich schätze, wir werden heute fertig werden.

Mit der bisherigen Ausbeute bin ich unzufrieden. Wir haben nur wenige Fragmente gefunden. Die Messer und die Transportschnecken haben ganze Arbeit geleistet. Heute Morgen haben wir einen Backenzahn entdeckt, in dem eine Amalgamfüllung steckte. Das werden wir mit dem Zahnstatus von Wittes Zahnarzt abgleichen müssen. Weitere Fundstücke sind das Ende eines Schnürsenkels, also jenes Stückes, um das eine Kunstmanschette gepresst wurde, damit man es durch die Löcher im Schuh ziehen kann. Gestern waren wir ein wenig erfolgreicher und haben vermutlich Knochenfragmente entdeckt, zumindest in einer Größe, die zu erkennen war. Der Rechtsmediziner wird es besser zuordnen können. Ich kann nur außerhalb des Protokolls raten.«

»Und zu welchem Ergebnis kommt der Flensburger Quincy?«, fragte Große Jäger.

Jürgensen zögerte.

»Ein Stück stabiler Plattenknochen. Es könnte ein Fragment der Schädeldecke sein. Ein abgesplittertes Gelenk. Ellenbogen? Knie? Und ein kräftiger drei Zentimeter langer Röhrenknochen. Oberarm oder Oberschenkel.«

»Können wir die sehen?«, fragte Christoph.

»Ich kann euch nur den Zahn und das Stück Schnürsenkel zeigen. Ach ja, und den Schädelknochen. Die anderen Knochenfragmente sind bereits mit einem Kurier unterwegs zur Rechtsmedizin in Kiel.«

Es war bewundernswert, mit welcher Akribie die Frauen und Männer dieser Suche nachgingen. Die Begleitumstände waren mehr als schwierig. Doch niemand beklagte sich. Und erfolgreich waren sie auch. Mit den gefundenen Knochen konnte man im Idealfall über die DNA den Nachweis erbringen, dass es sich um Michael Witte handelte. Und bestand zuvor noch ein – wenn auch nur geringer – Verdacht, dass Witte noch leben könnte und sich aus irgendwelchen Gründen versteckt hielt, so würde dann Gewissheit bestehen, dass er tot war. Zumindest Christoph hatte keinen Zweifel daran. Den endgültigen Nachweis würde die Rechtsmedizin erbringen. Doch das würde noch Tage dauern.

Große Jäger klopfte Jürgensen auf die Schulter.

»Ihr seid schon tolle Burschen«, sagte er anerkennend.

»Und Mädchen«, erwiderte der kleine Hauptkommissar und konnte sich nicht verkneifen »alter Macho« anzufügen.

Auch wenn das Blut an der Axt, die sie bei Michelsen sichergestellt hatten, von Witte stammte, war immer noch nicht geklärt, welche Verletzungen sich der Elektriker am Porrendeich bei der Befreiung aus dem Schuppen zugezogen hatte.

Wenig später fuhren sie vor dem Haus Günter Wychzeks vor. Es lag ruhig und friedlich hinterm Deich. Christoph atmete tief durch. Er liebte die würzige reine Luft, die weit weniger mit Schadstoffen belastet war als in anderen Gegenden. Es war kein Zufall, dass die Statistik für die Bewohner Nordfrieslands einen weit unterdurchschnittlichen Wert für Atemwegserkrankungen zeigte.

Sie mussten eine Weile warten, bis ihnen geöffnet wurde. Bärbel Lattmann sah sie mit großen Augen an.

»Ja?«, fragte sie und drückte mit diesem einen Wort ihr ganzes Erstaunen aus.

»Wir würden uns gern noch einmal mit Ihnen unterhalten«, sagte Christoph.

»Mit mir? Ich habe doch schon alles gesagt, was ich weiß.«

»Nicht alles, Frau Lattmann. Es geht um Ihr Verhältnis zu Roger Gaultier.«

»Um mein … was?« Erschrocken drehte sie sich um und sah über die Schulter. »Ich schwöre, ich habe …« Sie brach mitten im Satz ab.

»Das nehmen wir jetzt als Redewendung«, mischte sich Große Jäger ein. »Wenn Sie solche Beteuerungen an der falschen Stelle ablegen, kann man es als Meineid auffassen. Das wird nach Paragraf 154 des Strafgesetzbuches mit einer Gefängnisstrafe nicht unter einem Jahr geahndet.«

Christoph unterließ es, die verkürzte Fassung, die der Oberkommissar vorgebracht hatte, zu korrigieren.

Noch einmal vergewisserte Bärbel Lattmann sich, dass niemand zuhörte.

»Das ist alles ganz anders, als Sie denken«, erklärte sie.
Große Jäger lachte auf.
»Das ist eine abgedroschene Floskel aus den Rosamunde-Pilcher-Filmen, wenn die Gräfin ihren Herrn Gemahl in flagranti erwischt.«
Christoph schenkte seinem Kollegen einen amüsierten Blick. Er nahm sich vor, Große Jäger zu fragen, woher er diese Art Filme kannte.
»Wir wissen, dass Herr Gaultier sich sehr um die Gunst der Frauen im Dorf bemüht hat, und zwar erfolgreich.«
»Das ist Gerede«, sagte sie schnell. »Ich habe davon gehört, dass man ihm so etwas nachsagt. Roger hat mir selbst gesagt, geschworen hat er es, dass da nie was mit einer anderen gelaufen ist.«
»Wie war das mit dem Meineid?«, warf Große Jäger ein.
Christoph verstand die ironisch gemeinte Anspielung, aber Bärbel Lattmann bezog es auf sich. Sie flüsterte so leise, dass es kaum zu verstehen war.
»Es ist mir außerordentlich peinlich.« Ein Rotschimmer zog über ihr Gesicht. »Ich wollte es nicht. Aber irgendwie bin ich doch schwach geworden.«
»Waren Sie mit Gaultier intim?«, hakte Christoph nach.
Sie sah ihn an. Ihre Lippen bebten leise.
»Wir werden diese Frage so oft stellen müssen, bis Sie sie korrekt beantwortet haben«, sagte Christoph mit Nachdruck. »Es geht dabei auch um Ihr Wohlergehen. Es ist von grundlegender Bedeutung, die Wahrheit zu sagen.«
»Muss ich wirklich davon erzählen?« Sie wirkte wie ein Schulmädchen, das bei einer Untat erwischt wurde und überlegt, ob Leugnen helfen könnte.
»Mit welchen Argumenten hat Gaultier Sie gefügig gemacht?«, fragte Christoph. Dabei dachte er an Gesine Witte, die dem Werben des Malers auch erlegen war.
»Roger ist so charmant«, flüsterte Bärbel Lattmann schließlich. »Und ein großer Künstler, ein begnadeter Maler. Ich male selbst und habe ihm meine Bilder gezeigt. Er war sofort begeistert davon und sagte, in mir würden ungeahnte Talente

schlummern. Es wäre schade, wenn diese brachliegen würden. Man müsste nur an der Technik feilen. Und die wollte er mir beibringen. So bin ich zu ihm ins Atelier, und er hat mir gezeigt, wie man richtig mit dem Pinsel umgeht. Dabei sind wir uns nahegekommen. Es war ein eigenartiges Gefühl, als er nach meiner Hand griff.« Für einen kurzen Moment trat ein verklärter Ausdruck in ihre Augen. »Na ja.« Es folgte eine linkische Handbewegung. »Wenn Sie aus Fleisch und Blut sind und ähm … ein wenig ausgedörrt sind, dann regt sich etwas in Ihnen. Sie müssen wissen, zwischen Günter und mir. Also …« Sie unterbrach ihre Ausführungen und schluckte ein paarmal heftig. »Also. Da war nichts mehr. Nicht dass Sie glauben, ich würde durch die Lande laufen und nach fremden Männern Ausschau halten. So ist das nicht. So eine bin ich nicht. Aber diese zufällige Berührung … Roger spürte, wie ich zu zittern begann. Ich war machtlos gegen die weiteren Erkundungen seiner Hände.«

»Waren Sie mit ihm intim?«

Sie wendete ihr Gesicht ab.

»Sie meinen … so richtig?«

»Ja«, bestätigte Christoph.

Sie schüttelte den Kopf, wobei sie ihn gesenkt hielt.

»Es gab also keinen weitergehenden intimen Kontakt?«

Er starrte auf den Scheitel Bärbel Lattmanns. An den Haarwurzeln schimmerte das Grau durch. Sie würde das Haar wieder neu färben müssen, dachte Christoph. Dann wiederholte er seine Frage.

»Wir haben nicht miteinander geschlafen, aber … Ich glaube, man nennt es ›Französisch‹.«

Mit diesem Bekenntnis verringerte sich Christophs Hoffnung, Bärbel Lattmann würde eventuell nicht mit dem Risiko einer HIV-Infektion behaftet sein.

»Gegenseitig. Französisch«, wisperte sie kaum wahrnehmbar.

Christoph würde ihr eröffnen müssen, dass sie sich in diesem Punkt untersuchen lassen müsste. Doch das wollte er später machen. Jetzt galt es, weitere Informationen zu gewinnen.

»Wer wusste von Ihrer Beziehung?«

Sie sah Christoph direkt ins Gesicht. Tränen lösten sich aus den Augenwinkeln und kullerten die Wangen hinab.

»Günter hat uns einmal erwischt.«

»Es war kein einmaliger Ausrutscher mit Gaultier?«, fragte Christoph nach.

»Nein. Wir haben uns ein paar Mal, äh … getroffen«, umschrieb sie es.

»Und Ihr Partner hat Sie dabei gesehen?«

»Günter ist mit vielem unzufrieden, seit wir hier leben. Er will nicht zugeben, dass er es sich anders vorgestellt hat. Er kommt nicht mit den Leuten zurecht. Außerdem hat er einen Sturkopf. Eben ein richtiger Ruhrgebietler. Ihn hat auch Böhner genervt. So kam es, dass Günter manchmal hintenherum zu Böhner geschlichen ist und versuchen wollte, den Taugenichts auf frischer Tat zu ertappen. Jeder ahnte, dass es Böhner war, der die Dinge verschwinden ließ. Und als ich öfter zu Gaultier ging, ist Günter uns einmal hinterhergeschlichen und hat uns prompt erwischt. Das glaube ich jedenfalls. Bemerkt haben wir nichts.«

»Wie hat Ihr Partner reagiert?«

»Klar, dass der sauer war. Der hat richtig getobt.«

»Hat er Sie geschlagen?«, fragte Christoph.

Sie sah ihn irritiert an.

»Mich? Nein. So etwas macht er nicht. Er hat gesagt, ich soll meine Sachen packen und verschwinden. Ich könnte zu Gaultier ziehen. Der würde mich mit offenen Armen empfangen.« Ihre Schultern zuckten, als sie schluchzte. »Rausgeschmissen hat er mich.«

»Aber Sie sind nicht gegangen? Gibt es einen triftigen Grund dafür?«

Ihre tränenverschleierten Augen suchten Christophs.

»Wir gehören doch zusammen – Günter und ich. Außerdem steckt doch auch ein bisschen Geld von mir in diesem Haus. Nachdem er mich niedergemacht hat, bin ich in das kleine Zimmer neben der Wohnstube und habe dort geschlafen. Wir haben nicht mehr darüber gesprochen. Aus Trotz bin ich mit Gaultier nach Husum in die Galerie gefahren.«

»Haben Sie Gaultier von den häuslichen Vorfällen erzählt?«

»Nein. Ich habe mich doch geschämt. Ich wollte mich nicht noch mehr blamieren.«

»Und deshalb hat Gaultier Sie weiter bedrängt?«

Sie zögerte zunächst, bis sie ein kaum Wahrnehmbares »Ja« hauchte. »Aber da läuft nichts mehr. Ich bin doch nicht blöde. Ich will Günter nicht verlieren.«

»Bärbel!« Wychzeks Stimme klang bestimmt. »Was treibst du da? Wer hält dich auf?«

Sie wollte zu einer Erklärung ansetzen, aber Christoph schob sie sanft zur Seite und sagte: »Wir übernehmen das.« Er ging ins Wohnzimmer, aus dem der Ruf kam.

»Moin«, grüßte er beim Eintreten.

Wychzek saß mit dem Rücken zur Tür und fuhr erschrocken herum, als er Christoph hörte.

»Äh … Tach.«

Christoph zeigte auf den Sessel. »Dürfen wir?«

Sie erhielten keine Antwort, nahmen aber trotzdem Platz.

Wychzek legte die Ausgabe des Anzeigenblatts zur Seite, in der er gestöbert hatte. Christoph zeigte auf das Papier.

»Haben Sie etwas Interessantes entdeckt?«

Der Mann hielt es nicht für nötig, darauf einzugehen.

Nachdem sie eine Weile geschwiegen und sich gegenseitig beäugt hatten, wurde es Wychzek zu bunt.

»Um was geht's diesmal?«

»Wir überprüfen noch einmal alle Alibis.«

»Brauche ich nicht.«

»Das benötigt jeder«, mischte sich Große Jäger ein. »Sogar die Kanzlerin. Die war an diesem Tag in Brüssel. Sie auch?«

Wychzek zog ruckartig den Kopf zurück und streckte seine Brust nach vorn.

»Ich habe keine Lust auf solche Spielchen.«

Große Jäger grinste.

»Das ist ein Gesellschaftsspiel, das wir oft betreiben. Allerdings ist es für mehr als zwei Mitspieler geschaffen. Wir beide«, dabei zeigte er auf Christoph, »sind nicht genug. Da haben wir uns gedacht, Sie würden uns ein bisschen unterstützen.«

Die Verärgerung war Wychzek deutlich anzusehen.

»Sparen Sie sich diese Albernheiten. Wir sind keine Kinder mehr.«

»Wo waren Sie am Montagvormittag?«

Wychzek legte die Stirn in Falten.

»Wie immer. Hier. Wir haben zusammen gefrühstückt. Bärbel und ich. Dabei lassen wir uns immer viel Zeit.« Er sah seine Partnerin an, die auf seiner Sessellehne Platz genommen hatte. »Stimmt's?«

Bärbel Lattmann nickte heftig.

»Haben Sie eine eineiige Zwillingsschwester?«, wandte sich Große Jäger an die Frau.

Die Ratlosigkeit stand ihr ins Gesicht geschrieben.

»Weil der Husumer Galerist Maximilian Stiefel ausgesagt hat, dass Sie Montag früh in seiner Galerie in der Husumer Neustadt waren. Diese Angaben decken sich mit denen von Roderich von Eckstein. Der hat das bestätigt«, erklärte Christoph.

»Mit wem?«, wollte Wychzek wissen und sah Bärbel Lattmann wütend an.

»Das ist der bürgerliche Name von Roger Gaultier.«

»Ach, der Arsch.« Es klang abfällig.

Die Frau sah verlegen zu ihrem Partner, dann zu Christoph. Sie hüstelte.

»Wir sitzen morgens immer zusammen und frühstücken lange. Montags kümmere ich mich um den Haushalt. Übers Wochenende lasse ich es ruhiger angehen. Zum Beginn der neuen Woche werden dann die notwendigen Verrichtungen ausgeführt.« Plötzlich fiel ihr noch etwas ein. »Ist eine alte Gewohnheit. Ganz schön blöde, was? Für uns ist jeder Tag ein Sonntag. Wie ständiger Urlaub. Da ist es doch eigentlich gleich, wann man den Haushalt macht. Oder? Nur an diesem Montag war das anders. Herr Gaultier hatte den Termin in Husum besorgt. Ich hatte mir viel davon versprochen.«

»So dumm können auch nur Frauen sein.« Wychzek tippte sich an die Stirn. »Wen interessiert dieses Geschmiere schon?«

»Nach Stiefels Auskunft waren Sie gegen elf Uhr in Husum.«

»Kann sein.«

Wychzek kniff die Augen zusammen.
»Das war doch nicht Montag«, behauptete er.
»Doch. Definitiv«, sagte Christoph. »Und Sie?« Er zeigte auf den Mann.
»Ich war hier.«
»Und Sie haben Zeitung gelesen«, sagte Christoph beiläufig.
»Er hat nicht einmal den Frühstückstisch abgeräumt«, beschwerte sich Bärbel Lattmann. »Ich konnte den Schinken und den Tilsiter wegwerfen, weil der Aufschnitt angelaufen war.«
»Warum musstest du blöde Kuh auch diesem Heini hinterherlaufen?«
»Sie haben die Husumer Nachrichten gelesen«, sagte Christoph nachdenklich.
»Stimmt. Ist das verboten?«
»Lesen bildet«, sagte Christoph knapp. »Wo haben Sie die Zeitung denn hergehabt? Abonniert haben Sie die Husumer nicht.«
Wychzek sah ihn überrascht an.
»Das haben wir inzwischen festgestellt«, fuhr Christoph fort. Christiansen, der Leiter des Husumer Verlagshauses, hatte es ihnen an diesem Morgen bestätigt.
Wychzeks Unterkiefer mahlte. »Man kann die Zeitung auch kaufen.«
»Sicher«, bestätigte Christoph im Plauderton und wandte sich an Bärbel Lattmann.
»Wer von Ihnen geht morgens zum Bäcker?«
»Hier im Dorf gibt es keinen.«
»Sie wohnen hier ausgesprochen idyllisch«, fuhr Christoph fort und erntete zur Bestätigung ein Kopfnicken der Frau, während sich Wychzeks Miene zusehends verfinsterte. »Nur dass man morgens keine frischen Brötchen bekommt …«
»Ach, halb so schlimm«, wiegelte Bärbel Lattmann ab. »Wir haben uns mittlerweile an die Aufbackbrötchen gewöhnt. Den Unterschied schmecken wir schon gar nicht mehr.«
»Und die gab es auch am Montag?«
»Die gibt es immer.«
»Du solltest deinen Mund halten«, herrschte Wychzek sie an.

Erschrocken sprang sie von der Stuhllehne auf.

»Normalerweise gefällt es mir nicht, wenn man eine Frau so anmacht«, fuhr Große Jäger dazwischen. »Aber heute stimme ich Ihnen zu. Wir möchten uns mit Ihnen unterhalten.«

Der Mann kniff die Lippen wie ein trotziges Kind zu einem schmalen Spalt zusammen.

»Dann erzählen wir Ihnen etwas«, sagte Christoph. »Böhner, das Dorffaktotum, ist nicht nur in die Häuser und Schuppen in Everschopkoog eingestiegen, sondern hat auch die Post aus den Briefkästen gestohlen.«

»Sie können einen noch so sauberen Kopf haben, mit ein wenig Pech nistet sich dort eine Laus ein. Die hier hieß Böhner.«

Christoph nickte versonnen. »Ich kann Ihren Ärger über den Mann verstehen. Sie haben dringend auf eine wichtige Nachricht aus dem Medizinlabor gewartet. Da wird jede Stunde der Ungewissheit zur Qual. Und dann fängt Böhner die Post ab.«

»Dieser dreckige Hund. Das war die Hölle. Diese Warterei.«

»Nicht nur das«, fuhr Christoph fort. »Er öffnete den Brief und erfuhr von Ihrem Leiden.«

Wychzek sah auf seine Finger, als müsse er prüfen, ob sie manikürt werden müssten.

»Mit diesem Wissen ging Böhner hausieren. Das ist Mobbing pur, wenn die Nachricht durch den Ort eilt, dass jemand impotent ist.«

»Eine Schmach«, gestand Wychzek kleinlaut. »Da machen sich alle drüber lustig.«

»Und Böhner …«

»Der ist mit diesem Wissen sofort zu Witte geeilt. Der Bürgermeister und seine beschränkte Frau Gesine«, unterbrach Wychzek Christoph, »haben Böhner manchmal etwas zugesteckt, wenn er kleine Handreichungen für den Elektriker ausgeführt hat.«

»Witte hat ihn mit auf Montage genommen?«

»Natürlich nicht. Witte hatte nicht viel in der Birne, aber so bescheuert war er auch nicht. Böhner hat manchmal rund um das Haus etwas erledigt. Rasen gemäht. Holz gehackt. Irgend so ein Mist. Scheißdörfler. Jeder Großstädter weiß, dass man Tauben und Ratten nicht füttern darf, wenn man sie vertreiben will.«

»Und dann?«

Wychzek holte tief Luft und blies die Wangen auf. Er wartete, bis er erschöpft ausatmen musste, um gierig neuen Sauerstoff in die Lungen zu pumpen.

»Böhner ist zu Witte gelaufen und hat ihm von meinem, äh … Missgeschick erzählt. Der hat mich sofort darauf angesprochen. Immer wieder sehe ich sein grinsendes Gesicht. ›Kannst nicht mehr, Wychzek? Habe einen heißen Tipp für dich. Schick deine Frau zu Gaultier. Der erledigt den Job für dich.‹«

»War es Schadenfreude?«, fragte Christoph. Konnten Menschen, die nach außen ganz normal und bürgerlich wirkten, so gehässig sein?, dachte er im Stillen.

»Im gewissen Sinne – ja. Seine eigene Frau war auch in Gaultiers Hände gefallen. ›Dann muss der Maler sich nicht mehr an Gesine heranmachen‹, hatte Witte mir ins Gesicht gesagt. ›Da du deine Pflichten nicht mehr erfüllen kannst, soll Gaultier Bärbel beglücken. Er nimmt dir ja nichts weg.‹ Ich hätte nicht gedacht, dass Witte so ein Fiesling ist. Als er zu Gaultier hin ist und ihn verprügelt hat, hat er ihm auch erzählt, dass Bärbel nun zur Verfügung stehen würde.«

Folglich hatte nicht Böhner gegenüber Gaultier geplaudert und Bärbel Lattmanns Vermutung, sie wären bei ihrem Liebesspiel von Wychzek beobachtet worden, war auch falsch. Witte war der Informant gewesen. Und Gaultier war skrupellos genug, die Situation auszunutzen. Wer seine HIV-Infektion verschweigt, scheut auch nicht vor solchen Schritten zurück.

»Und warum haben Sie erst Böhner und dann Witte getötet?«

»Günter!« Es war ein Entsetzensschrei, den Bärbel Lattmann ausstieß.

Wychzek klopfte sich mit der Faust gegen die Brust.

»Haben Sie eine Vorstellung, wie es hier drinnen aussieht? Was die Schweine mir angetan haben?«

Bärbel Lattmann stellte sich hinter den Sessel, legte ihre linke

Hand auf seine Schulter und streichelte mit der anderen seine Wange.

»Das ist doch alles nicht so schlimm«, sagte sie einfühlsam.

Mit einer Handbewegung wischte er ihre Annäherung beiseite.

»Hau ab. Verflixte Heuchlerin. Du hattest nichts Eiligeres zu tun, als mit Gaultier ins Bett zu hüpfen.«

»Wie haben Sie die beiden getötet?«, fragte Christoph. Er vermied es, von »Mord« zu sprechen.

Wychzek seufzte.

»Ich war hinter Böhner her und wollte ihn auf frischer Tat erwischen. Also bin ich hinten rum, nicht über die Straße, sondern im Schatten vom Knick, der teilweise die Wiese von den bebauten Grundstücken trennt. Ich sah, wie Böhner aus seiner Kate herauskam und, sich nach allen Seiten umsehend, zu Wittes Werkstatt schlich. Ich ließ ihm einen kleinen Vorsprung. Als ich kam, hatte er die Tür bereits geöffnet. Vermutlich hatte er sich bei seinen Handlangerdiensten den Schlüssel besorgt. ›Was machst du hier?‹, habe ich ihn angeschrien. Böhner hatte freie Bahn, weil niemand von der Familie im Hause war. Er stammelte herum. ›Hat Witte dich bestellt?‹, fragte ich. Der Idiot verneinte. Er konnte mir keinen plausiblen Grund nennen. Mir war klar, dass er auf Diebestour war.«

Wychzeks Blick wanderte weiter zu Bärbel Lattmann, die sich etwas abseits hingestellt hatte.

»Hol mir mal einen Schnaps«, sagte er. »Plötzlich wollte Böhner mich angreifen. Der Hänfling.« Er lachte bitter auf. »Ich war rasend vor Zorn. Der alte Spinner hatte mit seiner Tratscherei alles versaut. Ich griff ein Werkzeug von einer Lochplatte und schlug zu.«

»Wie oft?«, fragte Christoph in sachlichem Ton.

»Keine Ahnung. Ich war wie von Sinnen. Immer drauf auf ihn. Bäng. Bäng. Bäng.« Wychzek untermalte die Schilderung dadurch, dass er mit der flachen Hand auf die Sessellehne schlug.

Bärbel Lattmann kehrte mit einem Stamper zurück, in den sie eine klare Flüssigkeit gefüllt hatte. Sie zitterte so stark, dass sie einen Teil verschüttete.

Wychzek setzte das Glas an und stürzte den Inhalt hinunter. Er gab ein lautes »Ahh« von sich, reichte ihr das Glas zurück und befahl: »Noch einen.«

»Als ich diese widerwärtige Kreatur vor mir liegen sah und überall das Blut floss, empfand ich nicht einmal Mitleid. Ich war zu sehr von einem plötzlich aufkommenden Rachegefühl beseelt. Dabei hatte ich nicht mitbekommen, dass Witte zurückgekehrt war. Auch er war blutverschmiert. Ich dachte zuerst, das wäre Böhners Blut. Aber irgendwie muss Witte sich woanders etwas eingefangen haben. Er starrte mit weit aufgerissenen Augen auf den toten Böhner, dann auf mich. ›Was hast du gemacht, Wychzek?‹, schrie er. Ich wollte es ihm erklären, wollte ihm sagen, dass ich es auch für ihn getan habe. Schließlich war Böhner bei Witte eingebrochen. Aber der Kerl hörte mir nicht zu. ›Dafür kriegst du lebenslänglich‹, brüllte er. Es war ein Reflex, dass ich zuschlug. Ich hatte immer noch die Rohrzange in der Hand.« Wychzek zeigte auf seine linke Schläfe. »Hier habe ich ihn erwischt.«

»Sie sind Rechtshänder?«, fragte Christoph.

Wychzek nickte. Dann konnte es zutreffen, dass er Witte an der linken Seite getroffen hatte, überlegte Christoph.

Der Mann stürzte den zweiten Schnaps hinunter, den Bärbel Lattmann gebracht hatte. Dabei schüttelte er sich.

»Witte, die Memme, fiel um wie eine gefällte Eiche. Auch er war tot.«

»Woher wussten Sie das?«, fragte Christoph.

Wychzek stockte. »Das habe ich gesehen. Er hat sich schließlich nicht mehr gerührt.«

Christoph lief ein Schauder über den Rücken. Sie würden nie herausfinden, ob Witte wirklich tot war, als er …

»Und?«, fragte Große Jäger und unterbrach Christophs Gedanken.

»Ich hatte mitbekommen, dass Reimers mit seinem Sohn aufs Feld gefahren war. Das macht er oft. Seine Tussi ist vormittags in der Schule. Also bin ich rüber auf den Hof und habe den Radlader geholt. Mir war klar, dass ich die beiden nicht hier liegen lassen konnte.«

»Können Sie mit dem Gerät umgehen?«

Wychzek warf sich in die Brust.

»Das ist doch keine Frage. Ich habe mein ganzes Berufsleben als Ingenieur auf der Hütte zugebracht.«

»Sie haben Witte in die Schaufel geladen und sind damit über die Straße zu Reimers' Hof gefahren?« Christoph war erstaunt über die Kaltblütigkeit, die gar nicht zu den bisherigen Schilderungen passte, in denen Wychzek alles so hingedreht hatte, als wäre es eine Tat im Affekt gewesen.

»Ich habe keinen klaren Gedanken mehr gehabt. Und da ich nicht wusste, wohin mit Witte, habe ich ihn in den Einfüllstutzen der Biogasanlage gekippt. Ich dachte, dort ist er erst einmal von der Bildfläche verschwunden.« Er sah die Beamten mit einem flehenden Blick an. Speichel troff aus dem Mundwinkel. Schließlich streckte er Christoph die Hände entgegen.

»Bitte. Das habe ich doch alles nicht gewollt. Sie müssen mir glauben.«

»Wo haben Sie das Tatwerkzeug gelassen, die Rohrzange?«, wollte Große Jäger wissen.

»Die habe ich in einem Sielzug entsorgt. Etwa zwei Kilometer von hier entfernt Richtung Osterhever.«

»Können Sie uns die Stelle zeigen?«

Wychzek nickte müde. Dann schlug er die Hände vor das Gesicht und schluchzte.

Irgendwie war der Mann nicht nur Täter, sondern auch Opfer, dachte Christoph. Es würde ein hartes Stück Arbeit für die Staatsanwaltschaft werden, die Anklagepunkte gerichtsfest zusammenzutragen.

»Kommen Sie«, sagte Christoph zu Wychzek. Der stand auf und folgte den beiden Beamten, ohne Bärbel Lattmann noch eines Blickes zu würdigen.

Als sie vor die Tür traten, empfing sie die Spätsommersonne. Es war fast windstill, so, als hätte selbst das Wetter den Atem angehalten. Ein Auto mit einem fremden Kennzeichen fuhr vorbei. Ob die Insassen daran dachten, wie still und friedlich dieses Land hinter dem Deich war?

Dichtung und Wahrheit

Everschop ist der Name einer Harde im nordwestlichen Eiderstedt.

Harde ist eine alte aus dem Skandinavischen übernommene Bezeichnung für einen unteren Verwaltungsbezirk. Bei der Zweiten Marcellusflut 1362 wurde Everschop zu einer Insel. Im Zuge der späteren Landgewinnung wuchs Everschop mit den Harden Utholm und Eiderstedt zur Halbinsel zusammen. Einen Ort Everschopkoog gibt es nicht. Er ist genauso fiktiv wie die Protagonisten dieses Romans und dessen Handlung.

Die Familie Massow betreibt auf Eiderstedt einen landwirtschaftlichen Betrieb, der nicht nur in technischer Hinsicht auf dem neuesten Stand ist, sondern auch Platz für Urlaub auf dem Bauernhof bietet. Wilfried Massow hat sich viel Zeit genommen, um mir seinen Hof zu zeigen und den Hightech-Betrieb zu erklären. Herzlichen Dank dafür.

Der Vorsitzende des Kreisbauernverbandes Husum-Eiderstedt, Hans Friedrichsen, hat mir die erforderlichen Kontakte für meine Recherchen vermittelt.

Die Rechtsanwälte Elvira Wischniewski und Walter Schwarz-Wischniewski haben meine Fragen zu rechtlichen Aspekten beantwortet. Kriminaloberrat Michael Raasch, der Leiter der auch im realen Leben überaus erfolgreichen Husumer Kripo, war wie schon so oft ein kompetenter Gesprächspartner, und die schwierigen medizinischen Fragen haben mir Dr. med. Christiane Bigalke sowie meine Söhne Malte und Leif beantwortet.

Mein Dank gilt auch Waltraud Nommensen vom Rettungsdienst Nordfriesland, deren Klarnamen ich in diesem Roman verwenden durfte und die mir ausführlich den Alltag des Rettungsdienstes im Allgemeinen und in einer speziellen Situation erläutert hat. Mag es eine Anerkennung für den schwierigen und aufopferungsvollen Dienst sein, den sie und ihre Kolleginnen und Kollegen für uns alle in Nordfriesland und anderswo verrichten.

Herzlichen Dank an alle, die hier nicht namentlich genannt wurden und dennoch zum Entstehen dieses Buches beigetragen haben.

Hannes Nygaard
TOD IN DER MARSCH
Broschur, 240 Seiten
ISBN 978-3-89705-353-3
eBook 978-3-86358-046-9

»Ein tolles Ermittlerteam, bei dem man auf eine Fortsetzung hofft.« Der Nordschleswiger

»Bis der Täter feststeht, rollt Hannes Nygaard in seinem atmosphärischen Krimi viele unterschiedliche Spiel-Stränge auf, verknüpft sie sehr unterhaltsam, lässt uns teilhaben an friesischer Landschaft und knochenharter Ermittlungsarbeit.« Rheinische Post

Hannes Nygaard
VOM HIMMEL HOCH
Broschur, 240 Seiten
ISBN 978-3-89705-379-3
eBook 978-3-86358-049-0

»Nygaard gelingt es, den typisch nordfriesischen Charakter herauszustellen und seinem Buch dadurch ein hohes Maß an Authentizität zu verleihen.« Husumer Nachrichten

»Hannes Nygaards Krimi führt die Leser kaum in lästige Nebenhandlungsstränge, sondern bleibt Ermittlern und Verdächtigen stets dicht auf den Fersen, führt Figuren vor, die plastisch und plausibel sind, sodass aus der klar strukturierten Handlung Spannung entsteht.« Westfälische Nachrichten

Hannes Nygaard
MORDLICHT
Broschur, 240 Seiten
ISBN 978-3-89705-418-9
eBook 978-3-86358-042-1

»Wer skurrile Typen, eine raue, aber dennoch pittoreske Landschaft und dazu noch einen kniffligen Fall mag, der wird an ›Mordlicht‹ seinen Spaß haben.« NDR

»Ohne den kriminalistischen Handlungsstrang aus den Augen zu verlieren, beweist Autor Hannes Nygaard bei den meist liebevollen, teilweise aber auch kritischen Schilderungen hiesiger Verhältnisse wieder einmal großen Kenntnisreichtum, Sensibilität und eine starke Beobachtungsgabe.« Kieler Nachrichten

www.emons-verlag.de

Hannes Nygaard
TOD AN DER FÖRDE
Broschur, 256 Seiten
ISBN 978-3-89705-468-4
eBook 978-3-86358-045-2

»Dass die Spannung bis zum letzten Augenblick bewahrt wird, garantieren nicht zuletzt die Sachkenntnis des Autors und die verblüffenden Wendungen der intelligenten Handlung.«

Friesenanzeiger

»Ein weiterer scharfsinniger Thriller von Hannes Nygaard.«
Förde Kurier

Charles Brauer liest
TOD AN DER FÖRDE
4 CDs
ISBN 978-3-89705-645-9

www.emons-verlag.de

Hannes Nygaard
TODESHAUS AM DEICH
Broschur, 240 Seiten
ISBN 978-3-89705-485-1
eBook 978-3-86358-047-6

»Ein ruhiger Krimi, wenn man so möchte, der aber mit seinen plastischen Charakteren und seiner authentischen Atmosphäre überaus sympathisch ist.« www.büchertreff.de

»Dieser Roman, mit viel liebevollem Lokalkolorit ausgestattet, überzeugt mit seinem fesselnden Plot und der gut erzählten Geschichte.« Wir Insulaner – Das Föhrer Blatt

Hannes Nygaard
KÜSTENFILZ
Broschur, 272 Seiten
ISBN 978-3-89705-509-4
eBook 978-3-86358-040-7

»Mit ›Küstenfilz‹ hat Nygaard der Schleiregion ein Denkmal in Buchform gesetzt.« Schleswiger Nachrichten

»Nygaard, der so stimmungsvoll zwischen Nord- und Ostsee ermitteln lässt, variiert geschickt das Personal seiner Romane.«
Westfälische Nachrichten

www.emons-verlag.de

Hannes Nygaard
TODESKÜSTE
Broschur, 288 Seiten
ISBN 978-3-89705-560-5
eBook 978-3-86358-048-3

»Seit fünf Jahren erobern die Hinterm Deich Krimis von Hannes Nygaard den norddeutschen Raum.« Palette Nordfriesland

»Der Autor Hannes Nygaard hat mit ›Todesküste‹ den siebten seiner Krimis ›hinterm Deich‹ vorgelegt – und gewiss einen seiner besten.« Westfälische Nachrichten

Hannes Nygaard
TOD AM KANAL
Broschur, 256 Seiten
ISBN 978-3-89705-585-8
eBook 978-3-86358-044-5

»Spannung und jede Menge Lokalkolorit.« Süd-/Nord-Anzeiger

»Der beste Roman der Serie.« Flensborg Avis

www.emons-verlag.de

Hannes Nygaard
STURMTIEF
Broschur, 256 Seiten
ISBN 978-3-89705-720-3
eBook 978-3-86358-043-8

»Ein fesselnder Roman, brillant recherchiert und spannend!« www.musenblaetter.de

Hannes Nygaard
SCHWELBRAND
Broschur, 272 Seiten
ISBN 978-3-89705-795-1

»Sehr zu empfehlen.« Forum Magazin

»Spannend bis zur letzten Seite.« Der Nordschleswiger

www.emons-verlag.de

Hannes Nygaard
TOD IM KOOG
Broschur, 240 Seiten
ISBN 978-3-89705-855-2
eBook 978-3-86358-156-5

»Ein gelungener Roman, der gerade durch sein scheinbar einfaches Ende einen realistischen Blick auf die oft banalen Gründe für sexuell motivierte Verbrechen erlaubt.« Radio ZuSa

Hannes Nygaard
SCHWERE WETTER
Broschur, 256 Seiten
ISBN 978-3-89705-920-7
eBook 978-3-86358-067-4

»Wie es die Art von Hannes Nygaard ist, hat er die Tatorte genauestens unter die Lupe genommen. Wenn es um die Schilderungen der Örtlichkeiten geht, ist Nygaard in seinem Element.«
Schleswig-Holsteinische Landeszeitung

»Ein Krimi mit einem faszinierenden Thema, packend aufbereitet und mit unverkennbar schleswig-holsteinischem Lokalkolorit ausgestattet.« www.nordfriesen.info

www.emons-verlag.de

Hannes Nygaard
NEBELFRONT
Broschur, 256 Seiten
ISBN 978-3-95451-026-9

Nie tropft Blut aus seinen Büchern, immer bleibt Platz für die Fantasie des Lesers. BILD Hamburg

Hannes Nygaard
FAHRT ZUR HÖLLE
Broschur, 272 Seiten
ISBN 978-3-95451-096-2

Kriminalrat Dr. Lüder Lüders vom LKA Kiel steht vor seinem schwierigsten Fall und zugleich dem größten Abenteuer seiner Laufbahn: Die „Holstenexpress" aus Flensburg ist von somalischen Piraten gekapert worden, und er soll vor Ort den Dingen auf den Grund gehen. Kaum ein Europäer ist bislang in die Hochburg der Piraten am Horn von Afrika vorgedrungen, geschweige denn lebend zurückgekehrt. Lüder begibt sich in große Gefahr, und in der größten Not kommt ihm ausgerechnet sein alter Husumer Freunde Große Jäger zu Hilfe.

Hannes Nygaard
MORD AN DER LEINE
Broschur, 256 Seiten
ISBN 978-3-89705-625-1
eBook 978-3-86358-041-4

»›Mord an der Leine‹ bringt neben Lokalkolorit aus der niedersächsischen Landeshauptstadt auch eine sympathische Heldin ins Spiel, die man noch häufiger erleben möchte.« NDR 1

Hannes Nygaard
NIEDERSACHSEN MAFIA
Broschur, 256 Seiten
ISBN 978-3-89705-751-7
eBook 978-3-86358-000-1

»Einmal mehr erzählt Hannes Nygaard spannend, humorvoll und kenntnisreich vom organisierten Verbrechen.« NDR

»Nygaard lebt auf der Insel Nordstrand – dort an der Küste ist er der Krimi-Star schlechthin.« Neue Presse

Hannes Nygaard
DAS FINALE
Broschur, 240 Seiten
ISBN 978-3-89705-860-6
eBook 978-3-86358-160-2

»Wäre das Buch nicht so lebendig geschrieben und knüpfte es nicht geschickt an reale Begebenheiten an, man würde ›Das Finale‹ wohl aus Mangel an Glaubwürdigkeit schnell beiseitelegen. So aber hat Nygaard im letzten Teil seiner niedersächsischen Krimi-Trilogie eine spannende Verbrecherjagd beschrieben.«
Hannoversche Allgemeine Zeitung

Hannes Nygaard
EINE PRISE ANGST
Broschur, 240 Seiten
ISBN 978-3-89705-921-4
eBook 978-3-86358-068-1

Hannes Nygaard nimmt seine Leser mit auf eine kriminelle Reise von Nord nach Süd. Große und kleine Verbrecher begehen geschickt getarnte Morde, geraten unfreiwillig in dunkle Machenschaften oder erliegen dem Fluch von Hass, Gier oder Leidenschaft. Außergewöhnliche Mordmethoden und manch skurrile Beteiligte garantieren ein kurzweiliges und schwarzes Lesevergnügen.